Zehntausend Augen

Klaus Seibel, geboren 1959, studierte Theologie, arbeitete als Pastor, bildete sich in Betriebswirtschaft weiter und leitet heute den Vertrieb eines Softwarehauses. 2009 gewann er den 1. Preis im Krimi-Wettbewerb der Frankfurter Neuen Presse. Seine Kurzkrimis belegten Platz eins in der amazon.de E-Book-Kategorie: deutscher Krimi.

KLAUS SEIBEL

Zehntausend Augen

KRIMINALROMAN

emons:

Bibliografische Information der Deutschen Nationalbibliothek
Die Deutsche Nationalbibliothek verzeichnet diese Publikation in der Deutschen Nationalbibliografie; detaillierte bibliografische Daten sind im Internet über http://dnb.d-nb.de abrufbar.

MIX
Papier aus verantwortungsvollen Quellen
FSC® C083411

Umschlagfoto: photocase.com/Hindemitt
Umschlaggestaltung: Tobias Doetsch
Druck und Bindung: CPI – Clausen & Bosse, Leck
Printed in Germany 2012
ISBN 978-3-89705-913-9
Originalausgabe

Für meine Kinder, auf die ich sehr stolz bin

1

Auch eine Woche, die ein Leben radikal verändert, beginnt mit einem Montag. Ellens Beine waren unglaublich schwer an diesem Morgen. Es schien, als bewegte sich das Fahrrad durch einen zähen Brei, dabei war die Straße so eben und frei wie an allen Tagen.

Kriminalhauptkommissarin Ellen Faber verfluchte die Flasche Rotwein, die sie noch kurz vor Mitternacht getrunken hatte. Warum hatte sie nicht die Finger davon gelassen? Sie wusste doch genau, dass sie am nächsten Morgen den Preis dafür zahlen musste. Das war die Strafe, dass sie sich nicht beherrscht hatte. Und damit die Strafe richtig wehtat, hatte sie heute nicht ihr Straßenrad genommen, sondern das schwere Mountainbike – obwohl es in Berlin gar keine Berge gab.

Es war zwar Sommer, aber um fünf Uhr morgens war die Luft noch kühl. Trotzdem pochte ihr von der Anstrengung das Blut im Kopf. Ellen wollte auch auf dem Mountainbike den Weg zu ihrer Dienststelle in dreißig Minuten schaffen. Dann musste der Restalkohol verbrannt sein und ihr Frust vergessen. Die Kollegen durften nichts merken. Wenn sie irgendetwas ahnten, war das für ihre Autorität ein bitterer Rückschlag. Sie hatte lange dafür kämpfen müssen, um auf eine leitende Position beim Landeskriminalamt zu kommen. Und sie hatte sich ausgerechnet die Abteilung 632 ausgesucht, den Bereich, in dem die Spezialeinsatzkommandos angesiedelt waren. Die SEKs waren noch immer sehr von Männern dominiert. Um dort als Frau zu überleben, musste man hart sein. Erst recht, wenn man in dieser Abteilung Karriere machen wollte.

Ellen war hart. Nicht nur zu ihren Untergebenen, auch zu sich selbst. Jeden Tag. Auch heute. Sie erlaubte sich nicht einmal den Gedanken, für einen kurzen Moment langsamer zu fahren. Schwer atmend keuchte sie die Straße entlang. Es war eine Nebenstraße, in der um diese Zeit noch nicht viel los war. Das würde sich auf dem Tempelhofer Damm deutlich ändern.

Die Litfaßsäule kurz vor dem Ende der Straße kam in Sicht.

Sie markierte exakt die Hälfte des Wegs zwischen ihrer Wohnung und dem Landeskriminalamt. Ellen hielt den Blick starr auf die Säule gerichtet, während sie noch kräftiger in die Pedale trat. Ganz unten an der Säule hing ein uraltes, vergilbtes Plakat von einem längst vergangenen Madonna-Konzert. Entweder übersahen die Plakat-Kleber es seit Jahren, oder niemand wollte diese schlecht einsehbare Stelle direkt über der Straßenkante als Werbefläche kaufen.

Noch konnte Ellen das Plakat nicht sehen, aber sie kannte es genau. Madonna war klein, trotzdem hatte sie es ganz nach oben geschafft. Das war für Ellen an vielen Tagen ein Ansporn. Mit ihren ein Meter sechzig besaß sie gerade die vorgeschriebene Mindestgröße für eine Bewerbung bei der Polizei. Damit war sie zwangsläufig dazu verdammt, lebenslang die Kleinste zu sein. Ein zusätzliches Handicap, das Ellen aber nur noch härter machte.

Das Madonna-Plakat kam näher. Trotzdem wollten keine positiven Gedanken in Ellen aufkommen. Sie dachte einfach gar nichts. Sie fixierte starr den Fuß der Säule.

Von einer Sekunde auf die andere änderte sich alles. Wie in extremer Zeitlupe sah Ellen eine Beule auf dem Gesicht von Madonna entstehen. Die Beule wuchs rasend schnell. Dann platzte sie auf. Steinbrocken und Pappe spritzten auf die Straße. Ellen wich hektisch aus. Zu schnell und zu plötzlich. In voller Fahrt knickte der Lenker weg, und sie stürzte auf die Fahrbahn. Die Säule verharrte einen Moment aufrecht, dann neigte sie sich zur Seite und kippte um. Genau neben Ellen schlug sie krachend auf den Boden.

Vorsorglich schützte Ellen ihren Kopf mit den Händen. Ein paar Atemzüge lang blieb sie liegen und wartete, bis nichts mehr durch die Luft flog. Dann sprang sie auf. Dank ihrer Ausbildung hatte sie sich instinktiv so abgerollt, dass keine Knochen gebrochen waren. Die Haut abgeschürft, einige Kratzer, ein Haufen Prellungen, ihr T-Shirt eingerissen – das war alles. Ellen verschwendete keine Sekunde daran. Mit schnellen Blicken suchte sie die Umgebung ab. War irgendetwas verdächtig? Flüchtete ein Auto? Verhielt sich jemand seltsam? Nichts. Die üblichen Schaulustigen sammelten sich, Autos bremsten, weil die Straße versperrt war.

Verletzt war anscheinend niemand. Die Schäden hielten sich in Grenzen.

Dann sah Ellen das Paket. Es lag bei den Trümmern, die vom oberen Ende der Litfaßsäule stammten. »Für die Polizei«, stand in großen Lettern darauf.

Eine Falle, durchfuhr es Ellen heiß. Eine kleine Bombe, um Leute anzulocken, und dann eine große Bombe, um viele Schaulustige und Helfer zu töten. So agierten Terroristen, die möglichst großen Schaden anrichten wollten.

»Weg hier!«, schrie Ellen die Leute an, die neugierig näher kamen, nachdem sie den ersten Schrecken überwunden hatten. »Verschwinden Sie! Das hier kann noch eine Bombe sein.«

Einige drehten zögerlich um. Andere sahen sie verständnislos an. Sie nahmen Ellen offensichtlich nicht für voll.

Ein Mann baute sich vor ihr auf. Er war mehr als einen Kopf größer als sie. »Mädchen, hier ist 'ne alte Litfaßsäule umgekippt, und du bist wohl auf den Kopf gefallen. Jetzt spiel dich nicht so auf.«

Ellen hielt die Luft an. Ein intensiver Drang, es dem Typen zu zeigen, stieg in ihr hoch, aber sie beherrschte sich.

»Scheiße!«, stieß sie aus und lief die paar Schritte zu ihrem Rucksack, der neben dem Rad auf dem Boden lag. Einen Moment später war sie zurück, ihren Dienstausweis in der einen Hand, in der anderen ihre Dienstwaffe. Sie hielt beides hoch. »Ich bin von der Polizei. Und jetzt gehen Sie weiter! So schnell wie möglich.«

Langsam kam Bewegung in die Schaulustigen. Nicht alle nahmen die Gefahr ernst. Der Stau der Autos wurde länger. Wenn in dem Paket tatsächlich eine Bombe war, standen die vordersten Autos zu nah an ihr dran.

Noch während Ellen die Leute zurückdrängte, telefonierte sie mit der Zentrale. »Ich brauche dreißig Leute der Bereitschaftspolizei in der Kettwiger Straße, Einmündung Schillerstraße. Die Straße muss abgeriegelt und die umliegenden Häuser geräumt werden. Dann brauche ich unsere Bombenentschärfer und ein Team der KTU. Alles so schnell wie möglich. Wir haben eine besondere Gefahrenlage.«

Innerlich zählte sie die Sekunden, während sie sich bemühte, die Leute von dem Paket wegzutreiben. Endlich hörte sie Martinshörner in der Ferne.

Zuerst traf die Bereitschaftspolizei ein. Die meisten Polizisten kannten Ellen gut, allerdings nicht in zerrissenem T-Shirt und kurzer Radlerhose. Ihre blonden Haare, die sonst straff zusammengesteckt waren, hingen wirr herab. Der Staub von der Straße und den Trümmern bildete mit dem Schweiß vom Radfahren eine schmutzige Schicht auf ihrer Haut. An einigen Stellen am Bein blutete sie. Ellen bot ein nicht alltägliches Bild, doch sie agierte, als wäre sie gerade aus der Dienststelle gekommen, und ergriff sofort das Kommando.

»Sie sollten sich von einem Arzt versorgen lassen. Wir machen das hier schon.« Der Zugführer meinte es eigentlich gut, aber bei Ellen stieß er auf Granit.

»Das hier ist eindeutig eine besondere Gefahrenlage, richtig?« Sie sah ihn scharf an.

»Richtig.«

»Also genau mein Zuständigkeitsbereich.«

»Aber Sie sind verletzt und noch gar nicht im Dienst.«

»Belanglose Kleinigkeiten. Beim SEK gibt es keine Weicheier. Und meinen Dienstbeginn ziehe ich hiermit vor. Irgendwelche Einwände?«

Ihr Ton vertrieb wohl jegliche fürsorglichen Gefühle des Zugführers.

»Das müssen Sie selbst entscheiden.« Er wandte sich ab, um seine Leute einzuteilen.

Als Nächstes kam ein Wagen der KTU, die für das Sichern der Spuren zuständig waren. Sonst fuhren sie immer nah an den Tatort, aber heute blieben sie in sicherer Entfernung stehen. Ellen ging zu ihnen hin. Zu ihrer großen Erleichterung stieg Sina Ahuus von der Spurensicherung aus dem Wagen.

»Wie schön, dass *du* gekommen bist. Ich wusste nicht, ob du Dienst hast.«

Sina war die Einzige, zu der Ellen im LKA eine persönliche Beziehung pflegte. Und das, obwohl Sina so ganz anders war als sie. Sina war auch klein, aber stämmig mit knallrot gefärbten

Stoppelhaaren. Vor allem wusste Sina, was es hieß, sich in einer Männerwelt durchzubeißen. Sie galt bei vielen Kollegen der Kriminaltechnik als Kapazität im Finden und Auswerten von Spuren.

»Ich bin gerade im LKA angekommen. Bin nur von einem Auto ins nächste gestiegen. Aber sag mal: Wie siehst du denn aus?« Sina musterte Ellen von oben bis unten.

»Das ist nur Dreck. Ich bin gestürzt, als die Bombe vor mir explodiert ist.«

»Du hast Glück gehabt. Und du bist sicher, dass es wirklich eine Bombe war?«

Sina durfte diese Zweifel äußern, ohne dass Ellen empfindlich reagierte. »Eindeutig.«

»Galt der Anschlag dir?«

»Weiß ich nicht. Auf jeden Fall galt er der Polizei. Vom Dach der Säule ist ein Paket mit der Aufschrift ›Für die Polizei‹ heruntergefallen.« Ellen zeigte aus der Entfernung darauf.

»Eine zweite Bombe? Glaubst du das?«

»Solange wir es nicht besser wissen, müssen wir davon ausgehen.«

»Bis unsere Jungs das festgestellt haben, kann ich nichts tun«, sagte Sina. »Und du auch nicht. Also die ideale Zeit, sich verarzten zu lassen. Da vorne parkt der Notarzt.«

Ellen holte Luft für eine Erwiderung, aber Sina kam ihr zuvor: »Das ist nicht nur Dreck. Und wenn es Dreck ist, lass ihn dir abwischen. So, wie du aussiehst, nimmt dich niemand ernst.«

Besonders Letzteres war ein schlagendes Argument. Ellen wollte um jeden Preis das Kommando in dieser Sache. Nicht nur, weil es ihr vom Dienstrang her zustand. Sie fühlte sich persönlich attackiert, und so etwas passierte nicht ungestraft. Der oder die Täter konnten sich auf etwas gefasst machen.

Der Notarzt gab sein Bestes, wobei er von Ellen nicht sonderlich unterstützt wurde. Am Ende der Behandlung war sie nicht wesentlich sauberer, aber immerhin war geklärt, dass sie nicht ernsthaft verletzt war.

Ellen war gerade fertig, als die Bombenentschärfer eintrafen. Sie hatten einen längeren Anfahrtsweg, weil sie wie immer mit ihrem Spezial-Transporter anrückten, einer rollenden Werkstatt, die für alle denkbaren Fälle ausgerüstet war. Ellen sagte ihnen, was sie über das Paket wusste. Viel war es nicht. Den Experten genügte es. In diesem Fall handelte es sich eindeutig nicht um einen zufällig vergessenen Koffer, wie sonst meistens.

»Wir fangen sofort mit Theo an«, entschied der Sprengmeister. Er sah selbst aus wie eine gedrungene Fliegerbombe aus dem Zweiten Weltkrieg.

Ellen kannte Theo schon aus früheren Einsätzen. Es war ein ferngesteuerter Sprengroboter mit der exakten Bezeichnung »Telerob Explosive Ordnance Disposal and Observation Robot«. Die Abkürzung »Theo« war ihr wesentlich lieber. Auch wenn sie Theo kannte, war sie immer wieder fasziniert, ihn im Einsatz zu sehen. Jedes Mal entdeckte sie Neues. Kein Wunder, denn Theo konnte schneiden, bohren, schweißen, Sachen hin und her tragen, Plastiktüten auskippen und vieles mehr. Das Untergestell sah aus wie ein Miniatur-Panzer. Mit seinen Ketten konnte er sich über fast jedes Gelände bewegen. Auf diesem Gestell saß ein voll drehbarer Multifunktionsarm und ein Magazin vollgestopft mit Werkzeugen. Insgesamt war der Roboter ein Meter fünfzig hoch und damit nur unwesentlich kleiner als Ellen, mit seinen dreihundertsechzig Kilogramm aber bedeutend schwerer.

Aus sicherer Entfernung lenkte der Sprengmeister Theo über die Trümmer. Vor dem Paket blieb Theo stehen. Seine Sensoren arbeiteten.

»Der Sprengstoffsensor zeigt nichts an«, stellte der Sprengmeister fest. »Ich schalte jetzt das Röntgengerät ein.«

Einige Minuten herrschte Stille. Der Monitor zeigte nichts, was Ellen sinnvoll deuten konnte. Sina, die ebenfalls zusah, konnte auch nichts entdecken.

Der Sprengmeister besaß die nötige Übung. »In dem Paket sind mehrere Kartons. Darin ist irgendwas Technisches.«

»Eine Bombe mit Fernzünder?«, fragte Ellen.

Der Sprengmeister wiegte den Kopf hin und her. »Eher nicht. Ich kann nicht genug erkennen. Das müssen wir uns genauer ansehen.« Er ließ Theo das Paket anstupsen und beobachtete den Vorgang durch einen Feldstecher. »Es ist nicht besonders schwer.

Zu leicht für eine Bombe, würde ich sagen, aber sicher sein können wir noch nicht.«

Theo fischte mit dem Arm einen Akkubohrer aus seinem Magazin. An einer Ecke des Pakets, hinter der der Sprengmeister offenbar nichts Gefährliches vermutete, setzte Theo den Bohrer an. Er ging durch die Pappe wie durch Butter. Anschließend schob der Roboter eine Minikamera durch das Loch.

Ellen verfolgte die Bilder auf dem Monitor. »Styropor-Chips. Das ist keine Bombe.«

»Nein«, stimmte der Sprengmeister zu. »Der Sensor zeigt auch innen nichts an. Sie können das Paket haben. Wir sind fertig damit.«

Sina zog ihren weißen Überzug an, in dem sie bei ihrer Größe und Breite aussah wie ein Schneemann. Ellen hätte das Paket zu gerne sofort aufgemacht, aber so einfach ging das nicht. Sie musste ihre Neugier zügeln und aus der Ferne die Arbeit der Spurensicherung beobachten. Sina verstaute das Paket in einer riesigen Plastiktüte. Andere weiß gekleidete Beamte machten sich daran, den Tatort Zentimeter für Zentimeter abzusuchen.

Ellen konnte sich aber die immer gleiche blöde Frage nicht verkneifen. »Wann gibt es Ergebnisse?« Kaum ausgesprochen, ärgerte sie sich schon über sich selbst.

Sina grinste. »So neugierig? Mach dir nichts draus. Du bist auch nur ein Mensch. Und bei dieser speziellen Art der Paketzustellung will wohl jeder wissen, was drin ist.«

Ellen zuckte mit den Schultern.

»Da drüben stehen übrigens noch ein paar, die neugierig sind.« Sina nickte zu einer Stelle der Absperrung hinüber, hinter der sich Presseleute drängelten.

»Ich hatte gehofft, dass die so früh noch nicht unterwegs sind.« Ellen hasste die Presse. In ihren Augen behinderten sie nur die Ermittlungen. Außerdem konnte sie es nicht leiden, von allen Seiten mit Fragen bombardiert zu werden. Wann immer es ging, lud sie diesen Job beim Pressesprecher des LKA ab. Leider ging das nicht immer.

Da kam auch schon dieser Eberle herangestürmt. Er war der Schlimmste von allen. Aufdringlich ohne Ende und ärgerlicherweise immer vor Ort, selbst wenn kein anderer Reporter da war. Er musste jemanden im LKA haben, der ihn bei interessanten Fällen informierte.

»Frau Faber, eine Stellungnahme bitte«, rief Eberle, obwohl er Ellen noch gar nicht erreicht hatte. Das Mikrofon mit dem leuchtend gelben Ball streckte er schon in ihre Richtung. Sein Kameramann konnte mit dem Gerät kaum folgen. Das Hemd hing ihm aus der Hose, und er war genauso ungekämmt wie Eberle.

Immerhin hatte die Nachricht von der Bombe sie im Bett erwischt. »Kein Kommentar«, sagte sie.

»Es hat einen Anschlag auf Sie gegeben. Sind Sie verletzt?«

»Kein Kommentar.«

Diese Worte schien Eberle niemals zu hören. »Der Attentäter hat ein Paket für die Polizei hinterlassen. Wissen Sie schon, was darin ist?«, fragte er weiter.

»Kein Kommentar.«

Eberle schaltete das Mikrofon aus. »Wenn Sie uns nichts sagen, ist das gefährlich, Frau Kommissarin. Dann muss ich phantasieren – und Sie ahnen gar nicht, wie viel Phantasie ich habe.« Er schaltete das Mikrofon wieder ein.

Ellen sah ihn böse an. »Ich kann Sie nicht hindern, irgendetwas zu schreiben. *Wir* wissen jedenfalls nichts. Sie haben ja selbst zugesehen, wie das Paket ungeöffnet geborgen wurde. Und jetzt behindern Sie die Ermittlungen nicht weiter.«

Eberle wandte sich zur Kamera, und wie dahingezaubert lag ein freundliches Lächeln auf seinem Gesicht. »Das war Hauptkommissarin Ellen Faber, Leiterin des LKA 632, das für besondere Gefahrensituationen zuständig ist. Wie Sie selbst sehen konnten, ist Frau Faber noch sehr mitgenommen von dem Anschlag, dem sie nur knapp entronnen ist ...«

2

Vor dem LKA standen schon wieder Reporter. Sie waren zu spät dran, um am eigentlichen Tatort erwähnenswerte Informationen zu erbeuten. Die erhofften sie sich jetzt hier.

Ohne groß Rücksicht zu nehmen und mit einem erneuten »Kein Kommentar«, ließ Ellen die Reporter einfach stehen. Sie sehnte sich danach, sich den Dreck und die Reste vom Blut abzuwaschen.

Doch der Mann von der Pforte wartete schon auf sie. »Frau Faber, Sie sollen sofort zu Direktor Brahe kommen.«

Kurt Brahe war Direktor des LKA und ihr unmittelbarer Vorgesetzter. Klar, dass er mit ihr sprechen wollte. »Sagen Sie Brahe, dass ich in zehn Minuten bei ihm bin.«

Das würde ihm zwar nicht passen, aber das nahm Ellen in Kauf. Zu groß war die Gefahr, dass er das Kommando Stefan Daudert, ihrem Stellvertreter, gab, wenn sie so vor Brahe trat, wie sie gerade aussah. Und das durfte auf gar keinen Fall geschehen.

Im Laufschritt stürmte Ellen durch die langen Flure. Zu blöd, dass die Duschen und Umkleideräume am anderen Ende lagen. In der Umkleide angekommen, riss Ellen sich Radlerhose und T-Shirt vom Leib und stopfte beides kurz entschlossen in den nächsten Mülleimer. In Windeseile duschte sie sich. Dabei rupfte sie die meisten Pflaster wieder ab, die ihr der Notarzt verpasst hatte. Weil sie jeden Tag mit dem Fahrrad zum Dienst fuhr, hatte sie Wechselkleidung greifbar in ihrem Spind. Kurz abrubbeln, anziehen und wieder Laufschritt. Insgesamt brauchte sie zwölf Minuten, aber das war unerheblich. Wichtig war, dass die langen Hosenbeine und Ärmel alle Spuren des Unfalls verdeckten. Der Helm hatte auch ihr Gesicht vor Schaden bewahrt. Sie sah aus wie immer. Jetzt ging es wieder im Laufschritt ins Büro ihres Chefs. Als Erstes erstattete sie Brahe einen Bericht über die Ereignisse. Er hörte zu, ohne sie zu unterbrechen. Auch als sie geendet hatte, schwieg er noch eine Weile.

»Das Ganze ist äußerst seltsam«, sagte er schließlich. »Warum sprengt jemand eine Litfaßsäule in die Luft, um der Polizei ein Paket zu übermitteln?«

»Daran rätseln wir alle. Wenn die KTU fertig ist, wissen wir mehr.«

Brahe nickte. »Der Attentäter wusste vermutlich, dass Sie zur Polizei gehören. Alles andere wäre ein zu großer Zufall. Hat das etwas zu bedeuten?«

Darüber hatte Ellen auch schon nachgedacht, war aber zu keiner Lösung gekommen. »Ich wüsste nicht, was es für eine Bedeutung haben sollte, außer, dass er mich vielleicht irgendwo als Polizistin erkannt und dann beobachtet hat.«

Brahe kannte Ellen schon lange. Er hatte sie selbst für diesen Posten empfohlen. »Sie wollen die Leitung bei diesen Ermittlungen unbedingt haben. Warum?«

»Weil sie mir zusteht. Und weil es keinen Grund gibt, dass ich sie nicht übernehmen sollte.«

»Auch wenn Sie alle Prüfungen mit Bestnoten absolviert und Ihr Team hervorragend geführt haben – Sie sind noch sehr jung und vielleicht doch angeschlagen von dem Sturz.«

»Stefan Daudert ist genauso jung wie ich, und angeschlagen bin ich nicht.«

»Aber Daudert ist nicht persönlich betroffen.«

»Ich bin nicht befangen, wenn Sie das meinen. So ein Anschlag stachelt nur meinen persönlichen Ehrgeiz an. Ich will diesen Typen kriegen.«

Brahe sah Ellen lange und durchdringend an. »Finden Sie den Täter. Aber wenn sich etwas Persönliches einschleicht, muss ich Ihnen den Fall entziehen.«

»Ich weiß. Danke für Ihr Vertrauen.«

»Enttäuschen Sie mich nicht.«

Endlich in ihrem Büro angekommen, fand Ellen Sina, die es sich in ihrem Stuhl bequem gemacht hatte. »Du hier? Jetzt schon? Das kann nur eine Halluzination sein.«

»Ich bin es wirklich, und ich habe dir etwas mitgebracht.«

Sina wedelte mit einem Blatt Papier und legte es auf den Schreibtisch.

»So schnell wart ihr noch nie mit einer Untersuchung fertig. Sonst verdrehst du die Augen, wenn ich am gleichen Tag ein Ergebnis haben will.«

»Wir sind auch nicht fertig, aber das solltest du dir ansehen. Ich glaube nicht, dass es lange warten kann.«

»War das Papier in dem Paket?«

»Nicht direkt. Es war auf einer CD. Ein Brief an die Polizei. Wir haben ihn für dich ausgedruckt.«

Ellen nahm ihn in die Hand und las.

Sehr geehrte Damen und Herren,
wenn Sie diesen Brief lesen, haben Sie bereits festgestellt, dass ich mit Sprengstoff umgehen kann. Ihre kriminaltechnische Untersuchung wird Ihnen bestätigen, dass ich über weitere Mengen des Sprengstoffs verfügen könnte. Tatsächlich tue ich das – und die Menge ist nicht gering. Mit großer Befriedigung überlege ich mir, wie ich diesen Sprengstoff »effektiv« einsetzen kann. Dabei ist mir bewusst, dass es Ihr größtes Anliegen ist, genau das zu verhindern. Das werde ich Ihnen nicht leicht machen. Damit Sie in Ihrem Bemühen Erfolg haben, müssen Sie mit mir kommunizieren. Um diese Kommunikation zu führen, habe ich Ihnen der Einfachheit halber alles in einem Paket beigelegt, was Sie benötigen.
Schließen Sie die Kameras an einen herkömmlichen PC an, der mit dem Server verbunden ist, auf dem Ihre Internetseite liegt, starten Sie das Programm auf der CD – fertig. Dieser geringe Aufwand ist für die Sicherheit der Bevölkerung bestimmt nicht zu viel Mühe.
Damit ebendiese Bevölkerung – und auch ich – sehen können, dass Sie zufriedenstellend arbeiten, richten Sie die Kameras wie folgt ein: Die Kameras 1 und 2 sollen die Einsatzzentrale des Sonderkommandos zeigen, das Sie aufstellen, um mich zu fassen. Die dritte Kamera soll einen großen Monitor zeigen, auf dem Sie selbst das Internet verfolgen. Sie werden feststellen, dass gerade dieser Punkt eminent wichtig ist. Die vierte Kamera (mit dem integrierten Mikrofon und den Lautsprechern) dient der direkten Kommunikation mit mir.
Die Sache mit den Kameras wird Ihnen nicht gefallen. Es ist eben wesentlich angenehmer, andere zu überwachen, als selbst überwacht zu werden. Aber wie Sie sonst anderen keine Wahl lassen, lasse ich Ihnen

heute keine Wahl. Eine andere Kommunikation mit mir wird es nicht geben.
Zum Schluss möchte ich mir einen guten Ratschlag erlauben: Sorgen Sie für leistungsfähige Kommunikationsleitungen. Ich bin überzeugt, dass Ihre Mitbürgerinnen und Mitbürger hochinteressiert am Fortgang Ihrer Ermittlungen sein werden. Es geht schließlich um ihre Sicherheit. Morgen um zehn Uhr werde ich mich wieder bei Ihnen melden.

Mit besten Wünschen für eine spannende vor uns liegende Zeit.
Ihr/Ihre
(Tja, den Absendernamen müssen Sie sich wohl erarbeiten :-)

Ellen las den Schluss zweimal. »Was soll denn das werden? Spinnt der Typ? Der glaubt doch nicht im Ernst, dass wir auf so einen Blödsinn eingehen.«

Sina fuhr sich mit einer Hand durch ihre roten Stoppelhaare. »Ja, man könnte ihn für einen abgedrehten Spinner halten, wenn ...«

»Wenn da nicht die Bombe gewesen wäre. Ich weiß. Wahrscheinlich hat er sie deshalb gezündet, damit wir ihn ernst nehmen.«

»Womit die seltsame Art der Paketzustellung erklärt wäre.«

Ellen nickte. »Ein Spinner bleibt er, aber dumm ist er nicht. War noch mehr auf der CD?«

»Nur das Anwendungsprogramm, von dem der Brief spricht. Das wird im Moment analysiert.«

»Und was war sonst in dem Paket?«

»Vier Webcams, originalverpackt, und Styropor-Chips als Füllmaterial.«

»Nicht gerade üppige Spuren.« Ellen hielt den Brief noch in der Hand. »Keine Papieruntersuchung, keine Handschriftenanalyse, keine ausgeschnittenen Worte mit Spuren von Kleber, nur ein paar Bytes auf einer CD.«

»Wir werden etwas finden. Ich werde jedes Molekül untersuchen. Das verspreche ich dir.«

Kriminaldirektor Kurt Brahe wunderte sich nur so lange über Ellens Erscheinen, bis er den Brief des Erpressers gelesen hatte.

»Ich dachte, ich hätte in den vierzig Jahren meines Dienstes schon alles erlebt, was passieren kann. Ich habe mich getäuscht. Das hier ist wirklich ungewöhnlich. Keine Forderung nach Geld, kein politisches Manifest, aber auch kein wirrer Geist. Der ganze Stil klingt nach einem intelligenten Täter, der genau weiß, was er will. Er will Öffentlichkeit, das ist klar. Aber wofür?«

»Das wissen wir noch nicht, aber es bedeutet, dass der eigentliche Knaller noch kommt«, sagte Ellen.

»Ich hätte es anders ausgedrückt, aber es trifft die Sache.«

»Geben wir ihm diese Öffentlichkeit?«

»*Sie* haben das Kommando. Was meinen Sie?«

»Ich bin nicht bereit, ihm die Öffentlichkeit zu geben. Unsere Ermittlungen gehen niemanden etwas an, und Erpresser erst recht nicht. Ich werde nur so weit auf Forderungen eingehen, wie es unbedingt nötig ist.«

»Was wollen Sie tun?«

»Ich werde den psychologischen Dienst einschalten, um den Brief zu analysieren. Einige Beamte sollen die Nachbarschaft des Tatorts abklappern, mögliche Zeugen suchen und sich die Aufnahmen der Überwachungskameras der Umgebung ansehen – falls es in dieser Straße welche gibt. Ansonsten müssen wir den Bericht der KTU abwarten.«

Brahe nickte. »Gut. Tun Sie das.«

Ellen wandte sich zur Tür, doch Brahe hielt sie zurück. Er wirkte besorgt, nicht so gelassen wie sonst. »Frau Faber, eine Bitte noch.«

»Ja?«

»Seien Sie vorsichtig. Ich habe ein seltsames Gefühl im Magen, wie ich es schon lange nicht mehr hatte.«

Den Weg zum Psychologischen Dienst war Ellen schon häufig gegangen, aber nie gerne. Nach schweren Einsätzen war für alle Mitglieder von SEK-Teams ein Gespräch mit dem Psychologischen Dienst Pflicht. Wollte man in Führungspositionen aufsteigen, wurde man umso mehr in die Mangel genommen. Die Ansprüche an das SEK waren hoch. Man konnte sich weder labile Persönlichkeiten noch Draufgänger leisten. Auch wenn Ellen die Notwendigkeit einsah, hasste sie es, sich innerlich vor jemand anderem auszuziehen. Entsprechend beliebt war sie beim Psychologischen Dienst. Die Abneigung lag auf beiden Seiten.

Heute lag der Fall anders als sonst. Ellen ging nicht, weil sie musste. Heute brauchte sie den Dienst. »Marina Wirtz«, stand auf dem Schild an der Tür. Ellen klopfte nur kurz und trat ein, ohne auf eine Antwort zu warten. Marina Wirtz sah Ellen kritisch über ihre Brille hinweg an. Ihr gegenüber saß eine Beamtin, die Ellen nicht kannte.

Marina Wirtz räusperte sich. »Es ist ja nett, dass es Sie ausnahmsweise freiwillig zu mir zieht, Frau Faber. Aber wie Sie sehen, bin ich gerade in einem Gespräch.«

So schnell ließ Ellen sich nicht abschütteln. »Es ist äußerst wichtig. Ich brauche dringend eine Bewertung.«

Sie ging an der sitzenden Beamtin vorbei und legte eine Kopie des Erpresserbriefs direkt vor Wirtz auf den Schreibtisch. Deren Gesichtszüge wurden steinern. Sie warf nur einen kurzen Blick auf das Blatt.

»Ich werde mich melden.«

»Ich brauche es bald.«

»Ich werde mich melden«, wiederholte Marina Wirtz eisig. Von der einfühlsamen Art, die sie sonst an den Tag legte, war nichts zu spüren.

Die Einsatzzentrale des LKA 632 war für unterschiedlichste Gefahrenlagen vorbereitet. Zwei riesige Monitore beherrschten die Frontseite. Einer zeigte standardmäßig einen großen Stadtplan von Berlin, der stufenlos gezoomt werden konnte. Seit Neuestem war sogar Google Maps integriert. Man sah darauf die Straßenzüge mit ihren Häuserzeilen, Straßenbäumen und unzähligen anderen Details wie von einem Helikopter aus. An den Seitenwänden hingen kleinere Monitore, Magnettafeln, Plakate mit Waffentypen und vieles mehr. Das Einzige, was man dort nicht sehen konnte, war die Raufasertapete der Wand, so voll hing alles. Die im Raum verteilten Computerarbeitsplätze waren technisch bestens ausgestattet.

Die erste Besprechung fand um sechzehn Uhr statt. Ellen stand an der Frontseite des Konferenztischs, machte eine kurze Einleitung und bat dann Heinrik Bechtel, den Teamleiter der Bereitschaftspolizei, um seinen Bericht.

»Die Befragung der Anwohner hat keine Erkenntnisse gebracht. Die meisten haben geschlafen und die anderen nichts bemerkt.«

»Überwachungskameras?«, fragte Ellen.

»Nur eine in der näheren Umgebung, aber die ist kaputt.«

»Was heißt ›kaputt‹? Vom Täter zerstört?«

»Unwahrscheinlich. Sie war schon länger ausgefallen. Und da in dieser Gegend kaum etwas passiert, hat sich niemand um eine Reparatur gekümmert.«

»Na, prächtig. Das hilft uns nicht weiter. Trotzdem danke, Bechtel.«

Ellen hatte mit einem mageren Ergebnis gerechnet. Etwas anderes wäre auch zu einfach gewesen. Mehr Hoffnung setzte sie auf die KTU. Genau genommen lagen zurzeit ihre ganzen Hoffnungen darauf. »Sina, wie sieht es bei dir aus?«

»Mit direkten Spuren, die vom Täter stammen, kann ich nicht dienen. Keine Fingerabdrücke, DNA- oder Faserspuren. Die Kameras waren originalverpackt, dementsprechend bieten sie ebenfalls keine Spuren. Sie sind Standardware, die man überall kaufen kann.«

»Seriennummern?«

»Asiatische Fabrikate. Da bringen uns die Nummern nicht weiter. Bei dem Zünder für die Bombe ist es ähnlich. Ein Prepaid-Handy, das wir nicht nachverfolgen können, und ansonsten auch aus Standardware zusammengebastelt, die man in jedem Baumarkt bekommt. Die Bauart entspricht einer Anleitung, die uns aus dem Internet bekannt ist. Es ist zwar verboten, sie herunterzuladen, aber wir können unmöglich verhindern, dass es jemand tut.«

»Leider«, bemerkte Bechtel.

»Aber den Sprengstoff kann man nicht frei kaufen.«

»Richtig. Der ist sehr aufschlussreich, aber ob uns das weiterhilft, ist eine andere Frage. Es handelt sich um TNT aus alten Beständen der NVA. Nicht mehr up to date, aber noch funktionsfähig, wie wir gesehen haben.«

Ellen war die Einzige, die Sinas Blick richtig deuten konnte. Nur Sina hatte gesehen, wie sie nach der Explosion aussah. »Wie kommt man an das TNT?«

»Es gibt zwei Möglichkeiten. Mit entsprechenden Beziehungen kann man es auf dem Schwarzmarkt kaufen, oder der Täter hat es irgendwo gefunden. Die NVA hatte Unmengen Sprengstoff vorrätig, und niemand kann behaupten, dass alles entdeckt worden ist.«

»Wir hören uns mal auf dem Schwarzmarkt um. Ich befürchte allerdings, dass deine letzte Vermutung zutrifft. Größere Mengen kann man nicht kaufen, ohne aufzufallen. Der Täter schreibt, dass er mehr davon hat.«

»Davon müssen wir definitiv ausgehen«, sagte Sina.

»Unerfreulich.« Ellen notierte »Sprengstoff aus NVA-Beständen« auf einem Flipchart. »Dann haben wir noch die CD mit dem Programm. Was ist damit?«

»Das ist tatsächlich das Interessanteste, was ich heute zu bieten habe. Die CD ist, wie nicht anders zu erwarten, billige Massenware aus dem Supermarkt, aber das Programm ist selbst geschrieben.«

Diese Entdeckung war wichtig. Viele Verbrechen wurden aufgedeckt, weil die Täter etwas Raffiniertes planten, ein exotisches Gift verwendeten oder Material benutzten, das man anhand von individuellen Merkmalen zuordnen konnte. Das Schlimmste für Ermittlungen war die Verwendung von frei erhältlicher und beliebig austauschbarer Massenware.

»Programmierer«, notierte Ellen auf dem Flipchart.

»Sogar ein guter«, sagte Sina. »Behaupten jedenfalls unsere Experten.«

»Das grenzt den Kreis der Täter ein, aber leider nur auf ein paar hunderttausend. Trotzdem sollten wir diesen Punkt im Auge behalten. Was macht das Programm?«

»Platt gesagt, nimmt es die Bilder der Kameras und stellt sie ins Internet. Jeder, der die Internetwache der Berliner Polizei aufruft, bekommt die Bilder verkleinert angezeigt. Man kann die anklicken, die man groß sehen will. Dann gibt es noch einen Kanal, über den man Bilder von außen einspielen kann.«

»Er setzt also konsequent um, was er im Brief angekündigt hat. Wenn wir die Kameras und das Programm installieren, würde das bedeuten, dass jeder Computerbesitzer auf der ganzen Welt uns beobachten kann.«

Marina Wirtz, die gleich ihren Bericht über den Brief des Erpressers vortragen sollte, sah bei der Erwähnung der Kameras verstohlen unter die Decke.

»Der zweite Teil des Programms stellt eine Verbindung zu Skype her. Mit Skype kann man über das Internet telefonieren. Die technischen Einzelheiten erspare ich euch jetzt.« Sina sah in die Runde und lehnte sich zurück.

Ellen nickte Sina zu und wandte sich an Marina Wirtz. »Diese Art Täter ist nicht unbedingt das Übliche. Was hat der Psychologische Dienst dazu zu sagen?«

Marina wirkte nicht so selbstbewusst wie sonst. Deshalb tat sie das, was schon unzählige Experten vor ihr getan hatten: Sie spickte ihren Bericht mit zahlreichen Fachbegriffen – und Ellen ließ sie gewähren. Allerdings nur, bis Marina ausgeredet hatte.

»Sie wissen also nichts«, fasste Ellen zusammen. »Aber danke für Ihren Bericht.«

Ellen erntete einen bitterbösen Blick, was sie aber nicht weiter störte. Sie ordnete an, die Technik so weit zu installieren, dass eine Kommunikation mit dem Erpresser möglich war, falls der sich tatsächlich morgen melden würde. Die Kameras wollte niemand installiert haben.

Weil ihr Fahrrad kaputt war, ließ Ellen sich von einer Streife vor dem Mietshaus absetzen, in dem sie wohnte. Die Metallbriefkästen, die im Flur an der rechten Wand hingen, waren schon in die Jahre gekommen. Ellens Vermieter besaß kein Interesse an Investitionen, er war nur auf die Miete scharf. Und die Mieter besaßen kein Interesse an pfleglichem Umgang mit dem Haus. Einige Briefkästen waren ziemlich zerbeult. Besonders der von Hassan Nabil, einem Ägypter, der in der Wohnung unter Ellen lebte. Sein Briefkasten quoll förmlich über. Die neueste Ausgabe eines Sexmagazins steckte nur mit einer Spitze im Einwurfschlitz. Eine nackte Frau sah Ellen lasziv vom Titelbild aus an. Diese Lektüre passte zu Hassan. Wenn sie sich im Treppenhaus begegneten, hatte er für gewöhnlich eine anzügliche Bemerkung auf den Lippen. Am liebsten hätte Ellen die Zeitschrift zerrissen und in die Mülltonne geworfen.

Im dritten Stock ging ihr Blutdruck in die Höhe. Nicht wegen der vielen Stufen, die schaffte sie spielend. Ursache war die Musik, die durch Hassans Tür drang. Selbst im Treppenhaus war sie laut. Wie konnte man es da drinnen bloß aushalten? Aus Erfahrung wusste Ellen, dass der Krach stundenlang andauern konnte – und sie unfreiwillig in einen reichlichen Genuss des Mithörens kam. Die Etagendecken waren dünn. Leider deckte sich ihr Musikgeschmack absolut nicht mit dem von Hassan. Ellen klingelte zuerst, dann klopfte sie an die Tür. Es tat sich nichts. Wie auch? Bei dem Lärm hörte sie ihr eigenes Klopfen kaum. Jetzt übertönten laute Schüsse den Krach.

Ellen hieb nochmals fest gegen die Tür. Die einzige Reaktion waren weitere Schüsse. Eine ganze Serie. Hassan saß wohl vor einem seiner Computer-Ballerspiele, seiner absoluten Lieblingsbeschäftigung. Der konnte er mit einer extremen Ausdauer nachgehen, was Ellen schon manche unruhige Nacht beschert hatte. Kurz überlegte sie, ob sie die Tür eintreten sollte. Die Polizei zu rufen, war ihr irgendwie zu blöd. Nachher fragten sich die Kollegen, warum sie nicht selbst mit einer simplen Ruhestörung fertigwurde. Das war der übliche Job für Anfänger. Sie beneidete die alte Frau unter Hassan. Die musste nur ihr Hörgerät ausschalten und hatte ihre Ruhe. Wütend ging Ellen die Stufen zu ihrer Dachetage hoch.

»Was für ein Tag«, murmelte sie. »Morgens eine Bombe, abends der Krach von diesem Mistkerl.« Dabei war sie sich nicht sicher, was das größere Übel war.

Beim Betreten der Wohnung kam Ellen eine Wand heißer Luft entgegen. So eine Dachwohnung bot eine Reihe von Vorteilen. Man hatte eine wunderbare Aussicht über die Dächer von Berlin, aber was wichtiger war: Niemand konnte einem in die Fenster sehen. Ellen schätzte es sehr, unbeobachtet zu sein. Ihr Privatleben ging niemanden etwas an. Aber heute entfaltete die Wohnung alle Nachteile. Der Altbau war miserabel isoliert, und die Hitze des Tages staute sich unter dem Dach wie in einem Backofen mit Oberhitze.

Ellen warf einen Blick auf ihre Wetterstation, dreiunddreißig Grad außen, neununddreißig Komma fünf Grad innen. Dazu eine Luftfeuchtigkeit wie in der Karibik. Nur fehlte in Berlin das Meer. Sie riss alle Fenster auf, obwohl die Temperatur dadurch kaum abnahm. Aber immerhin fühlte es sich nicht mehr so stickig an. Ein Bad mit kühlem Wasser war die einzige Chance, der Hitze zu entkommen.

Während Ellen Wasser in die Badewanne laufen ließ, begutachtete sie sich im Spiegel. Die Verletzungen durch den Sturz waren tatsächlich nicht der Rede wert. Jedenfalls in Ellens Augen. Wenn sie von einem intensiven Kampfsporttraining kam, sah sie nicht besser aus.

Das kühle Wasser in der Wanne tat gut. Voller Hoffnung auf ein bisschen Ruhe tauchte Ellen ganz unter. Es half nur begrenzt. Die Knallerei von Hassan drang selbst durch das Badewasser in ihre Ohren. Nach zwanzig Minuten hatte Ellen genug. Sie stieg aus der Wanne. In der Wohnung waren es immer noch achtunddreißig Komma sieben Grad. Ellen trocknete sich nur oberflächlich ab und setzte sich dann auf ihr zusammengelegtes Handtuch vor ihren Laptop. Sie stülpte sich ihre Kopfhörer über und wählte Musik, die mehr ihrem Geschmack entsprach als das, was Hassan ihr bot. Dann tat sie das, was sie meistens tat, um einen anstrengenden Tag hinter sich zu lassen: Sie surfte im Internet. Hier konnte sie tun und lassen, was sie wollte. Niemand kannte sie. Niemand zog sie für irgendwas zur Rechenschaft. Hier waren die Grenzen so viel weiter gesteckt als in ihrem Alltag – was gelegentlich dazu verleitete, die alltäglichen Grenzen zu überschreiten.

Die Entspannung kam langsam. Sehr langsam. Jetzt tat Ellen doch, was sie eigentlich nicht wollte: Sie goss sich ein großes Glas Rotwein ein. Aber irgendetwas brauchte sie, um die Ereignisse des Tages in den Hintergrund zu drängen.

Der dünne Wasserfilm, der langsam auf ihrer Haut verdunstete, sorgte für ein bisschen Abkühlung. Sie verschränkte die Arme hinter ihrem Kopf und verfolgte ein Video – unbeobachtet, wie sie glaubte. Die nur einen Millimeter große Webkamera, die standardmäßig am oberen Bildschirmrand eingebaut war, hatte Ellen schon seit Ewigkeiten nicht mehr benutzt.

3

»Neue Nachrichten vom Bombenleger …«, hörte Ellen in den Frühnachrichten, während sie in der Küche ein Müsli anrührte. Sie stellte die Schüssel so hastig ab, dass ein Schluck Milch über den Rand auf den Tisch schwappte. Tatsächlich, es ging um ihren Fall.

»Wir haben alle gerätselt, welchen Inhalt das Paket an die Polizei hatte, das bei der gestrigen Explosion gefunden wurde. Inzwischen hat unsere Redaktion eine E-Mail des Erpressers erhalten.«

Ellen drehte das kleine Radio lauter. Der Sprecher zählte den Inhalt des Pakets auf und verlas die mitgelieferte Nachricht. Es war genau der Text, den Ellen kannte. In diesem Moment wusste die ganze Stadt Bescheid. Mit Sicherheit hatte der Erpresser seine E-Mail auch an die anderen Nachrichtenredaktionen versandt. Man konnte nichts mehr verheimlichen. Jeder in Berlin kannte jetzt die versteckte Drohung und die Forderung an die Polizei.

Ellen griff zum Handy. »Einen Streifenwagen zu mir nach Hause. Schnell!«

Einer dunklen Ahnung folgend, ließ Ellen den Wagen an einem Kiosk anhalten. Es war, wie sie befürchtet hatte, eher schlimmer. Alle großen Tageszeitungen brachten die Nachricht des Erpressers, einige sogar auf der Titelseite. Manche zeigten dazu Fotos des Pakets, andere zeigten Fotos von ihr, wie Eberle sie interviewte.

»So eine Scheiße!«

Der Kioskbesitzer sah sie überrascht an, erkannte sie aber nicht. Dazu war der Unterschied zwischen der Frau in dem abgerissenen T-Shirt und der Frau, die jetzt vor ihm stand, wohl zu groß. Ellen kaufte von jeder wichtigen Zeitung ein Exemplar.

In ihrem Büro überflog Ellen die Artikel. Sie boten keine neuen Informationen. Allen gemeinsam war die versteckt oder offen formulierte Frage: Was wird die Polizei tun? Das war tatsächlich die entscheidende Frage – und Ellen musste sie beantworten. Viel Zeit zum Überlegen blieb ihr nicht. Direktor Brahe rief an. Ellen war überrascht, normalerweise war er nicht so früh im Dienst, aber wahrscheinlich hatte er auch die Nachrichten gehört. Ellen ging sofort zu ihm.

Brahe stand am Fenster und sah hinaus. »Ich habe befürchtet, dass es kompliziert wird. Das öffentliche Interesse setzt uns mächtig unter Druck.« Er deutete auf einige Zeitungen auf seinem Schreibtisch.

»Die kenne ich schon«, sagte Ellen.

Brahe ging zum Telefon, nahm den Hörer ab und legte ihn neben den Apparat.

»Haben Sie eine Vorstellung, was hier gleich los sein wird? Das Telefon wird glühen. Und das sind dann nur die Anrufe, die die Telefonzentrale *nicht* abwimmeln kann. Was soll ich denen sagen?«

»Wir haben nicht viele Optionen. Wir können die Forderung ignorieren …«

»… und dann wird die halbe Stadt Angst vor einem weiteren und schlimmeren Anschlag haben«, sagte Brahe.

»Richtig. Wir wissen noch zu wenig, um einen Anschlag zu verhindern. Und das weiß auch die Öffentlichkeit. Würden wir die Sache herunterspielen, würde uns niemand glauben.«

»Das bedeutet, dass wir auf die Forderung eingehen müssen. Auch wenn uns das nicht gefällt.«

»Es gefällt mir ganz und gar nicht.«

»Wissen Sie etwas Besseres?«

Jetzt wirkte Brahe überhaupt nicht mehr gelassen. Er spielte unruhig mit seiner Krawatte. Ellen konnte ihn verstehen. Schließlich musste Brahe die Ermittlungen nach außen und gegenüber seinen Vorgesetzten vertreten.

»Ich habe schon eine Idee. Wir gehen zum Schein auf die Forderung ein und installieren die Kameras in unserer Zentrale. Das müssen wir machen, weil der Erpresser vielleicht weiß, wie die Zentrale aussieht. Daneben richten wir einen Raum als Ausweichzentrale ein, in der wir ungestört arbeiten können. Wenn wir es einigermaßen geschickt anstellen, sollte er nichts davon mitbekommen.«

Brahe überlegte einen Moment. »Das ist eine Möglichkeit.

Machen Sie das so. Beeilen Sie sich, wir haben nur bis zehn Uhr Zeit.«

»Aber das darf auf keinen Fall nach außen gelangen. Der Erpresser muss davon überzeugt sein, dass das, was er durch die Kameras sieht, unsere tatsächliche Arbeit ist.«

Brahe sah sein Telefon an und seufzte. Natürlich durfte er diesen Plan nicht an die Presse geben. Einfach würde das nicht werden. Ellen konnte sich das gut vorstellen. Sie wollte nicht mit Brahe tauschen. Brahe mit ihr wahrscheinlich auch nicht.

»Ich halte Ihnen den Rücken frei, Frau Faber. Bringen Sie diesen Mann so schnell wie möglich zur Strecke. Und tun Sie alles, um eine Panik zu vermeiden. Vergessen Sie nie, dass Sie beobachtet und aufgenommen werden, wenn Sie mit dem Erpresser reden. Seien Sie vorsichtig bei allem, was Sie sagen. Die Leute müssen das Gefühl bekommen, dass Sie die Sache im Griff haben.«

Ellen verließ das Büro ihres Chefs mit einem harten Knoten im Magen.

4

In der Zentrale herrschte ein furchtbares Durcheinander, denn jetzt musste vieles gleichzeitig geschehen. Ellen gelang es nur mit Mühe, die Techniker so zu organisieren, dass sie sich beim Anbringen der Kameras nicht gegenseitig behinderten. Währenddessen versuchten die Systemadministratoren, die entsprechenden Verbindungen herzustellen. Ganz so einfach war die Installation doch nicht – wie immer, wenn Programmierer sagten, es ginge wie von selbst. Für die Ausweichzentrale blieb keine Zeit, aber das konnte man später erledigen. Wichtig war jetzt nur der Kontakt zu dem Erpresser.

»Wir müssen erst testen«, sagte jemand, den Ellen nicht kannte.

»Keine Zeit«, sagte Ellen. »Es muss funktionieren.«

Während Ellen auf die Kontaktaufnahme wartete, bereiteten Techniker Fangschaltungen vor, und die Systemspezialisten konfigurierten ihre Software, um den Rechner, von dem der Erpresser agierte, so schnell wie möglich zu lokalisieren. Kurz vor zehn scheuchte Ellen die meisten Techniker aus dem Raum. Sie musste sich konzentrieren.

Die Aufregung machte sich jetzt auch bei ihr bemerkbar, Ellen musste sich dauernd räuspern. Ab jetzt wurden die Bilder ins Internet übertragen, und jeder konnte sie sich ansehen, auch der Erpresser.

10:01 Uhr. Khalid, der leitende Systemadministrator, zählte über hundert Klicks auf der Polizei-Homepage.

10:02 Uhr. Die Zahl der Zugriffe überschritt die Tausend. Ellen sah sich um. Khalid signalisierte ihr lautlos die Zahl aus dem Hintergrund. Er wirkte besorgt. Noch tat sich nichts.

10:04 Uhr. Jetzt sahen bereits mehr als fünftausend Menschen zu. Ellens Puls raste wie bei ihrem letzten Leistungstraining.

10:05 Uhr. Endlich ging ein Anruf auf Skype ein. Mit ihrem schweißnassen Finger tippte Ellen auf O.K., um den Anruf entgegenzunehmen.

»Guten Morgen«, klang es aus den Lautsprechern. Es war eine freundliche Stimme. Männlich, Mitte dreißig.

»Guten Morgen«, gab Ellen zurück. Ihre Stimme klang kratzig. Wieder musste sie sich räuspern.

»Bitte entschuldigen Sie die Verspätung. Ich wollte nur unseren Mitbürgern die Gelegenheit geben, sich dazuzuschalten. Normalerweise bin ich sehr pünktlich.«

Eigentlich hatte Ellen sich vorgenommen, den Erpresser in ein Gespräch zu verwickeln, um den Technikern Zeit für die Fangschaltung zu geben. Normalerweise saß sie in solchen Fällen in einem abgeschirmten Einsatzwagen mit höchstens zwei weiteren Kollegen. Vor laufenden Kameras zu stehen und eine Verhandlung mit einem Erpresser zu führen, war doch etwas ganz anderes. Das war in keiner Ausbildung vorgesehen, und auf Erfahrungen konnte Ellen auch nicht zurückgreifen. Vor lauter Aufregung stellte sie sofort die Frage, die ihr am wichtigsten war: »Was wollen Sie?«

»So schnell kommen Sie zur Sache?«, sagte der Erpresser. »Aber warum nicht.« Seine Stimme klang überaus freundlich und so ruhig, als ob sie im Café miteinander plauderten. Das hatte Ellen nicht erwartet. Häufig klangen Erpresser gehetzt. Man spürte den Druck, unter dem sie standen. Für einen Erpresser war seine Situation einmalig. Alles war neu. Das verleitete zu Fehlern, die ein routinierter Verhandlungsführer der Polizei ausnutzen konnte.

Damit hatte Ellen gerechnet, und darauf hatte sie sich vorbereitet. Sie hatte Mühe, ihre Irritation zu verbergen. Die Vorstellung, dass Tausende von Menschen ihr ins Gesicht sahen, machte es nicht einfacher. Ellen warf einen Blick zu dem Monitor, der die Internetübertragung zeigte. Dort sah sie sich selbst. Sie fragte sich, ob sie eine gute Figur abgab. Das Bild begann zu flackern. Es blieb immer wieder stehen. Dann fror es ganz ein. Khalid bearbeitete hektisch seine Tastatur.

Ellen wusste nicht, welches Gefühl überwog: die Erleichterung, dass die Öffentlichkeit wieder außen vor war, oder der Schreck, dass ihre Technik zusammenbrach.

»Das habe ich mir gedacht«, kam wieder die Stimme des Erpressers, jetzt über Skype. Sie klang unverändert freundlich, als ob nichts geschehen wäre. »Ich habe Ihnen geraten, für gute Verbindungen zu sorgen, und jetzt klappt es nicht. Sie unterschätzen das Interesse unserer Mitbürger an Ihrer Arbeit. Das ist sehr bedauerlich.«

Klang Spott in der Stimme mit? Ellen versuchte, den Tonfall des Mannes zu deuten, aber es gelang ihr nicht.

Er redete schon wieder weiter. »Seien Sie unbesorgt. Das hier war nur ein Test, ob Sie gut vorbereitet sind. Um dreizehn Uhr geht es weiter. Dann wird es ernst. Enttäuschen Sie mich und unsere Mitbürger nicht.«

Ein leiser Glockenton zeigte an, dass die Verbindung unterbrochen war. Es dauerte einen Moment, bis sich die ersten wieder regten. Khalid wischte sich die Handflächen an den Oberschenkeln ab.

»Was war mit der Verbindung los?«, fragte Ellen. Ihre Stimme klang immer noch angespannt.

Khalid sah von seinem Computer auf. »Die Nutzerzahlen sind sprunghaft angestiegen. Das haben unsere Server nicht verkraftet und sind zusammengebrochen.«

»Wie viele Zugriffe?«

»Schätzungsweise bei elftausend. Vielleicht auch bei zwölftausend oder dreizehntausend. Da konnte ich nichts machen. Das packt der Server nicht.«

»Das muss besser werden. Irgendwie.« Langsam gewann Ellen ihre Sicherheit zurück. »Konnten Sie den Rechner des Erpressers lokalisieren?«

»In diesem Datenwust? Unmöglich.«

»Aber die Verbindung über Skype. Wo kam die her?«

»Die Analyse läuft noch.«

»Okay. Was sagt die Stimmanalyse?«

»Männlich. Mitte dreißig. Keine Verzerrer zwischengeschaltet.«

»Das habe ich selbst gemerkt. Was sonst?«

Der Phonetik-Experte sah sich um, so als ob er sich nicht traute weiterzureden. »Eine Analyse wird uns nicht weiterbringen.«

»Was soll das heißen? Irgendetwas müssen wir doch herausfinden können.«

Ein Stimmabdruck war genauso individuell wie ein Fingerabdruck. Darüber hinaus bot eine Stimmprobe eine Unmenge an

Informationen, neben Geschlecht und Alter häufig auch Hinweise auf Herkunft, Bildung, psychische Verfassung und manchmal sogar Krankheiten.

»Leider nein. Hätte er einen Verzerrer genommen, hätten wir die Veränderungen rückgängig machen können. Aber der Erpresser hat überhaupt nicht gesprochen.«

Ellen glaubte sich verhört zu haben. Wollte man sie auf den Arm nehmen? »Was soll der Unsinn? Ich habe ihn doch gehört.«

»Haben Sie nicht. Sie haben einen Computer gehört.«

»Nun reden Sie endlich! Wir haben nicht ewig Zeit.«

»Der Erpresser hat eine Vorlese-Software benutzt.«

»Vorlese-Software? Was ist das?«

»Eine Software, die Ihnen das vorliest, was Sie gerade auf dem Rechner haben.«

»Das heißt, er tippt den Text in den Computer und lässt den Computer dann reden?«

»So könnte man es machen, aber unser Erpresser war wohl noch raffinierter. Vermutlich spricht er seine Antwort in eine Diktier-Software, die daraus einen Text macht, den er dann vorlesen lässt. Sie haben sicherlich die kurze Verzögerung bei den Antworten bemerkt.«

Das hatte Ellen, doch sie hatte den kurzen Pausen keine Bedeutung beigemessen. Die Konsequenzen aus der Erklärung des Phonetik-Experten waren ihr sofort klar. »Das bedeutet, dass wir eine Stimmauswertung vergessen können.«

»So ist es.«

»Scheiß Computerzeitalter!«

»Wir haben die Gegenstelle der Skype-Verbindung lokalisiert«, meldete sich Khalid. »Es ist ein Rechner in Kairo.«

»In Kairo? Was bedeutet das?«

»Es handelt sich um eine Kette von Rechnern. Weiter konnten wir nicht zurückverfolgen. Es muss nicht wirklich der letzte Rechner gewesen sein.«

Ellen riss sich zusammen, um nicht mit der Faust auf den Tisch zu schlagen. Wohin sie auch griff, sie griff ins Leere. Es war nicht zum Aushalten. Jetzt hatte sie mit dem Erpresser gesprochen und doch nicht den geringsten Anhaltspunkt. Der Kontakt mit dem

Erpresser war nur kurz gewesen, aber er hatte ihr bereits eine Menge Grenzen vor Augen geführt. Grenzen, die Ellen nicht gewohnt war. Sie wollte agieren. Sie brauchte einen Ansatz, wie sie die Initiative bekam.

In der Zentrale gab es nichts mehr zu besprechen, und den Technikern stand sie ohnehin nur im Weg. Ein Kaffee zusammen mit Sina war jetzt genau das Richtige. Der Weg zur Cafeteria führte durchs Foyer – eigentlich. Ellen öffnete die Tür zum Foyer und hörte eine bekannte Stimme. Dann sah sie ihn: Eberle. Und Eberle sah sie. Sofort stürzte der Reporter auf sie zu, den obligatorischen Kameramann im Schlepptau. Und die beiden waren nicht allein. Ein gutes Dutzend weitere Reporter, die Ellen nicht kannte, verfolgten wiederum den Kameramann. Es gelang ihr gerade rechtzeitig, im Gang zu verschwinden und die Tür zu schließen. Hier kamen nur Befugte hinein.

»Wir wollen eine Pressekonferenz«, hörte sie Eberle rufen. Dann hämmerte es an die Tür.

5

Ellen war nervös wie schon lange nicht mehr. Ihre Gedanken wanderten immer häufiger zu der Tafel Nuss-Schokolade, die für Notfälle in ihrer Schreibtischschublade lag. Nervennahrung. Bis gestern noch hätte sie sich als routiniert und abgebrüht bezeichnet. Wenigstens im Dienst. Privat zählte nicht, das war ein anderes Leben. Sie hatte eine Ausbildung hinter sich, die sowohl körperlich als auch psychisch höchst anspruchsvoll war, sowie etliche Jahre Erfahrung in richtig schwierigen Situationen. Sie war nie einem Kampf ausgewichen. Immer hatte sie alles fest im Griff gehabt. Aber jetzt?

Die Ungewissheit war das Schlimmste. Ellen aß die ganze Tafel Schokolade auf einmal. Damit sollte ihr Gehirn genug Zucker für die nächste Herausforderung haben.

Um Viertel vor eins ging Ellen wieder in die Zentrale und erkundigte sich nach dem Stand der Technik. Khalid hatte rote Flecken im Gesicht.

»Wir haben alle erreichbaren Server der Polizei und einiger anderer Behörden zugeschaltet, die Homepage gespiegelt und …«

Ellen winkte ab. »Ich bin überzeugt, dass Sie phantastische Arbeit geleistet und ein kleines Wunder vollbracht haben, aber die Details verstehe ich nicht. Was ich wissen möchte, ist: Wie viele Nutzer verkraften die Systeme jetzt, ohne zusammenzubrechen? Wir dürfen uns keine Panne erlauben.«

»Achtzigtausend. Plus/minus zehntausend. Ganz genau kann man das nicht vorhersagen.«

Achtzigtausend. Ellen war von der Leistung der Techniker ehrlich beeindruckt. Und erschrocken. So viele Leute konnten ihr zusehen. Am liebsten würde sie in ein Loch im Boden versinken. Im Hintergrund die Fäden zu ziehen, oder viel besser noch, im Kampfanzug einem realen Gegner gegenüberzustehen, das war ihre Welt.

Ein bitterer Geschmack stieg ihre Speiseröhre hinauf. Ellen brauchte alle Konzentration, um ihre Übelkeit niederzukämpfen. Mit weichen Knien trat sie in die Mitte des Raums, wo alle sie sehen konnten. Und »alle« hieß dieses Mal, nicht nur alle Kollegen, sondern Tausende von Menschen an ihren Computern zu Hause. Khalid hielt eine Tafel hoch, auf der sechzigtausend stand. Die Übelkeit kehrte schlagartig zurück. Ellen lehnte sich an einen Tisch, unauffällig, wie sie hoffte. Die Digitaluhr sprang auf 13:00. Exakt zur gleichen Sekunde signalisierte Skype eine eintreffende Verbindung.

»Guten Tag, Frau Faber. Schön, Sie wieder zu sprechen – und zu sehen.«

Er kannte ihren Namen. Woher? Geistesgegenwärtig fragte Ellen zurück: »Und wie heißen Sie?«

Gelächter drang aus den Lautsprechern, wie Ellen es aus amerikanischen Comedy-Sendungen kannte. Eine eingespielte Konserve.

»Dafür ist es noch zu früh. Diese Information müssen Sie sich verdienen. Einen ersten Schritt dahin können Sie gleich tun. Achten Sie auf den Monitor.«

Auf dem Bildschirm, der das eingehende Signal aufnahm, erschien ein Doppeldecker-Bus in der typischen gelben Lackierung der Berliner Verkehrsgesellschaft. Er fuhr die Linie 106, wie auf der Anzeige über der Windschutzscheibe gut zu sehen war. Jetzt stand er geparkt neben anderen Bussen.

»Was sehen Sie?«, fragte die Stimme.

»Einen Bus der BVG. Und?«

»Richtig. Aber dieser Bus hat eine Sonderausstattung.«

Das Bild zoomte heran und schwenkte zugleich so, dass Ellen unter den Bus sehen konnte. Dort war etwas befestigt. Das Bild zoomte weiter heran. Ein schwarzer Kasten in der Größe einer Zigarrenkiste. Eine LED leuchtete rot wie ein böses Auge. Eine Sprengladung! In der Nähe des Tanks. Man sah es ganz deutlich. Ellen wurde heiß.

»Was soll das? Was wollen Sie?«, stieß sie hervor.

»Nicht so ungeduldig. Sie werden gleich verstehen. Sehen wir uns gemeinsam das Bild einer Überwachungskamera an, die zufällig auf der Route des Busses installiert ist.«

Das Bild wechselte. Da war wieder der Bus. Gerade hielt er an einer Haltestelle. Durch die Fenster konnte man sehen, dass der

Bus voll besetzt war. Im Mittelgang und auf der oberen Ebene drängten sich Schulkinder auf dem Weg nach Hause.

Auf Ellens Stirn bildeten sich Schweißtropfen. »Das … das können Sie nicht tun. Die vielen Menschen. Die Kinder. Sie sind unschuldig. Sie dürfen ihnen nichts tun.«

»Ob ihnen etwas geschieht, liegt ganz allein bei Ihnen, Frau Faber.«

»Bei mir? Warum bei mir? Was wollen Sie?«

»Die Frage nach dem Warum verschwendet nur Zeit, und davon haben Sie nicht viel. Sie haben exakt dreihundert Sekunden, um die Katastrophe zu verhindern. Die Zeit läuft ab jetzt.«

Auf dem Monitor wurde eine 300 eingeblendet. Ellen starrte auf die Zahlen: 299, 298, 297, 296 …

Die Stimme schwieg.

Ellen brauchte einen Moment, um zu realisieren, dass es sich bei den Zahlen um einen Countdown handelte.

290.

Die Stimme schwieg noch immer.

»Stellen Sie Ihre Forderungen!«

Nichts. Das passte in keins der üblichen Schemata. Normalerweise warteten Erpresser darauf, ihre Forderungen stellen zu können, sobald man ihnen die Gelegenheit gab.

Ellen wurde klar, dass nichts mehr kommen würde. Den anderen in der Zentrale ging es genauso. Schlagartig redeten alle durcheinander.

»Ruhe! Ruhe!«, brüllte Ellen.

Der Monitor zeigte 270, als Ellen sich endlich durchsetzen konnte. Die Gespräche verstummten. Alle sahen auf die Monitore. Der Bus fuhr von der Haltestelle ab. Einige Kinder waren ausgestiegen. Sie waren der Bombe entkommen.

»Wo ist der Bus jetzt?« Ellen stürzte zum Stadtplan.

»Er muss ungefähr hier sein, an der Urania«, sagte Marina Wirtz. Sie war in Berlin aufgewachsen und kannte die Linien der BVG fast alle auswendig.

250.

»Welche von unseren Einheiten ist in der Nähe?«

Das konnte so schnell niemand feststellen.

»Funken Sie alle Streifenwagen im Umkreis an. Sie sollen zum Nollendorfplatz und den Bus 106 in Richtung Schöneberg anhalten. Die Leute müssen so schnell wie möglich raus.«

220.

»Die Zeit ist zu knapp. Das ist unmöglich zu schaffen«, sagte Roger Brand, ein Kollege von Khalid.

»Halten Sie den Mund!«, fuhr Ellen ihn an. Sie wusste selbst, dass sie so gut wie keine Chance hatten. Aber was sollte sie sonst tun?

Das Bild einer neuen Überwachungskamera wurde eingeblendet. Wieder eine Haltestelle. Eine ganze Traube von Menschen stand dort und wartete auf den Bus. Jetzt erschien er im Bild.

180.

»Wo sind unsere Leute? Ich muss es wissen. Sofort!«

»Der nächste Wagen braucht drei Minuten bis zu der Haltestelle, sagen sie.«

»Das dauert zu lange. Sie sollen sich beeilen, um Himmels willen.«

170.

»Selbst wenn sie es schaffen. Sie werden die Leute niemals rechtzeitig aus dem Bus kriegen.«

Marina Wirtz hatte recht. Ellen biss sich auf die Lippen.

»Welche Alternativen haben wir? Irgendwas, das wir tun können?«

»Ich weiß nichts«, sagte die Wirtz eine Spur leiser.

Die erste Kamera zeigte einen Streifenwagen, der die Straße entlangraste – so schnell, wie es in dem regen Verkehr eben ging. Er war erst an der Stelle, an der sie den Bus zum ersten Mal gesehen hatten. Ellen sah zur Straßenkarte.

120.

Es reichte nicht. Der Streifenwagen würde erst kurz nach dem Bus eintreffen, denn der fuhr schon wieder weiter. Die Bluse klebte Ellen am Leib, so sehr schwitzte sie. Die Bombe durfte nicht zünden. Niemals. So viele Opfer. Nein, es durfte keine Opfer geben. Aber was sollte sie tun, um es zu verhindern? Keine Zeit, irgendwelche Optionen zu durchdenken. Keine Zeit für Rücksprachen im Team. Keine Zeit für nichts.

100.

»Was wollen Sie?«, brüllte Ellen ins Mikrofon hinein. »Reden Sie endlich! Was wollen Sie?«

Ellen blickte hoch zu den installierten Kameras. Warum reagiert der Erpresser nicht? Was will er?

Zu allem Überfluss hielt Khalid die Tafel wieder hoch. 80.000. Die Internetverbindung konnte jeden Moment zusammenbrechen. Dann war alles aus. Der Erpresser musste ihr antworten.

»Sie schaffen es nicht«, klang da die Stimme aus dem Lautsprecher. Absolut ruhig, ungerührt, freundlich, ähnlich der Anweisung eines Navigationssystems »biegen Sie in hundert Metern rechts ab«. Das krasse Gegenteil zu der Stimmung in der Zentrale und zu Ellens hektischer Stimme. Vorlese-Software!

60.

Der Bus kam wieder in den Blick einer Überwachungskamera. Von dem Streifenwagen war noch nichts zu sehen.

»Was wollen Sie, dass wir tun sollen?«

»Das liegt ganz an Ihnen.«

50.

»An mir? Was soll ich tun?«

»Sie können Zeit kaufen.«

40.

Alle in der Zentrale schwiegen. Kaum einer bewegte sich. Sie starrten auf den Monitor und verfolgten die Zahlen. Jetzt konnte wirklich niemand mehr etwas tun.

35.

»Zeit kaufen?«

»Mit jedem geöffneten Knopf Ihrer Bluse kaufen Sie 30 Sekunden.«

Die Erkenntnis, was der Erpresser wollte, sickerte wie durch Watte in Ellens Verstand. Das konnte er doch nicht ernst meinen.

»Ich will mit Ihnen reden. Antworten Sie!«

Keine Reaktion.

25.

Wie versteinert sah Ellen auf die Anzeige.

15.

Der Streifenwagen erschien ganz hinten im Bild. Er würde den Bus bestenfalls gleichzeitig mit der Explosion erreichen.

10.

Wie ein Automat bewegte Ellen die Finger zum Hals und öffnete den obersten Knopf ihrer Bluse. Im gleichen Moment sprang die Anzeige auf siebenunddreißig.

Die Kollegen hatten Mühe, den Streifenwagen am Bus vorbeizuquetschen.

5.

Es schien endlos zu dauern, bis der Bus zum Stehen kam. Die Zeit lief. Ellen öffnete einen weiteren Knopf. Jetzt hatten sie wieder 35 Sekunden. Die Polizisten gestikulierten. Der Fahrer öffnete die Türen. Erst jetzt fiel Ellen auf, wie endlos lange es dauerte, bis die Drucklufttüren eines Linienbusses ganz offen waren.

20.

Ein Beamter sprang in den Bus, redete zuerst auf den Fahrer ein, dann auf die Fahrgäste. Wieder ein Knopf. Endlich verließen die ersten Kinder den Bus. Viel zu langsam. Alle wollten gleichzeitig hinaus und behinderten sich gegenseitig. Die Schulranzen verkeilten sich im Gang. Ellen öffnete Knopf um Knopf. Schließlich hatte sie keine geschlossenen Knöpfe mehr.

Da kam wieder die Stimme: »Sie schaffen es nicht.«

5.

Mit einem kurzen Ruck riss sich Ellen die Bluse herunter und warf sie auf den Boden.

5.

»Eine sehr weise Entscheidung.«

5.

Immer noch 5.

Ellen stand reglos in ihrem BH in der Mitte des Raums. Das Bild auf dem Monitor fror ein. Die Internetverbindung war wieder wegen Überlastung zusammengebrochen. Erst nach und nach registrierten die Beamten in der Zentrale, dass der Countdown angehalten hatte und sahen Ellen an.

Die Verbindung über Skype bestand noch. Wider Erwarten meldete sich die Stimme des Erpressers erneut: »Sie haben das erste Level erfolgreich bestanden. Wenn auch mit Glück, denn Ihre

Techniker haben versagt. Sorgen Sie in Zukunft für eine gute Verbindung. Ein weiterer Zusammenbruch wäre fatal. Ich möchte Ihnen morgen bei Ihrer Ermittlungsarbeit zusehen. Eine Spielregel sollten Sie noch wissen: Es ist nicht erlaubt, von dem einmal erreichten Level wieder zurückzugehen. Die Spieler können nicht ausgetauscht werden, und es muss so weitergespielt werden, wie wir aufgehört haben. Denken Sie darüber nach. Es wäre unverantwortlich, wenn Sie durch Schwäche schuld an einer Katastrophe werden.«

Das Skype-Signal erlosch. Ellen brachte kein Wort heraus. Sie spürte, wie jegliche Farbe aus ihrem Gesicht verschwunden war.

Wie viele Minuten vergingen, konnte Ellen im Nachhinein nicht mehr sagen. Khalid fasste sich als Erster. »Was soll das bedeuten: Es muss so weitergespielt werden, wie wir aufgehört haben?«

»Das bedeutet, dass Frau Faber morgen so auftreten soll, wie sie heute aufgehört hat, Sie Idiot«, sagte Marina Wirtz.

Ellen interessierte sich nicht für den Dialog. In Zeitlupe hob sie ihre Bluse auf, streifte sie wieder über und setzte sich auf einen freien Stuhl in einer Ecke.

6

Die Polizeioberkommissare Tobias Fendt und Holger Liebig waren sich der Gefahr bewusst, als sie mit dem Streifenwagen den Bus verfolgten. Wenigstens theoretisch. Praktische Erfahrung mit Bomben besaß keiner von beiden. Explodierende Busse kannten sie nur aus amerikanischen Action-Serien.

Nun war mit einem Mal die Kinowelt mitten in ihrem Leben angekommen. Aber nicht nur das. Sie bedrohte ihr Leben ganz konkret. Noch hätten sie der Bedrohung ausweichen können. Einfach einen Tick langsamer fahren. Niemand hätte ihnen einen Vorwurf gemacht. Niemand hätte es überhaupt bemerkt. Stattdessen rasten sie, so schnell es der Verkehr erlaubte, hinter der fahrenden Bombe her.

Jetzt waren sie dran. Tobias quetschte den Wagen trotz Gegenverkehr am Bus vorbei und setzte sich vor ihn. Dann dauerte es einen Moment, den Bus auf null herunterzubremsen.

Tobias und Holger wussten, dass in der Zentrale des LKA ein digitaler Countdown lief. Den genauen Stand kannten sie nicht. Man hatte ihnen eine Zahl genannt, die erschreckend klein war, aber sie hatten keine Zeit, um auf die Uhr zu sehen.

Kaum zum Stehen gekommen, sprang Holger aus dem Wagen und bemühte sich, die neugierigen Passanten zum Weitergehen zu bewegen. Er hatte kaum Erfolg. Die Massenträgheit war einfach zu groß. Zu dieser Zeit waren viele Leute unterwegs, und kaum hatte er an einer Stelle für Bewegung gesorgt, bildete sich an einer anderen eine neue Traube Zuschauer.

Tobias kämpfte währenddessen mit den Fahrgästen. Auch auf die Gefahr einer Panik hin brüllte er das Wort »Bombendrohung« in den vollen Bus. Es kam auf jede Sekunde an. Jede kleinste Verzögerung konnte Menschenleben kosten. Zu Tobias' großem Erschrecken passierte erst einmal außer unbeschreiblicher Hektik so gut wie nichts. Alle schrien wild durcheinander. Dann drängten plötzlich alle gleichzeitig zu den zwei Türen und klemmten sich dabei gegenseitig ein. Eine alte Frau klammerte sich an ihre viel zu große Tasche und wollte sie um alles in der Welt nicht loslassen. Die Grundschüler, die sich bevorzugt oben aufhielten, verkeilten sich mit ihren Ranzen auf der schmalen Treppe nach unten oder stießen sie anderen ins Gesicht. Tobias musste diesem unbeschreiblichen Durcheinander hilflos zusehen. Er konnte nicht einfach an einen Engpass gehen und helfen. Dazu war der Bus zu voll. Seine gebrüllten Anweisungen gingen im allgemeinen Tumult unter. Dabei tickte die Uhr. Während ein Riesen-Airbus mit mehr als achthundert Passagieren in achtzig Sekunden geräumt werden konnte, ging die Evakuierung eines alltäglichen Linienbusses skandalös langsam vonstatten.

Tobias wusste nicht, wie lange die ganze Aktion gedauert hatte, als er dem letzten Fahrgast, einem gehbehinderten Mann, aus dem Bus half. Auf jeden Fall viel zu lange, das war klar. Nach dem ersten Stand des Countdowns hätte der Bus längst explodiert sein müssen, aber alle Fahrgäste und auch er selbst lebten noch. Der Countdown musste gestoppt worden sein.

Weitere Streifenwagen trafen ein. Aus der Zentrale kamen keine Anweisungen, aber was jetzt zu tun war, kannten sie zur Genüge: weiträumige Absperrung, Krankenwagen anfordern zur Betreuung der Fahrgäste, die die eine oder andere leichte Verletzung erlitten hatten, Evakuierung der nahe liegenden Gebäude, Anforderung der Bombenspezialisten.

Fast zeitgleich mit dem letzten Streifenwagen traf die Presse ein. Natürlich hatten sie die Ereignisse über die Internetseite der Polizei verfolgt. Und natürlich besaßen sie Stadtpläne und kannten die Buslinien. Die Menge der Reporter wuchs beängstigend schnell. Tobias und Holger schafften es kaum, die wachsende Meute hinter der Absperrung zu halten.

»Wo kommen die denn alle her?«, fragte Holger.

»Hauptstadtbonus. Wir haben Pressevertreter aus der ganzen Welt hier, und wegen des Außenministertreffens der G20 sind es besonders viele.«

»Das ist doch erst in einer Woche.«

»Die Presse ist schon vorher da. Sie wollen sich die besten Plätze sichern.«

Holger sah sich um. »Die besten Plätze in Berlin sind anscheinend hier bei uns.«

»Vor allem da oben.« Tobias zeigte auf die Balkone der nächsten Häuser, die gerade außerhalb der Evakuierungszone lagen. Auf fast jedem sah man Kameraleute ihre Geräte aufbauen oder Fotografen mit riesigen Teleobjektiven.

Holger stieß Tobias in die Seite. »Setz deine Mütze richtig auf. Wir kommen ins Fernsehen.«

Von der gegenüberliegenden Straßenseite kam eine kleine blonde Frau auf sie zu. Tobias erkannte sie sofort.

»Ellen Faber«, flüsterte Tobias zu Holger, »die Leiterin des LKA 632.«

»Die ist ja klein.«

»Aber ein harter Brocken.«

»Sieht ganz gut aus. Ob ich die mal auf einen Cocktail einladen kann?«

»Lass bloß die Finger von der. Ich habe sie einmal beim Kampftraining beobachtet. Die bricht dir noch mit ihrem kleinen Finger alle Knochen.«

Jetzt stand die Faber vor ihnen. »Haben Sie beide den Bus gestoppt und die Fahrgäste evakuiert?«

Tobias sagte: »Ja.«

Holger nickte.

»Sehr mutig von Ihnen. Meine Anerkennung. Ich werde das Ihrem Vorgesetzten gegenüber vermerken.«

»Das war doch selbstverständlich«, sagte Tobias so überzeugt, wie er konnte.

»Dafür sind wir ja da«, sagte Holger.

7

Im Büro von Direktor Brahe wartete eine Überraschung auf Ellen. An dem kleinen, runden Besprechungstisch saß nicht nur Brahe, sondern auch Kronen, der Polizeipräsident, und Stefan Daudert, ihr Stellvertreter.

Will man mir den Fall entziehen?

Mehr Zeit zum Denken ließ man ihr nicht. Brahe begrüßte sie und stellte dann den Polizeipräsidenten vor. Ellen kannte ihn natürlich, schließlich hatte er sie in die Leitung des LKA 632 eingesetzt, auf Empfehlung von Direktor Brahe hin. Kronen hatte sich sogar einige Male nach ihrem Befinden erkundigt, was aber sehr schnell nachgelassen hatte, als er merkte, dass sie auch als Frau die Position gut ausfüllte.

Kronen trug wie immer einen perfekt sitzenden Maßanzug. Für einen Fünfzigjährigen war sein Haar viel zu dunkel. Seine Haut wirkte, als ob man ihn für einen Fototermin fertig gemacht hätte. Vielleicht hat er ja heute noch einen.

Kronen mochte Fotos und öffentliche Auftritte. Er war mindestens einmal pro Woche in der Presse. Am liebsten verkündete er Erfolge der Polizeiarbeit, die er vortrefflich als seine eigenen darstellen konnte. Manchmal sah man ihn auch mit Prominenten aus der Politik oder besser noch vom Film. Zur Not tat es auch seine eigene Frau, der man leider ansah, dass Kronen sie vorwiegend zu Repräsentationszwecken geheiratet hatte. Sie schien einmal vor dem Spiegel ihr Lächeln eingeübt zu haben und trug es seitdem ununterbrochen vor sich her.

Kronen nickte Ellen nur kurz zu.

»Zu Herrn Daudert brauche ich Ihnen wohl nichts zu sagen«, sagte Brahe mit einer Handbewegung in Richtung von Ellens Stellvertreter.

Nein, das brauchte er wahrlich nicht. Ellen kannte Daudert viel zu gut, nicht nur als Kollegen. Sie waren während ihrer gemeinsamen Ausbildung ein Paar gewesen, wenn auch nur für zwei Monate. Selbst das war noch zu lang gewesen.

Wo Stefan Daudert war, musste er den Ton angeben. So war

es in seinem Leben schon immer gewesen, und er konnte sich wohl auch nichts anderes vorstellen.

Anfangs hatte Ellen bewundernd zu ihm aufgesehen. Stefan war fast dreißig Zentimeter größer als sie und absolut durchtrainiert. Auch jetzt waren seine Muskeln deutlich unter dem eng geschnittenen Hemd zu sehen. Dazu war er durchaus intelligent, was aber nur dann zutage trat, wenn er etwas erreichen wollte. Hatte er es bekommen, schien er seine Intelligenz abzulegen wie einen schmutzigen Mantel. Leider hatte Ellen diese Eigenart erst bemerkt, nachdem er sie ins Bett gekriegt hatte. Dann hatte es nur wenige Wochen gedauert, bis klar war, wie er wirklich über Frauen dachte. Sie waren dazu da, um mit ihnen Spaß zu haben, aber als ernst zu nehmende Partnerinnen? Niemals! Dass Ellen eine Prüfung um eine Viertelnote besser bestand, hatte seinen Stolz mächtig angeknackst. Danach war er mit jedem Tag unerträglicher geworden.

Im Nachhinein wunderte sich Ellen, warum sie es überhaupt so lange mit ihm ausgehalten hatte. Vielleicht, weil das Alleinsein manchmal auch schmerzhaft war. Vielleicht, weil sie die Hoffnung gehabt hatte, das Verhältnis zwischen ihnen würde sich wieder bessern. Dass er gelegentlich für sie beide gekocht hatte, vorzugsweise mexikanisch, war auch angenehm gewesen.

Das Verhältnis besserte sich nicht. Stefan gab Ellen bei jeder Gelegenheit deutlich zu verstehen, dass er ganz offensichtlich der Bessere war. Alles lief auf eine Entscheidung hinaus, endgültig Schluss zu machen. Sie kam an einem Tag mit hartem Kampftraining. Eigentlich war schon alles vorbei gewesen, der Trainer war bereits gegangen. Stefan stand inmitten einer Traube von Kollegen und gab etwas zum Besten. Einen Witz, hatte Ellen noch gedacht, denn alle lachten. Als sie auf ihrem Weg zu den Umkleidekabinen der Gruppe näher kam, verstand sie erste Gesprächsfetzen.

»… und dann von hinten. Ich musste ihr alles …«

»Worum geht's? Ich möchte gerne mitlachen.«

Da sah Stefan sie von oben herab an. Seine Haut glänzte vom Schweiß, und aus jeder Pore quoll Testosteron. »Ich erzähle meinen Freunden gerade, welche Qualitäten du im Bett hast.«

»Das solltest du besser für dich behalten. Wie ich im Bett bin, geht niemanden etwas an.«

Stefan grinste. »Ich erzähle, was ich will und wem ich es will. Das lasse ich mir von niemandem verbieten.«

»Deine Meinung ist mir egal. Es geht um mich, und deshalb verbiete ich es dir.«

»Wie willst du mich daran hindern? Dich beim Trainer ausheulen?«

Die anderen lachten. Stefan sah sich triumphierend um.

Jetzt reichte es Ellen endgültig. Sie dachte an keine möglichen Konsequenzen. »Ich heule nicht. Ich kämpfe!«

Stefan war verblüfft. Dann lachte er wieder. »Ich kämpfe nicht gegen eine – Frau.«

Der Ton war so abfällig. Stefan wollte sie vor allen demütigen, das war klar.

»Dann kämpfe ich eben allein.«

Dabei trat Ellen Stefan mit voller Wucht in die Seite.

Stefan sog die Luft ein. Ein kurzer Blick zu den Umstehenden machte ihm klar, dass er jetzt nicht kneifen durfte. Ellen stand in Kampfhaltung vor ihm.

»Brauchst du noch eine zweite Aufforderung?« Sie trat einen halben Schritt vor.

Zögerlich nahm auch Stefan Kampfhaltung ein. Einen weiteren Tritt von Ellen parierte er.

Für Stefan hatte der Sieger damals von vornherein festgestanden. Er war wesentlich größer und stärker als Ellen, also konnte er nur gewinnen. Entsprechend selbstsicher ging er die Sache an. Er musste erst einige Schläge und Tritte einstecken, bis er realisierte, dass seine Rechnung nicht so einfach aufging. Er traf immer nur halb, während Ellen einen gezielten Treffer nach dem anderen landete, zwar nicht so fest, dass er es nicht wegstecken konnte, aber in Summe doch so schmerzhaft, dass es ihn schwächte und seine eigenen Schläge noch ungezielter machte. Die Kollegen standen im Kreis um die Kämpfer herum und johlten. Jetzt schlug Stefan hemmungslos zu, ohne noch auf irgendwelche Regeln zu achten.

Ellen musste höllisch aufpassen. Wenn Stefan sie auch nur einmal mit voller Wucht traf, war der Kampf zu Ende. Das durfte nicht passieren. Wenn sie jetzt verlor, war sie für immer unten durch beim LKA. Dann war sie »die Kleine«, und niemand würde sie je wieder ernst nehmen. Ellen kämpfte um ihre Karriere, um Rache für die Demütigung.

Sie vergaß dabei alles um sich herum. Sie antizipierte die Schläge und Tritte von Stefan und wich mit einer Wendigkeit aus, wie man sie nur umsetzen konnte, wenn man klein war. Ein kleines Boot wendet eben schneller als ein großer Tanker. Ellen setzte alles auf ihre Schnelligkeit und auf Präzision. Das waren ihre Stärken, ihre einzige Chance. Natürlich traf auch Stefan. Wahrscheinlich sah sie aus, als wäre sie gerade ungebremst gegen eine Betonwand gelaufen.

Irgendwann packten mehrere starke Arme Ellen und bremsten sie. Die Angriffe von Stefan blieben aus. Auch er wurde von zwei Kollegen gehalten.

»Es reicht jetzt«, brüllte einer.

Stefans Gesicht war mit Blut bespritzt. Ellen hatte ihm im Verlauf des Kampfes die Nase gebrochen. Ein Nasenflügel war eingerissen.

Gewonnen hatte damals niemand. Ihre Wunden waren verheilt bis auf eine kleine Narbe an Stefans Nase. Nicht verheilt war Stefans verletzter Stolz. Mit dem Kampf hatte ihr Streit nicht aufgehört, eigentlich hatte er damit erst richtig angefangen. Der bittere Konkurrenzkampf zwischen Ellen und Stefan war an diesem Tag eröffnet worden.

Stefan konnte die Andeutung eines zufriedenen Grinsens nicht unterdrücken, als Ellen ins Büro kam und überrascht über seine Anwesenheit war. Er versteckte es immerhin so geschickt, dass weder Brahe noch Kronen etwas davon mitbekamen.

Arschloch! Ellen rieb kurz einen Finger an ihrer Nase – genau an der Stelle, wo bei Stefan die kleine Narbe war.

Stefan hörte auf zu grinsen.

Ellen kannte Stefans größtes Problem. *Sie* war zur Leiterin des LKA 632 berufen worden und nicht er. In Stefans Augen eine krasse Fehlentscheidung, dass Direktor Brahe sie empfohlen hatte. Diese Entscheidung hatte er nie akzeptiert.

»Ich habe Ihre Aktion heute Mittag über Internet verfolgt«, sagte Kronen, während er Ellen intensiv ansah.

Aha, du hast mich also auch im BH gesehen. Das war Ellen höchst peinlich, schließlich war Kronen ihr oberster Vorgesetzter. Sich vor wenigen Kollegen in der Zentrale auszuziehen, war unangenehm, aber die vielen Tausend an ihren Monitoren waren auch keine anonyme Masse. Sie bestand aus ganz konkreten Menschen, wozu auch solche gehörten, vor denen man sich ganz und gar nicht ausziehen wollte.

»Wir können von Glück sagen, dass niemand zu Schaden gekommen ist.«

Das hast du mir zu verdanken. Ein Dankeswort kam allerdings nicht.

»So eine Situation darf nicht wieder vorkommen. Die Menschen in der Stadt haben Angst. Und alle Welt beobachtet uns.«

Was von beidem macht dir mehr Sorgen?, hätte Ellen am liebsten gefragt, aber sie schwieg.

»Wie ist der Stand Ihrer Ermittlungen? Haben Sie schon Ergebnisse? Direktor Brahe berichtet, dass Sie kaum Ansatzpunkte haben.«

Es war schon erstaunlich, wie interessiert der Polizeipräsident an ihren Ermittlungen war. Sonst hielt er sich gänzlich heraus, bis auf die Aufklärungsquoten, die regelmäßig gemeldet werden mussten. Aber wegen der Internetübertragung stand auch er anders im Fokus der Öffentlichkeit als sonst. Er konnte sich nicht nur die Rosinen aus den Ermittlungserfolgen herauspicken. Die Menschen sahen alles, auch das, wo es nicht voranging. Das erhöhte das persönliche Risiko für ihn – und damit verbunden die Gefahr, selbst kritisiert zu werden.

Ellen nickte. »Herr Brahe hat leider recht. Der Erpresser verhält sich äußerst geschickt. Deshalb waren wir gezwungen, auf seine Forderungen einzugehen und die Internetübertragung zu installieren. Aber wir sind zuversichtlich, bei der Untersuchung der heutigen Spuren einen guten Schritt weiterzukommen. Die KTU arbeitet mit Hochdruck an der Analyse der Bombe, und ein weiteres Team kümmert sich um den Parkplatz der BVG, wo der Bus nachts parkt.«

»Das reicht mir nicht. Wir haben keine Zeit. Ich will Ergebnisse, und zwar bald«, sagte der Polizeipräsident. »Und halten Sie die Presse unter Kontrolle. Die ersten Redaktionen fragen schon in meinem Büro an, weil sie von Ihnen nichts hören.«

»Wir werden bald eine Pressekonferenz einberufen«, mischte sich Brahe ein.

»Sind Sie sicher, dass Frau Faber die richtige Beamtin für diesen komplexen Fall ist? Wir brauchen den Besten.«

Der Seitenhieb war ein direkter Angriff auf Ellen. Es fiel ihr schwer, nichts zu sagen, aber eine Entgegnung musste von Brahe kommen.

»Der Erpresser akzeptiert keinen anderen Verhandlungspartner.« Brahe nickte Ellen zu. »Außerdem ist Frau Faber sehr gut für diese Aufgabe geeignet. Sie hat mein volles Vertrauen.«

Stefan Daudert räusperte sich. »Vielleicht wäre eine weitere Unterstützung gut. Frau Faber ist durch die Forderung des Erpressers sehr exponiert – und möglicherweise auch etwas abgelenkt.«

Unverschämt, was hat der sich da einzumischen?

Aber der Polizeipräsident sprang direkt auf Stefans Vorschlag an. »Das sehe ich genauso«, sagte er sofort. »Wir können uns keine Schwäche erlauben.«

Ellen hatte nicht vor, so schnell das Feld zu räumen. »Ich sehe mich durchaus in der Lage, die Verantwortung zu tragen. Wenn ich auf die Forderung des Erpressers nicht eingegangen wäre, hätte es eine Katastrophe gegeben.«

»Ihr Engagement in Ehren, Frau Faber, aber wir haben keine Zeit für Experimente. Ich bin auf jeden Fall dafür, dass Herr Daudert Sie unterstützt.«

Brahe begann, an seinem Ohrläppchen zu reiben. Das tat er immer, wenn er sich nicht sicher war, was er tun sollte. Wenn es um sein öffentliches Ansehen ging, war mit Kronen nicht zu spaßen. In dieser Beziehung war er äußerst empfindlich. Brahe wandte sich an Daudert. »Also, wenn Sie nicht mit Ihrem SEK-Team im Einsatz sind, werden Sie Frau Faber entlasten, damit sie sich auf die Kommunikation mit dem Erpresser konzentrieren kann.«

Scheiße! Doch Ellen konnte nichts dagegen tun, Stefan als Wachhund an die Seite gestellt zu bekommen. Brahe war ihr Vorgesetzter und musste gegenüber dem Polizeipräsidenten Handlungsfähigkeit beweisen. Stefan sah sie an und schnalzte kaum merklich mit der Zunge.

»Halten Sie mich über die Auswertung der Spuren auf dem Laufenden.« Für den Polizeipräsidenten war das Meeting beendet. Die Verabschiedung war kühl. Er nickte den dreien nur kurz zu und verschwand.

Ellen atmete auf. Die Anwesenheit von Kronen war erdrückend gewesen und seine Forderungen wenig hilfreich. Sie hätte gerne ein paar Worte mit Direktor Brahe gewechselt, aber Stefan machte keine Anstalten zu gehen.

»Ich setze für achtzehn Uhr eine Pressekonferenz an«, entschied Brahe. »Ich hoffe, dass die KTU bis dahin etwas zu berichten hat, damit wir einen positiven Ausblick geben können. Stellen Sie bitte die Informationen zusammen und geben Sie die an unseren Pressesprecher weiter, Frau Faber.« Brahe hatte sie offensichtlich noch nicht abgeschrieben.

»Geht klar.«

Ohne Stefan eines Blickes zu würdigen, verließ sie das Büro.

Der Psychologische Dienst befand sich noch mitten im Brainstorming. Normalerweise schrieb jeder seine Ideen auf bunte Zettel, die zunächst wild und unsortiert an eine große Pinnwand geheftet wurden. In einem zweiten Arbeitsgang brachte man dann durch Umheften der Zettel Ordnung in die vielen Gedanken.

Ellen stellte mit einem Blick fest, dass nur äußerst wenig Zettel an der Wand klebten. Marina Wirtz machte keinen zufriedenen Eindruck.

»Aufgrund der fehlenden Stimmanalyse haben wir eine viel schlechtere Ausgangslage als sonst«, entschuldigte sie sich. »Wir haben keinerlei Emotionen, die uns einen Anhaltspunkt geben könnten. Wir können keine Rückschlüsse auf das Alter ziehen, selbst das Geschlecht des Erpressers ist offen.«

»Aber wir reden immer von Erpresser in der männlichen Form.«

»Weil wir uns dieses Vorgehen bei einem Mann besser vorstellen können als bei einer Frau. Aber es bleibt eine Vermutung.«

»Wenn der Polizeipräsident wüsste, dass wir nicht mal sagen können, ob wir einen Mann oder eine Frau suchen ...«

»Ein Mann ist wahrscheinlicher.«

Ellen winkte ab. »Ist schon klar. Männern gefällt es mehr, einer Frau beim Ausziehen zuzusehen. Auf so was kann nur ein Kerl kommen. Sonst noch etwas?«

»Eine einzige Sache ist wirklich auffällig.« Marina Wirtz zeigte auf die Zettel an der Wand. »Er scheint das Ganze als ein Spiel zu betrachten. Genau genommen als eine Art Computerspiel. Er spricht von einem Level, das erreicht ist. Dieser Begriff ist typisch für Computerspiele.«

»Und ich bin seine Spielfigur?«

»Nein, Sie sind sein Gegenspieler. Sie können durch Ihre Aktionen etwas gewinnen – oder müssen bezahlen.«

»Ich hasse Computerspiele.«

»Der Erpresser offensichtlich nicht.«

»Das muss ein abgedrehter Spinner sein.«

»Die meisten Erpresser sind nicht normal, aber das hilft uns nicht weiter.«

»Nein. Ich kann schlecht nach einem durchgeknallten Computerspiele-Freak fahnden lassen. Was bringt uns jetzt diese Erkenntnis?«

»Eine Sache wissen wir mit Sicherheit: Es wird schwerer.«

»Was wollen Sie damit sagen?«

»Das folgende Level ist immer schwieriger als das vorhergehende.«

»Na, prächtig.« Ellen sah missmutig auf die fast leere Pinnwand. Morgen wartete das nächste Level auf sie.

Sina sah konzentriert auf einen Monitor, der das Bild eines digitalen Mikroskops wiedergab. Ihre roten Haare standen wirr ab, als wäre sie sich schon öfter mit den Händen durch die Stoppeln gefahren. Auf dem zentralen Tisch waren Teile der entschärften Bombe verteilt. Zwei von Sinas Mitarbeitern stocherten, mit Lupen und Pinzetten bewaffnet, darin herum. Zwei weitere analysierten Proben am Gas-Chromatografen. Sina sah kurz auf. Als sie Ellen erkannte, kam sie auf sie zu.

»Schon hier? Du hast es aber eilig.«

»Der Polizeipräsident macht enormen Druck. Er war sogar persönlich bei Brahe.«

»Verstehe. Die Öffentlichkeit macht ihn nervös. Trotzdem können wir keine Wunder vollbringen. Wo nichts ist, können wir auch nichts finden. Den Parkplatz der BVG kannst du übrigens vergessen. Die Bombe ist magnetisch befestigt. Das kannst du überall erledigen, wo der Bus auch nur dreißig Sekunden hält. Kurz gebückt, als ob du etwas aufheben willst, Arm unter den Bus, klick, fertig. Scharf gemacht wird sie per Funk.«

»Mist. Hast du wenigstens einen kleinen Hinweis für mich? Dann braucht unser Pressesprecher nicht ganz so dreist zu lügen, wenn er erzählt, wir kämen weiter.«

Sina lächelte. »Vielleicht habe ich sogar ein kleines Wunder für dich. Komm her. Ich zeig dir was.« Sie deutete auf eine bestimmte Stelle auf dem Monitor.

Ellen sah sich die bezeichnete Stelle an. »Da ist ein schwarzer Strich. Meinst du das?«

»Genau. Das ist ein kleines Stück von einem Haar. Ich wusste doch, dass wir etwas finden. Überall, wo ein Mensch auftritt, hinterlässt er etwas. Wenn es keine Fingerabdrücke sind, dann eben Hautschuppen oder ein Haar.«

»Du meinst, das Haar stammt vom Erpresser?«

»Ziemlich sicher. Zumindest vom Bombenbauer. Es war an einer Stelle, an die nur beim Zusammenbau der Bombe etwas gelangen konnte.«

»Das klingt gut. Wann weißt du mehr?«

»Die DNA-Analyse dauert etwas. Aber morgen früh hast du sie.«

»Danke, Sina. Du bist ein Engel.«

»Man tut, was man kann.«

Auf dem Weg zum Pressesprecher bimmelte Ellens Handy. Es war die Telefonzentrale.

»Wir haben hier einen Mann von Intelko, der Sie sprechen will. Es könnte wichtig für Sie sein.«

»Was soll ich mit dem? Ich habe anderes zu tun.«

»Intelko, die Telefon- und Internetgesellschaft. Es geht um unseren Engpass bei der Internetübertragung.«

»Er soll sich an Khalid Schabab wenden. Der kümmert sich um die Technik.«

»Er sagt, er müsse mit jemandem sprechen, der Entscheidungen treffen kann.«

Ellen seufzte. »Bevor ich jetzt noch lange mit Ihnen diskutiere – stellen Sie durch.«

Es klickte, dann meldete sich eine Stimme, ein Mann mittleren Alters.

»Frau Kommissarin? Ist die Anrede korrekt?«

»Ja, ja, ist schon gut.« Auf den korrekten Dienstgrad kam es Ellen nicht an. »Worum geht es? Ich habe wenig Zeit.«

»Mein Name ist Hermann Becker, ich leite die Marketingabteilung von Intelko. Wir haben festgestellt, dass Sie Probleme mit der Kapazität Ihrer Internetverbindung haben.«

»Das war nicht schwer festzustellen. Das hat jeder Nutzer gemerkt.«

Der Raum für die Pressekonferenz war nicht mehr weit. Der Geräuschpegel drang schon zu Ellen vor. Es mussten jede Menge Leute da sein. Dabei war es noch eine halbe Stunde bis zum Beginn.

»Wir besitzen die Technologie, um Ihren Engpass zu beseitigen.«

»Ja, und?«

»Wir möchten Ihnen unsere Unterstützung anbieten.«

»Vielen Dank, aber ich glaube, das ist nicht nötig.« Ellen konnte die Anrufe von Telefongesellschaften nicht mehr zählen, die sie mit immer neuen, verlockenden Angeboten zuschütteten. Mit der Zeit hatte sich bei ihr eine Aversion aufgebaut, die auch jetzt für einen deutlichen Unterton von Ärger in ihrer Stimme sorgte. Außerdem war sie sich überhaupt nicht sicher, ob sie wollte, dass noch mehr Menschen zusahen, als es ohnehin schon taten.

»Das ist eine Angelegenheit unserer Techniker, und die haben die Sache im Griff. Bitte stören Sie mich jetzt nicht bei meiner Arbeit.« Ohne eine Erwiderung abzuwarten, drückte sie das Gespräch weg.

Jens Liebermann, der Pressesprecher, war schnell gebrieft. Er war ungefähr so alt wie Ellen, wirkte aber deutlich älter. Das verlieh ihm einen besonderen Hauch von Seriosität, was er in seinem Beruf gut gebrauchen konnte. Er musste oft genug mit minimalen Hinweisen vor Reporter treten und trotzdem überzeugend wirken. Für ihn war es immer das Gleiche. Egal, wie ein Fall lag, durfte er nichts Konkretes weitergeben, um die Ermittlungen nicht zu gefährden. Eine Ausnahme bildeten nur die Fälle, bei denen man bewusst Einzelheiten verriet, weil man sich davon einen Fortgang der Ermittlungen versprach. Aber das war hier nicht der Fall.

Ellen warf einen kurzen Blick in den Raum, in dem die Pressekonferenz stattfand. Er war so voll mit Reportern, Kameraleuten und Fotografen, dass sie sich sogar an den Wänden drängelten. Als sie Ellen entdeckten, richteten sie ihre Objektive sofort auf sie. Ellen drehte sich um und zog sich in den Gang zurück, der zum nichtöffentlichen Bereich gehörte. Von dort aus verfolgte sie durch die geöffnete Tür die Pressekonferenz.

Die Unruhe war ungewöhnlich groß. Stühle rückten, viele diskutierten miteinander, was wohl leise sein sollte, sich in der Summe aber zu einem deutlichen Geräuschpegel steigerte. Die Reporter wollten sich nicht mit Belanglosigkeiten abspeisen lassen und fragten hartnäckig nach. Einige beharrten darauf, Kriminalhauptkommissarin Ellen Faber befragen zu dürfen, was Jens Liebermann routiniert abwehrte. Als es ihm zu bunt wurde, griff er zu einem letzten Mittel. Er klopfte auf das Mikrofon, bis er wieder die volle Aufmerksamkeit hatte. »Wenn Sie nicht bald ruhig werden, muss ich die Polizei rufen.«

Für einen Moment herrschte verblüfftes Schweigen, dann gab es Gelächter. Die Stimmung war fürs Erste beruhigt. Die Diskussion verlagerte sich hin zur Internetübertragung. Sie war für die Reporter ein Novum, wurde aber einhellig von ihnen begrüßt. Nie waren sie so gut informiert worden. Trotzdem waren sie nicht zufrieden. Jemand monierte die Qualität der Übertragung. Ellen erkannte die Stimme von Eberle. Er erntete Applaus.

Jetzt stand Eberle auf und hob beide Hände als Zeichen, dass er weiterreden wollte. »Da sowieso alles übertragen wird, könnten wir doch auch unsere Fernsehkameras in der Zentrale aufbauen. Dann wäre die Qualität besser, und es gäbe keine Übertragungsschwierigkeiten.«

Eberles Kollegen sprangen begeistert auf diesen Vorschlag an. Einige klatschten wieder, andere riefen ihre Zustimmung in den Raum. Aus dem bloßen Vorschlag wurde schnell eine Forderung, die mit zunehmender Vehemenz vorgetragen wurde.

Ein fülliger Mann stand auf, der einzige mit Krawatte. »Martin Wortmann, Berliner Zeitung. Die Berliner Bürger haben ein Recht zu erfahren, was die Polizei tut. Es geht schließlich um ihr Leben.«

Sein Nachbar stimmte lautstark zu. »Transparenz. Wir wollen Transparenz. Die Polizei darf nichts verbergen.« Er hatte sich nicht vorgestellt, aber er trug ein T-Shirt mit dem Aufdruck TAZ.

Jens Liebermann bekam die Diskussion nicht mehr in den Griff. So konnte es nicht weitergehen. Es hielt Ellen nicht mehr im Gang. Sie sprang in den Raum und auf das Podium. Jens Liebermann schob sie einfach beiseite. »Nein! Auf gar keinen Fall«, rief sie in die Mikrofone. Ihre Stimme hallte mehrfach verstärkt durch den Raum und übertönte den Krach. »Wir ziehen hier doch keine Show ab. Wir wollen einen gefährlichen Verbrecher stellen. Als Leiterin der Ermittlungen werde ich keine Fernsehkameras in der Einsatzzentrale zulassen. Die Pressekonferenz ist hiermit beendet.«

Ohne sich noch einmal umzusehen, verließ Ellen den Raum. Der hinter ihr aufbrandende Protest war ihr egal. Sie sehnte sich nach einem ruhigen Feierabend zu Hause. Eine SMS von Sina traf ein. »Dein Bike ist wieder okay.«

Wenigstens eine gute Nachricht. Ellen gab einige letzte Anweisungen, zog sich um und holte ihr Rad ab. Auf den hektischen Verkehr des Tempelhofer Damms und möglicherweise weitere Reporter hatte sie keine Lust. Deshalb wählte sie einen Nebenausgang, der auf den Kaiserkorso führte, eine kleine Straße, die parallel zum Tempelhofer Damm verlief. Die schwüle Luft sorgte bereits nach ein paar hundert Metern für Schweißtropfen auf ihrer Stirn, aber die körperliche Bewegung tat ihr gut.

Ellen hatte keinen Blick für die Autos, die zügig an ihr vorbeifuhren. Erst als sich ein Wagen dicht an sie drängte, wurde sie aufmerksam. In dem Moment wanderte auch schon der gelbe Schaumstoffball eines Mikrofons vor ihre Nase. Aus den Augenwinkeln erkannte sie Eberle, der das Mikrofon an einer Stange festhielt. Auf dem Rücksitz saß der Kameramann, das Objektiv auf sie gerichtet. Ließen die denn nie locker? Selbst nicht, wenn sie außer Dienst war, mitten auf der Straße beim Fahrradfahren?

»Lassen Sie uns in Ruhe reden«, rief Eberle gegen den Fahrtwind an.

»Ich habe nichts zu sagen«, rief Ellen zurück. »Sie hatten Ihre Pressekonferenz.«

»Das belanglose Gequatsche von Ihrem Presse-Fuzzi interessiert mich nicht.«

Der Wagen rückte noch näher heran. Ellen wurde fast an den Bordstein gedrängt.

»Ich will mit Ihnen persönlich sprechen.«

»Ich aber nicht mit Ihnen.« Ellen trat fester in die Pedale. Der gelbe Ball blieb für Sekunden hinter ihr zurück. Dann war er wieder da. So hatte sie keine Chance. Sie bremste heftig ab. Der Fahrer des Wagens reagierte mit Verzögerung, was Ellen aber nur für wenige Atemzüge Luft verschaffte. Dann war der Ball wieder vor ihrem Mund.

»Soll ich Sie wegen Verkehrsgefährdung anzeigen?«, fuhr sie Eberle an.

»Das bringt doch nichts. Das wissen Sie auch. Reden Sie mit mir.«

Ellen überlegte, wie sie diese Klette loswerden konnte. Wieder beschleunigte sie. Der Wagen hielt mit. Auf gleicher Höhe kreuzten sie die Paradestraße. Im allerletzten Moment machte Ellen einen Schlenker nach rechts über den abgesenkten Bordstein auf den Bürgersteig. Mit Mühe gelang es ihr, einigen Passanten auszuweichen und das Rad im rechten Winkel in die Paradestraße zu zwingen. Hinter ihr quietschten Bremsen. Jemand hupte wütend. Nach zweihundert Metern kreuzte die Paradestraße den Bundesring. Ellen fuhr entgegen der Fahrtrichtung hinein. Erst jetzt reduzierte sie auf normales Tempo. Hier konnte Eberle ihr nicht mehr folgen.

8

Hassan Nabil zerrte an einer Zeitschrift, die im schmalen Schlitz des Briefkastens feststeckte. Man sah nur den Kopf einer Frau auf der Titelseite, aber Ellen wusste auch so, wie es darunter weiterging.

»Na, hat sie ihren Busen eingeklemmt?«, fragte sie.

Mit einem heftigen Ruck befreite Hassan die Zeitschrift aus dem Schlitz, wobei er der Frau einen Busen abriss.

»Oh, jetzt ist er auch noch amputiert.«

Hassan stieß einen wütenden Fluch aus. Dann drehte er sich zu Ellen um und versuchte ein Lächeln. Die undefinierbare Duftwolke, die er verströmte, kam noch vor seinem Lächeln bei Ellen an.

»Oh, Ellen, ich habe dich heute im Internet gesehen. Ich wusste gar nicht, dass du bei der Polizei bist.«

»Für Sie bin ich immer noch Frau Faber«, erwiderte Ellen.

Hassan schien es nicht zu hören.

»Du siehst echt geil aus ohne Bluse. Das glaubt man gar nicht, wenn man dich sonst so sieht. Nur der BH ist ziemlich alt.« Hassan zeigte auf Ellens Brust.

»Meine Unterwäsche geht Sie gar nichts an.«

Ellen beeilte sich, die Treppe hochzukommen. Hassan folgte ihr. Da er mit seinen ein Meter neunzig deutlich größer war als Ellen, konnte er bequem zwei Stufen auf einmal nehmen. Er keuchte zwar heftig, blieb ihr aber auf den Fersen.

»Wir könnten eine Wasserpfeife zusammen rauchen«, schlug er vor. »Ich habe auch ein neues Computerspiel. Das ist irre geil.«

Die Anmachversuche von Hassan konnte Ellen noch nie leiden, und das Stichwort »Computerspiel« weckte üble Erinnerungen an letzte Nacht. Vielleicht konnte sie dieses Problem für heute lösen. Vor Hassans Tür hielt sie an.

»Was für ein Computerspiel?«

Hassan atmete schwer. Sein Kopf war rot wie eine Tomate. »Man kann die Figuren und die Waffen selbst programmieren. Das ist scharf. Und danach könnten wir ein bisschen Spaß miteinander haben.« Sein Blick glitt an Ellens Fahrradkluft entlang, die hauteng an ihrem Körper saß.

»Klingt interessant«, meinte Ellen, »aber nur, wenn Sie mir versprechen, dass Sie mir nichts tun.« Sie streckte ihm ihre Hand hin.

Hassan zögerte. Damit hatte er wohl nicht gerechnet. Sein Gesicht bekam einen gierigen Ausdruck, und er griff nach Ellens Hand. Die zuckte ein winziges Stück zurück, sodass sie nicht Hassans Handfläche, sondern seine Finger zu fassen bekam. Dann drückte sie kräftig zu. Sehr kräftig. Hassan jaulte auf wie ein getretener Hund.

»Aber *ich* verspreche nicht, dass ich Ihnen nichts tue. Verstanden?«, sagte sie.

»Jaaa. Au, das tut weh.«

Ellen drückte stärker zu. »Die letzte Nacht war die Hölle für mich. Können Sie sich das vorstellen?«

»Ja.« Hassan würde jetzt zu allem Ja sagen.

»Wenn ich heute Nacht nur einen einzigen Schuss von einem Ballerspiel höre, schlage ich zuerst Ihre Wohnungstür ein und dann Ihren Schädel. Klar?« Sie tippte mit dem Zeigefinger der freien Hand gegen seine Stirn, während sie mit der anderen nochmals herzhaft zudrückte.

»Ja!«

Im Erdgeschoss ging eine Tür auf. Frohwein, der alte Hausmeister, kam herausgehinkt.

»Was ist das für ein Krach im Haus?«, rief er das Treppenhaus hinauf.

Ellen würde ihm am liebsten sagen, dass er sein Hörgerät auch nachts anlassen sollte, wenn er wissen wollte, was Krach ist. »Nichts weiter«, rief sie hinunter. »Herr Nabil und ich, wir haben uns nur die Hände geschüttelt. Stimmt's, Herr Nabil?« Erneut drückte sie zu und ließ dabei Hassans Knochen gegeneinanderreiben, sodass dieser erneut »Jaaaa!« brüllte.

Der alte Frohwein grummelte etwas Unverständliches über die Jugend von heute und zog sich in seine Wohnung zurück. Ellen ließ Hassan mit seiner Hand allein und ging die letzten Stufen zu ihrer Wohnung hinauf.

Erleichtert, den Tag hinter sich zu haben, zog Ellen die Wohnungstür hinter sich zu. Sie schleuderte ihre Schuhe in eine Ecke, schaltete den Anrufbeantworter ein und holte sich eine Flasche Apfelschorle aus dem Kühlschrank.

Piep. »Hallo, meine Kleine. Hier ist Mutti. Ich habe dich in der Zeitung gesehen. Ich mache mir Sorgen um dich. Ruf mich an, wenn du zu Hause bist.«

Ellen seufzte. Warum musste ihre Mutter sie immer »meine Kleine« nennen? Es war ärgerlich genug, dass sie so klein war. Da war es vollkommen überflüssig, ständig daran erinnert zu werden.

Piep. »Hallo, Schwesterherz. Annika ist dran. Mensch, du warst im Fernsehen. Weißt du das? Melde dich.«

Ja, das wusste Ellen. Viel zu gut. Alle Welt schien sie gesehen zu haben.

Könnt ihr mich nicht mal in Ruhe lassen?

Aber der Anrufbeantworter machte ungerührt weiter.

Piep. »Frau Faber, bitte rufen Sie zurück, damit wir einen Interviewtermin vereinbaren können …«

»Eberle!« Sie brüllte den Namen, ehe der Anrufbeantworter ihn genannt hatte. Die Stimme kannte sie inzwischen allzu gut. Dabei hieb sie ihre Handkante mit voller Wucht gegen den Türrahmen. Den Knall hörte Frohwein bestimmt auch ohne Hörgerät.

»Au! Verflucht!« Der Schmerz zuckte hoch bis in Ellens Schulter. Im Training schlug sie entweder auf Leder oder auf Bretter, die nachgaben. Der Türrahmen war hart und gab nicht nach. Das Blut pochte wie verrückt in ihrer Hand, aber gebrochen war nichts. Dafür war sie zu austrainiert. Jetzt brauchte sie etwas Richtiges zum Beruhigen.

Im Schrank stand noch eine Flasche Cognac, ein Geschenk ihrer Schwester zum Geburtstag. Ellen goss sich einen kräftigen Schluck ein und spülte ihn hinunter. Der Alkohol brannte in der Kehle, aber dafür spürte sie ihren Arm nicht mehr. Sie schenkte noch einmal voll und ließ sich mit einem Seufzer in ihren großen Korbsessel fallen. Er sah aus wie ein riesiges, gepolstertes Vogelnest, und es hätten bequem auch zwei hineingepasst.

Den nächsten Schluck trank sie bedächtiger. Ihr Adrenalinspiegel reduzierte sich auf ein erträgliches Niveau. Der rotgoldene Cognac strahlte etwas Beruhigendes aus, als er sachte im Glas hin und her schwappte.

Als sie nach einer kurzen Dusche ihren BH aufhob, fiel ihr Hassans Bemerkung ein. Was hatte der gesagt? Alter BH? Das Teil war tatsächlich in die Jahre gekommen, und das sah man ihm deutlich an.

Und darin hat mich alle Welt gesehen! Wieso ist mir nie aufgefallen, wie unansehnlich dieses Ding ist? Weil es bedeutungslos war. Weil mich eh niemand darin gesehen hat.

Kurz entschlossen steckte Ellen den BH in den Müll. Eine Inventur ihrer Unterwäsche-Schublade war wenig ermutigend. Der überwiegende Teil ihrer BHs besaß das gleiche Baujahr wie der eben entsorgte. Sie hatte schon lange keine Veranlassung zum Kauf schöner Wäsche gehabt. Und irgendwie war dieses Thema im Lauf der Zeit untergegangen.

Missmutig stopfte Ellen alle alten Sachen in einen großen Beutel. Am liebsten hätte sie ihr Leben mit hineingestopft.

Jetzt war die Schublade fast leer. Ellen füllte den Cognac nach und setzte sich vor ihren Laptop.

9

Die Nacht verlief ruhig. Offensichtlich war Hassan von der Begegnung mit Ellen nachhaltig beeindruckt. Nur der Cognac zeigte Nachwirkungen. Selbst nach der morgendlichen Dusche wollte ihr Brummschädel nicht weichen. Sich mit dem Mountainbike freizustrampeln, kam heute nicht in Frage. Ellen hatte das dumpfe Gefühl, dass in der Umgebung ihres Hauses Presseleute auf der Lauer lagen. Diesen Stress musste sie sich jetzt nicht antun.

Die Morgennachrichten verhießen nichts Gutes. Auf jedem Sender war der Erpresser Hauptthema. Andere Nachrichten schien es in der ganzen Stadt nicht zu geben. Der ganzen Stadt? Dem ganzen Land. Überall wurde hemmungslos spekuliert, was als Nächstes geschehen würde. Und jeder Sender versprach seinen Zuhörern, möglichst nahe vom Geschehen zu berichten.

Ellen bestellte einen Streifenwagen in die Parallelstraße von ihrer Wohnung. Sie schlug den Weg über den Hinterhof ihres Hauses ein. Hier hatte schon lange niemand mehr für Sauberkeit gesorgt. Misstrauisch spähte sie in jeden Winkel, wobei sie immer mit einer Kamera rechnete, die sie aufs Korn nahm. Fast wäre sie in den Hundehaufen getreten, der neben den Mülltonnen dampfte. Hier war jemand noch früher aufgestanden als sie. Nachdem sie einen Haufen Gerümpel umgangen hatte, kam sie an ein Tor, das in den Hinterhof des nächsten Hauses führte. Hier sah es genauso abstoßend aus wie in dem Hof ihres Hauses. Nur der Hundehaufen fehlte. Ellen war erleichtert, als sie endlich im Streifenwagen saß. Hier war sie vorerst sicher.

Vor dem Haupteingang des LKA standen für diese Zeit ungewöhnlich viele Leute herum. Jeder Zweite war mit mindestens einer Kamera bewaffnet. Zwei Übertragungswagen blockierten gut sichtbar mehrere Parkbuchten auf der gegenüberliegenden Seite der Straße. RTL stand auf dem einen, ZDF auf dem anderen. Neben dem von RTL entdeckte Ellen zwei Motorräder, auf denen ebenfalls das Logo von RTL prangte. Hier war man anscheinend auf alles vorbereitet. Die Presse blies zur Jagd. Und eins der Opfer war sie selbst, wie ihr Eberle gestern sehr deutlich gezeigt hatte. Ellen machte sich auf dem Rücksitz klein, um nicht entdeckt zu werden. Zu spät. Einer der Fotografen, der nur scheinbar gelangweilt an einem Baum lehnte, sprang mit einem einzigen Satz auf die Straße, um in eine noch bessere Fotoposition zu kommen.

Als ob mit der Aktion des einen Fotografen ein Schalter umgelegt worden wäre, standen plötzlich alle Reporter unter Strom. Jeder spurtete los, um in die beste Ausgangsposition zu kommen. Ohne Rücksicht auf den Verkehr strömten die Journalisten auf die Straße. Das wütende Hupen der Autofahrer interessierte niemanden. Gleich würde die Meute den ganzen Verkehr blockieren.

»Geben Sie Gas!«, fuhr Ellen den Fahrer an. »Schnell!«

Der Kollege trat das Gaspedal durch. Der Wagen machte einen Satz durch die letzte verbliebene Lücke. Das war knapp gewesen. Den Haupteingang konnte Ellen vergessen.

»Zu den Parkdecks«, befahl Ellen.

Um zu den Parkdecks auf dem Polizeigebäude zu kommen, mussten sie einmal um den Block fahren. Ellen sah zur Heckscheibe hinaus. Hinter ihnen wurden die Fotografen auf der Straße schnell kleiner. Der Wagen musste einige Mal scharf abbiegen, um in die Straße auf der gegenüberliegenden Seite des großen Gebäudekomplexes zu kommen. Da entdeckte Ellen das Motorrad, das hinter ihnen herfuhr. Wegen des Kameramannes auf dem Rücksitz kam es nicht so schnell um die engen Kurven.

»Nun machen Sie schon!«, drängte Ellen ihren Fahrer.

Auf dem geraden Stück holte das Motorrad deutlich auf, aber die Schranke zu den Parketagen schloss sich hinter ihnen, bevor die Verfolger heran waren. Fürs Erste hatte Ellen es geschafft. Sie konnte zu ihrem Arbeitsplatz gelangen, ohne den Reportern in die Arme zu laufen.

Betont langsam ging sie den Weg über die Fußgängerbrücke, die eine kleine Straße überquerte und die Parkdecks mit dem Hauptgebäude verband. Ihr Puls verlangsamte sich wieder auf das normale Maß. In der Mitte der Brücke hielt sie an und sah auf die Straße hinunter. Wie sehr hatte sich in den letzten zwei Tagen ihr Leben verändert, ja geradezu umgekehrt. Sie war zur Polizei gegangen, um Verbrecher zu jagen – und jetzt war sie plötzlich die Gejagte. Hineingeworfen in ein Spiel um Menschenleben, an die Öffentlichkeit gezerrt und gejagt von der Presse.

Ellens erster Weg führte ins Pressebüro. Jens war schon da. Das war ungewöhnlich, aber Ellen nur recht. Er sortierte einen Berg Zeitungen auf zwei Stapel und hatte Ellen, die durch die offene Tür trat, noch nicht bemerkt.

»Guten Morgen, Jens.«

Er sah überrascht auf.

»Ich möchte mich für meinen Auftritt gestern entschuldigen. Tut mir leid, dass ich so in deine Pressekonferenz geplatzt bin.«

Jens lächelte. »Ist schon in Ordnung, Ellen. Wir sind alle etwas angespannt zurzeit. Was kann ich für dich tun?«

»Ich will mir einen Überblick über die Pressemeldungen verschaffen. Ich befürchte, dass unser Fall zu viel Aufmerksamkeit erfährt. Das macht die Ermittlungen schwierig.«

»Sieh dir das hier an!« Jens breitete seine Arme über den Tisch aus. Die Bewegung wirkte irgendwie hilflos. »›Zu viel Aufmerksamkeit‹ ist untertrieben. Es gibt keine Zeitung, bei der wir nicht auf der Titelseite sind. So was habe ich noch nie erlebt.«

Ellens Blick fiel auf die aktuelle Ausgabe der Bild-Zeitung. »Strippende Polizistin rettet Bus« prangte dort in riesigen schwarzen Lettern. Darunter war ein Bild von dem Bus und daneben, viel größer: ein Bild von Ellen, wie sie in ihrem BH in der Leitzentrale stand. Wie viel Millionen Leser lasen das? Hastig ging sie die Titelseiten der anderen Zeitungen durch. Überall das gleiche. Nur dass die meisten den Bus mehr hervorhoben, trotzdem war immer auch ein Bild von ihr dabei.

»Jetzt bist du berühmt«, sagte Jens zu allem Überfluss auch noch.

»Das interessiert mich nicht im Geringsten«, entgegnete Ellen schroffer als beabsichtigt.

Jens schwieg. Dann deutete er auf einen der beiden Stapel. »Den habe ich für dich gemacht, aber ich bin noch nicht fertig.«

»Der reicht mir vollkommen.« Sie packte den Stapel und ging zur Tür hinaus.

In ihrem Büro knallte Ellen die Zeitungen auf ihren Schreibtisch. Am liebsten hätte sie den ganzen Stapel sofort im Reißwolf zerfetzt, aber das ging nicht. Ob sie wollte oder nicht, sie musste sich mit den Artikeln beschäftigen. Ihre Kollegen, Direktor Brahe, der Polizeipräsident – alle lasen die Zeitungen. Ellen würde auf die Artikel angesprochen werden und reagieren müssen. Also musste sie wissen, was drinstand.

Die Auswertung zeigte eines unmissverständlich: Das ganze Land schaute auf Berlin. Genauer: auf die Berliner Polizei. Noch genauer: auf sie selbst, Kriminalhauptkommissarin Ellen Faber. Und das, wo sie am liebsten aus dem Hintergrund heraus agierte und bei Auftritten in der Öffentlichkeit anderen gerne den Vortritt ließ.

Überhaupt wirkte die Presse wie aufgeputscht, als wäre die Internetübertragung ein Dopingmittel. Meistens mussten sich die Reporter mit mageren Informationen zufriedengeben, die sie sich mühselig zusammensuchten. Jetzt bekamen sie alles auf dem Silbertablett präsentiert, live in Bild und Ton. Kein Wunder, dass sie sich mit dieser unglaublichen Begeisterung auf den Fall stürzten. Es war wie eine Lawine, die, einmal losgetreten, alles andere unter sich begrub. Die wenigen kritischen Stimmen, die Verständnis dafür zeigten, dass die Polizei versuchte, die Öffentlichkeit herauszuhalten, musste Ellen suchen. So konnte es nicht weitergehen. Es ging schließlich um eine äußerst ernst zu nehmende Bedrohung. Das schien bei einigen in den Hintergrund zu treten. Ellen beschloss, die Lawine zu stoppen.

Auf dem Weg in die Einsatzzentrale stieß Ellen fast mit Khalid zusammen. Der leitende Administrator sah noch blasser aus als sonst.

»Khalid, was ist los?«, fragte Ellen ihn sofort.

»Wir schaffen es nicht. Und dabei haben wir die ganze Nacht gearbeitet.« Mit einer fahrigen Bewegung beförderte er eine widerspenstige Strähne aus seinem Gesicht. Sie rutschte sofort wieder zurück.

»Was schaffen Sie nicht? Worum geht es denn, Khalid?«

»Wir haben alle unsere Möglichkeiten ausgereizt. Selbst wenn wir Server aus mehreren Rechenzentren zusammenschalten, können wir höchstens hundertzwanzigtausend Nutzer bedienen. Mehr geben die Leitungen nicht her. Das Datenvolumen der Videostreams ist einfach zu groß. Und hunderttausend Nutzer haben wir jetzt schon, obwohl noch nicht wirklich etwas passiert ist. Wir werden nicht verhindern können, dass die Leitungen zusammenbrechen.« Khalid sah Ellen müde an.

Ellen nahm die Nachricht erstaunlich gelassen auf und lächelte ihn ermunternd an. »Ich kümmere mich darum. Machen Sie jetzt Pause.«

Khalid zog sich zurück. Er hatte wohl mit einem mächtigen Anraunzer gerechnet, obwohl er ja nichts für die Probleme konnte.

In einer Ecke der Einsatzzentrale entdeckte Ellen Direktor Brahe. Das passte gut, denn mit ihm musste sie dringend reden. Noch bevor Ellen ihn erreichte, tauchte Stefan ebenfalls in der Zentrale auf. Es wirkte zufällig, aber Ellen war bei dieser Art Zufälle skeptisch. Erst recht, als Stefan sich ungeniert zu ihr und Brahe stellte.

»Ich brauche keinen Aufpasser«, sagte sie, ohne die beiden auch nur zu begrüßen.

»Ich dachte, als dein Stellvertreter sollte ich bei wichtigen Besprechungen dabei sein.«

»Als mein Stellvertreter solltest du mich da vertreten, wo ich *nicht* sein kann, wenn ich in wichtigen Besprechungen bin.«

Stefan grinste nur, aber machte keine Anstalten zu gehen.

»Sonst noch was?«, setzte Ellen nach.

Endlich drehte Stefan sich um und ging.

»Herr Brahe, könnte ich Sie einen Moment unter vier Augen sprechen?«

»Selbstverständlich. Ihr Fall – und Sie – haben absolute Priorität für mich.«

Sie gingen in den Nachbarraum, der als Ausweichzentrale ohne Kamerabeobachtung gedacht, aber immer noch nicht eingerichtet war.

Als Ellen fertig war und wieder auf den Gang trat, fand sie dort Stefan ganz in der Nähe der Tür. »Na, erfolgreich gelauscht oder vergeblich?«

Stefan machte ein saures Gesicht.

»Wo du schon mal hier bist, kannst du jetzt die Mannschaft zu einer Besprechung zusammentrommeln. Beeil dich.«

Wenig später waren alle relevanten Leute in der Ausweichzentrale versammelt.

»Sie wissen alle, was der Erpresser von uns und speziell von mir erwartet«, sagte Ellen.

Die Kollegen nickten stumm. Ellen fiel auf, dass einige sie bewusst nicht ansahen. Sie schienen unsicher zu sein, wie sie reagieren sollten, weil ihre Vorgesetzte bald wieder im BH vor ihnen stehen würde.

»Und Sie werden selbst festgestellt haben, wie die Presse, das Radio und das Fernsehen über uns berichten. Diese Nachrichten heizen die Ängste in der Bevölkerung an und behindern unsere Ermittlungsarbeit aufs Äußerste. Deshalb sind Direktor Brahe und ich uns einig geworden, die Internetübertragung abzuschalten. Es wird keine Show mehr geben. Es geht nicht um Einschaltquoten, sondern um die Fahndung nach einem gefährlichen Verbrecher, dem wir mit allen erdenklichen Mitteln auf die Spur kommen müssen.«

Erstauntes Gemurmel breitete sich aus, auf das Ellen nicht weiter einging. Es war alles mit ihrem Chef besprochen, und für weitere Diskussionen fehlte die Zeit.

Sie wandte sich an Khalid. »Herr Schabab, wenn wir gleich in die andere Zentrale gehen, werden Sie die Kameras abschalten. Nur die Leitung für das eingehende Bildsignal und die für den Anruf des Erpressers bleibt offen.«

»Was ist mit der Drohung?« Stefan trat einen Schritt vor. »Willst du riskieren, dass der Erpresser sie wahr macht?«

»Uns ist die Gefahr durchaus bewusst. Aber sie ist bisher nur eine Vermutung. Und wegen einer bloßen Drohung lassen wir uns nicht von einem Erpresser auf der Nase herumtanzen. Oder willst du?«

»Du musst wissen, was du tust. Du leitest die Ermittlungen.«

Brahe hatte bis jetzt schweigend zugehört. Nun ergriff er das Wort. »Ich weiß um Ihre Bedenken, Herr Daudert. Frau Faber und ich haben sie ausgiebig diskutiert. Wir haben alle Risiken abgewogen und sind der Meinung, dass die Internetübertragung unsere Arbeit in unverantwortlicher Weise behindert. Das ist ein nicht zu unterschätzendes Risiko, während alles, was bisher von dem Erpresser kam, unbewiesene Drohungen sind. Wir sehen eine gute Chance, dadurch auch den Erpresser zu verunsichern, zumal er bisher keine Forderungen gestellt hat.«

Die Gruppe wechselte in die Zentrale. Khalid ging zu seinem Computer, von dem aus er alles steuerte.

»Die Kameras sind abgeschaltet«, meldete Khalid.

Der Schall seiner Stimme war kaum verhallt, da erschien eine Schrift auf dem Monitor mit dem eingehenden Signal.

SIE BRECHEN DIE REGELN

Darunter stand in großen blutroten Ziffern die Zahl zehn. Die Schrift begann zu blinken. Aus der Zehn wurde eine Neun, dann eine Acht, eine Sieben.

»Scheiße!«, entfuhr es Ellen. Das sah nicht nach Verunsicherung aus, eher nach jemandem, der sehr genau wusste, was er wollte, und der keinen Grund mehr zu Diskussionen oder Verhandlungen hatte. Ellen blickte sich nach Brahe um. Der starrte nur auf die Zahlen und rührte sich nicht.

Sechs … fünf … vier.

»Sofort wieder anschalten!«, befahl Ellen.

Niemand rührte sich. Es war sowieso zu spät.

Drei … zwei … eins.

Der Monitor wurde schwarz. Es dauerte zwei Sekunden, bis der Knall einer Explosion die Zentrale erreichte.

10

Von einem Moment auf den anderen wich die Lähmung einer überbordenden Hektik. Alle stürzten gleichzeitig zu den Fenstern und rissen sie auf.

»Dahinten!«, rief Khalid. »Auf der Höhe des Luftbrückendenkmals.«

Jetzt sah auch Ellen die Staubwolke, die aus der oberen Etage eines Parkhauses quoll. Es lag ungefähr fünfhundert Meter in Richtung des Flugbrücken-Denkmals am Rand des Tempelhofer Damms. In die Menge der Journalisten, die unten auf der Straße standen, kam Bewegung. Zwei Motorräder starteten mit durchdrehenden Reifen. Automotoren heulten auf. Und wer keinen fahrbaren Untersatz hatte, lief zu Fuß auf das Parkhaus zu.

»Verdammt!« Ellen hatte keine Chance, vor den Journalisten dort zu sein. Bevor sie auch nur das Gebäude verlassen hatten, gingen bereits Live-Bilder vom Tatort über die Sender. Dutzende Journalisten würden alle Spuren zertrampeln. Und was würden sie dort vorfinden?

Hoffentlich keine Leichen. Bloß das nicht!

»Beordere alle verfügbaren Kräfte aus der Nähe zum Parkhaus!«, rief Ellen Stefan zu. »Die sollen die Presse da rausholen und das Parkhaus absperren. So schnell wie möglich.«

Sie spurtete los. Selbst Direktor Brahe rannte mit, obwohl er bald hinter Ellen zurückfiel. Vor dem Eingang wartete schon ein Einsatzwagen auf sie.

Als sie am Parkhaus ankamen, quoll immer noch Staub aus der oberen Etage, aber jetzt mischte sich schwarzer Rauch darunter. Polizisten, die die Journalisten zurückhalten sollten, waren noch keine da. In der Auffahrt kamen Ellen und die anderen mit ihrem Wagen kaum voran, trotz Blaulicht und Martinshorn. Überall liefen Leute. Entnervt stieg Ellen aus und rannte die letzten Etagen zu Fuß hoch. Wenn ihr jemand im Weg war, stieß sie ihn einfach beiseite. Auf dem letzten Stück presste sie sich ein Taschentuch vor Nase und Mund. Der Staub und Qualm bissen in ihrer Lunge. Auf der obersten Etage war der Strom ausgefallen.

Scheinwerfer von Kameras leuchteten unruhig und verbreiteten ein gespenstisches Licht. Überall liefen Reporter herum und sprachen in Mikrofone oder Handys.

»Raus hier!«, brüllte Ellen. »Bleiben Sie zurück!«

Niemand hörte auf sie. Da, wo sich die meisten Lichter konzentrierten, musste der Explosionsort sein. Zu den Scheinwerfern kam das flackernde Leuchten von Flammen. Mehrere Autos auf dem Parkdeck brannten, oder vielleicht war es auch nur eines. So genau konnte Ellen es nicht feststellen.

»Raus hier!«, brüllte sie wieder. »Hier kann jeden Moment ein Tank in die Luft fliegen.«

Langsam zogen sich die ersten Journalisten zurück. Viel zu langsam. Niemand wollte auf die dramatischen Bilder verzichten, jeglicher Gefahr zum Trotz.

Einem hartnäckigen Kameramann riss Ellen die Kamera aus der Hand.

»Hey, das ist meine«, beschwerte er sich.

»Verschwinden Sie von hier. Sofort!«, brüllte sie ihn an.

Er sah Ellen böse an, zeigte ihr den Mittelfinger und verschwand.

Die Flammen prasselten lauter. Die Temperatur stieg schnell. Unter der niedrigen Decke waberte schwarzer Qualm. Die letzten Journalisten hatten gerade die Ausfahrt aus der Etage erreicht, als der erste Autotank explodierte. Es krachte um ein Mehrfaches lauter als im Freien. Der Krach wollte gar nicht mehr aufhören. Es roch nach verbranntem Benzin und Gummi. Der zweite Tank explodierte und sofort noch ein dritter. In der Ferne jaulten Sirenen. Sie kamen rasch näher. Ellen, Stefan und Brahe trieben die Journalisten von der Auffahrt weg in die tiefer liegende Etage. Einige Feuerwehrwagen fuhren in die Auffahrt ein und jagten die Spirale nach oben. Der Lärm ihrer Sirenen jaulte ohrenbetäubend in der engen Auffahrt und wurde von den Betonwänden ungehemmt zurückgeworfen.

Im Parkhaus konnten sie nichts mehr ausrichten. Zunächst musste die Feuerwehr die Situation unter Kontrolle bringen. Noch mehr Tanks konnten explodieren. Dementsprechend vorsichtig und langsam gingen die Feuerwehrleute vor. Wegen der niedrigen Decken und dem dichten Qualm konnte Ellen sich kaum orientieren. Nicht einmal die Sprinkleranlage funktionierte. Ellen hatte Mühe, den Ausgang zum Treppenhaus zu finden.

Vor dem Parkhaus warteten mehrere Notarztwagen. Ellen hoffte inständig, dass sie umsonst hier standen. Doch ob es Verletzte gegeben hatte, ließ sich erst sagen, wenn die Feuerwehr einen Überblick gewonnen hatte. Bei dieser unübersichtlichen und gefährlichen Lage konnte das dauern.

Sina lehnte an einem abseits stehenden Streifenwagen und sah nach oben zu der brennenden Parketage. Sie musste auf das Ende des Feuerwehreinsatzes warten, bis sie mit ihrem Team die Sicherung der Spuren beginnen konnte.

Ellen stellte sich zu ihr. »Unser Versuch, das Internet zu kappen, ist ziemlich in die Hose gegangen.«

»Niemand kann dir einen Vorwurf machen. Du musstest es versuchen.«

»Das wird der Presse reichlich egal sein. Sie werden mich durch den Wolf drehen. Ich hoffe nur, dass es keine Toten gegeben hat. Dann wäre die Katastrophe perfekt.«

»Ja«, sagte Sina.

Beide sahen zu, wie die Feuerwehr mehrere Leiterwagen positionierte. Jeweils zwei Feuerwehrleute ließen sich in einem Korb auf die Höhe der Parketage heben, in der die Explosion erfolgt war. Dann sprühten sie von außen mit hohem Druck Wasser durch die Lücken in den Wänden.

»Siehst du eine Chance, dass du auswertbare Spuren findest?«

»Nach einem Feuer? Nachdem die Feuerwehr alles unter Wasser gesetzt hat? Nachdem dutzendweise Reporter da oben herumgetrampelt sind? Ehrlich gesagt: Nein.«

»Das habe ich befürchtet.«

Ein Polizeiobermeister kam eilig auf Ellen und Sina zu. Er war nicht mehr gut in Form und musste erst Luft holen, bevor er reden konnte. »Ich habe mich nach den Überwachungskameras erkundigt, wie Sie mir gesagt haben, Frau Faber. Es gibt keine Bänder mit Aufnahmen hier.«

»Was soll das heißen? Hier sind Kameras. Also muss es auch Aufzeichnungen geben.«

»Ich habe mit der Parkhausverwaltung gesprochen. Sie übertragen alles über Internet in die Hauptverwaltung. Dort wird es zentral gespeichert.«

»Worauf warten Sie noch? Schnappen Sie sich einen Kollegen und fahren Sie hin. Besorgen Sie die Aufnahmen. Das hat höchste Priorität.« Beim Stichwort »übertragen übers Internet« bildete sich in Ellens Magen ein unangenehmer Knoten.

Der Polizeiobermeister spurtete los. Für seine Verhältnisse schnell.

Sina sah Ellen an. »Befürchtest du, was ich befürchte?«

»Nein«, gab Ellen schroff zurück. »Diese Gedanken will ich jetzt gar nicht denken.« Verhindern konnte sie es dennoch nicht. Es konnte doch nicht möglich sein, dass dieser Kerl sich auch ins Netz des Parkhauses eingehackt hatte.

»Hast du eigentlich die Auswertung meiner Haaranalyse gelesen?«

»Nein, dazu bin ich noch nicht gekommen«, sagte Ellen, jetzt wieder weniger schroff. »Was hast du gefunden?«

»Schwarz, männlich, vermutlich arabischer Herkunft.«

»Wie kommst du darauf?«

Sina hob die Schultern und wiegte ihren Kopf hin und her. »Ich habe schon Hunderte von Haarproben untersucht. Das ist einfach so ein intensives Gefühl.«

»Sonst noch was?«

Sina verzog ihr Gesicht. »Du bist gut. Was willst du sonst noch bei so einem kleinen Stück. Ein Name stand nicht dran.«

»Danke für den Hinweis.« Ellen seufzte. »Ich weiß, du tust, was du kannst.«

Feuerwehrleute brachten einige hustende und blass aussehende Leute zu den Notarztwagen. Ellen erkannte den Mann wieder, dem sie die Kamera abgenommen hatte. Geschah ihm recht. Der Chef der Feuerwehr signalisierte Ellen, dass keine Toten zu beklagen waren. Das hätte eigentlich erleichtern sollen, tat es aber nicht. Dass ihr Versuch, die öffentlichen Internetübertragungen des Erpresser zu verhindern, gescheitert war und sie mit ihren Ermittlungen nicht vorankamen, lag wie eine schwere Last auf ihr.

Nur Khalid und ein Kollege saßen in der Zentrale vor einem Monitor und diskutierten über Server- und Leitungskapazitäten. Der Techniker sah Ellen kurz aus dunkel umränderten Augen an und schüttelte den Kopf. Hier kamen sie auch nicht weiter.

Ellen nahm sich einen dicken Filzschreiber und notierte auf dem Flipchart alle relevanten Erkenntnisse über den Erpresser, die sie bisher herausgefunden hatten.

Programmierer/Hacker
intelligent
Spieler
Server in Kairo
dunkle Haare
männlich
arabische Herkunft?

Manchmal half es, alle Punkte real vor Augen zu haben. Oft sortierten sie sich dadurch und weckten einen Gedanken oder ergaben zumindest einen Anhaltspunkt.

Ellen trat in die Mitte des Raums und betrachtete die Stichworte aus der Entfernung. Sie spürte förmlich, wie ihr Unterbewusstsein Verknüpfungen schuf und versuchte, die Einzelteile zu einem Bild zusammenzufügen.

»Khalid, kann ein Administrator eigentlich programmieren?«, fragte sie.

»Gewöhnlich ja. Das ist zwar nicht der Schwerpunkt der Arbeit, aber ein Auswertungsprogramm oder so etwas Ähnliches ist immer mal nötig. Und die meisten Administratoren machen aus Hobby auch noch einiges mehr.«

»Und ein Administrator kennt sich mit dem Internet aus?«

»Auf jeden Fall. Damit haben wir immer zu tun. Wir sind schließlich für die Firewall verantwortlich, damit niemand von außen auf unsere Systeme zugreift.«

»Und wer so eine Firewall einrichten kann, der weiß auch, wie man sie durchlöchert?«

»Natürlich, sonst könnten wir sie nicht dicht halten.«

Vor Ellens innerem Auge erschien ein Name auf einem der zerbeulten Briefkästen in ihrem Hauseingang: *Hassan Nabil.* Hassan war Administrator. Das hatte er ihr vor Monaten erzählt.

Verblüffend viele Stichworte trafen auf ihn zu, von »intelligent« einmal abgesehen. Aber Ellens Eindruck von ihm bezog sich hauptsächlich auf seine tölpelhaften Gesprächsversuche. Er hatte Informatik studiert, war also nicht so dumm, wie es schien. Und irgendwie abgedreht war er auch. Hassan liebte es, wenn es ordentlich krachte. Und wenn er es nun einmal hatte live krachen lassen wollen? Ellen traute dem Kerl alles zu. Vor allem war da noch etwas, was nicht auf der Liste stand: Er kannte Ellen und würde eine Menge dafür geben, sie ins Bett zu kriegen. Hatte Brahe nicht davon gesprochen, dass etwas Persönliches im Spiel sein könnte? Ellen ging in Gedanken ihren Bekanntenkreis durch. Er war sehr überschaubar, und auf niemand anderen trafen alle Stichworte auf dem Flipchart gleichzeitig zu. Hassan Nabil. War er der, den sie suchten? Sie zückte ihr Handy. Ein kurzer Anruf und Ellen wusste, dass er aus Ägypten stammte.

»Sie sollten sich die Nachrichten ansehen«, sagte Khalid.

An der Seitenwand der Zentrale hing ein großer Flachbildschirm, um bei Bedarf verfolgen zu können, was über die Medien ging. Er lief fast immer, aber ohne Ton, um nicht zu stören. Ellen schaltete den Ton an.

Die ARD hatte dem Bombenanschlag im Parkhaus einen eigenen Brennpunkt gewidmet. Am Bildschirm konnte Ellen die Ereignisse aus dem Blickwinkel eines Reporters verfolgen: die Jagd zur Explosionsstelle, das Vorkämpfen in der Staubwolke und im anschwellenden Rauch. Die Bilder waren im Laufen aufgenommen worden und wackelten. Gerade schwenkte die Kamera hektisch um hundertachtzig Grad. Jetzt kam Ellen selbst ins Bild. Man sah, wie sie einen Kameramann grob zur Seite stieß, und hörte, dass sie etwas brüllte. Was, konnte in dem allgemeinen Lärm niemand verstehen. Der Kommentator erläuterte dazu, dies hier sei die Frau, die die Verantwortung für die gesamten Ermittlungen trage.

Was denken die Leute bloß von mir?

Es folgten Aufnahmen von den Löscharbeiten, dann von draußen. Am Ende wurde wieder Ellen gezeigt, wie sie mit Sina zusammenstand. Das Bild zoomte so nah heran, dass Ellens Gesicht den gesamten Bildschirm ausfüllte.

Nirgends bin ich mehr sicher. Ellen biss die Zähne zusammen.

Jetzt wurde ein Mann interviewt, ein Professor mit einem komplizierten Doppelnamen, den Ellen sich auf die Schnelle nicht merken konnte. Er kritisierte Ellens rüdes Vorgehen. Als verantwortliche Person sollte sie mehr Ruhe und Überblick ausstrahlen. Sie sollte ihre Leute dirigieren, was viel effektiver wäre, als überall selbst herumzulaufen.

Klugscheißer! In einem friedlichen Fernsehstudio hatte man gut reden, aber neben einem brennenden Auto, dessen Tank jeden Moment hochgehen konnte, sah die Welt anders aus. Ellen wollte sich angewidert abwenden, als ein weiterer Höhepunkt angekündigt wurde: eine neue Nachricht des Erpressers.

Mit einem Mal war sie voll da.

Ein Sprecher las den Text vor, während gleichzeitig die E-Mail auf dem Bildschirm gezeigt wurde.

Sehr geehrte Bürgerinnen und Bürger,
Ihre Polizei hat gegen die festgelegten Regeln des Spiels verstoßen. Sehen Sie dieses Ereignis als Verwarnung an. Es darf als unbedeutend betrachtet werden gegenüber den Folgen eines erneuten Regelverstoßes. Es gibt belebtere Plätze als ein Parkhaus.
Mit freundlichen Grüßen
Ihr/Ihre
(Ihre Polizei weiß immer noch viel zu wenig über mich.)

Ellen überlegte noch, welche Konsequenzen diese E-Mail nach sich zog, da kam Direktor Brahe hereingestürzt.

»Frau Faber, haben Sie den Brennpunkt gesehen?«

Ellen deutete auf den Fernseher. »Ja, habe ich.«

»Was denken Sie darüber?«

»Schlimm«, antwortete Ellen, »wirklich schlimm. Das erhöht den Druck auf uns enorm. Und er hat auch noch die Frechheit, uns die Schuld in die Schuhe zu schieben.«

Brahe nickte. »Wissen Sie, warum ich hauptsächlich hergekommen bin?«, fragte er.

»Warum?«

»Weil ich nicht erreichbar sein will, wenn der Polizeipräsident anruft. Weil ich weiß, was er will, und ich nichts sagen kann. Oder haben wir etwas zu sagen, Frau Faber?«

In dem Moment steckte der Kollege, den Ellen wegen der Kameraüberwachung im Parkhaus weggeschickt hatte, den Kopf in die Tür der Zentrale.

»Sie stören nicht. Kommen Sie herein«, forderte Ellen ihn auf. »Direktor, jetzt bekommen Sie gleich live mit, ob wir etwas zu sagen haben.«

»Wir haben die Aufnahmen schon ausgewertet. Nichts«, sagte der Polizeiobermeister.

»Was heißt ›nichts‹? Kameras kaputt wie bei der ersten Bombe oder Aufnahmen gelöscht?«

»Weder noch. Beides wäre in der Zentrale auch aufgefallen. Die Kameras zeigen ein Standbild.«

»Was soll das heißen?« Brahe verstand nicht, aber Ellen ahnte die Antwort.

»Der Erpresser hat eine Aufnahme aus einer Zeit gespeichert, in der im Parkhaus nichts los war. Diese Aufnahme hat er in die Kameras eingespielt, während er selbst mit einem Wagen in das Parkhaus hineingefahren ist. Das vermuten wir jedenfalls, denn auf einer späteren Aufnahme steht plötzlich ein Wagen da, wo vorher keiner stand. Es ist die Stelle, wo die Bombe hochgegangen ist. Der Wagen war ein Passat, ein ziemlich altes Modell. Die ganze Manipulation ist niemandem aufgefallen.«

Brahe schwieg.

»Also das Übliche«, sagte Ellen. »Wir haben wieder nichts.«

»Aber irgendetwas muss es doch geben.« Brahe sah Ellen an, wie sie es noch nie bei ihm erlebt hatte, hilflos.

»Sie haben gerade zum ersten Mal live mitbekommen, was ich mir dauernd anhören muss. Spuren am Tatort gibt es keine, alles andere spielt sich im Internet ab. Und dort versanden alle Nachforschungen im Nirwana.«

»Das können wir unmöglich der Presse erzählen. Haben Sie denn keinen Verdacht? Nicht irgendeinen Hinweis?«

»Etwas ziemlich Vages habe ich. Aber das sind nur Indizien, ich habe keinerlei Beweis.« Ellen erzählte Brahe von Hassan Nabil.

»Das ist doch schon etwas.« Brahes Gesichtszüge strafften sich wieder. »Da kann ich dem Polizeipräsidenten erzählen, dass wir eine konkrete Spur verfolgen.«

»Aber wir haben noch keine Beweise. Wir müssen vorsichtig sein.«

»Selbstverständlich werden wir sehr diskret vorgehen. Deshalb werden wir Daudert hinzuziehen.«

Ellen wollte protestieren, aber Brahe hob abwehrend die eine Hand, während er mit der anderen bereits eine Nummer in sein Handy tippte. Wenige Minuten später erschien Stefan in der Tür der Zentrale.

»Frau Faber hat einen Verdacht, dem wir nachgehen müssen«, sagte Brahe. Er klärte Stefan knapp über Ellens Vermutung auf.

»Falls es sich um den Erpresser handelt, ist die Sache extrem gefährlich. Deshalb werden Sie den Einsatz persönlich leiten und mit Ihrem SEK-Team absichern. Eine Gruppe der KTU wird Sie in die Wohnung dieses Ägypters begleiten und nach Spuren suchen. Nehmen Sie sich vor allem seinen Computer vor.« Brahe holte tief Luft. »Achten Sie um Himmels willen auf Diskretion. Niemand darf etwas davon mitkriegen. Auf gar keinen Fall die Presse. Wir haben Ärger genug. Schaffen Sie das?«

Stefan nahm eine straffe Haltung ein. »Selbstverständlich, Herr Direktor. Wir werden alles so verlassen, wie wir es vorfinden. Niemand wird etwas von unserem Einsatz erfahren.«

»Gut so. Und bringen Sie mir Ergebnisse.« Brahe sah Stefan fast flehentlich an.

»Wenn es irgendetwas zu finden gibt, werden wir es finden«, versprach der. Er warf noch einen kurzen Blick auf Ellen und verschwand.

»Bitte entschuldigen Sie, Frau Faber, dass ich über Sie hinweg entschieden habe. Ich weiß, dass Sie die Ermittlungen leiten, aber ich muss meinen Kopf dafür hinhalten. Und wenn ich nicht bald etwas vorweisen kann, reißt mir der Polizeipräsident ebendiesen Kopf ab.«

»Ich verstehe«, sagte Ellen. »Wir stehen alle unter Druck.«

Ihr gefiel das Ganze nicht, aber Gegenargumente hatte sie keine und erst recht keine besseren Vorschläge.

11

»Frau Careli, sind alle Unterlagen fertig?«, fragte Hermann Becker. »Vor allem die Auswertungen über den Internet-Traffic sind wichtig.«

»Ich habe alles auf Ihren USB-Stick kopiert. Die Daten sind aber nicht grafisch aufbereitet. Dafür war die Zeit zu kurz.«

»Kein Problem. Das mache ich im Flieger nach Berlin selbst.«

»Sie wollen also tatsächlich eine Sitzung des Vorstands sausen lassen, an der Sie als Marketingleiter teilnehmen sollen?«

Jeden anderen hätte Becker ärgerlich zurechtgewiesen. Es war nicht üblich, dass man seine Entscheidungen hinterfragte. Coretta Careli war eine Ausnahme. Sie hatte bereits für Becker gearbeitet, als er noch ein absoluter Nobody und seine Firma völlig unbekannt gewesen war.

»Mein Plan wird gelingen. Davon bin ich fest überzeugt. Ich habe Gottfried Dellbrück eingeweiht, den Marketingvorstand. Und für Sie habe ich eine Reihe Anweisungen vorbereitet.« Er reichte Coretta ebenfalls einen Speicher-Stick. »Achten Sie darauf, dass alles umgesetzt wird, was Sie darauf finden. Es darf nichts ausgelassen werden. Morgen muss alles fertig sein.«

Coretta wog den Stick in der Hand, als wäre er schwer wie ein dickes Buch. Ungefähr wusste sie schon, was er enthielt. »Das bedeutet erheblichen Aufwand und wird die Firma eine Menge Geld kosten. Und das alles auf die Hoffnung hin, dass Sie recht behalten. Sie müssen sich sehr sicher sein.«

»Ja, das bin ich. Erinnern Sie sich noch an die Zeit, als wir so klein waren, dass uns kaum jemand kannte? Wir Hinterwäldler von Intelko gegen riesige Konkurrenten? Niemand hat uns damals eine Chance gegeben. Aber ich hatte das sichere Gefühl, dass wir es schaffen werden. Und wir haben es geschafft. Heute gehören wir zu den größten Internet- und Telekommunikationsunternehmen. Genau das Gefühl wie damals habe ich heute.«

»Ich wünsche Ihnen sehr, dass Sie recht behalten, Herr Becker.«

»Manchmal gibt es Dinge, die muss man einfach tun. Und dann muss man sie auch selbst machen und nicht delegieren.«

12

Ein unauffälliger Privatwagen bog in die Straße ein, in der Ellen wohnte. Stefan Daudert saß am Steuer. Neben und hinter ihm saßen Mitglieder seines SEK-Teams, Rico, Hillert und Ernst. Sie hatten schon viele gemeinsame Einsätze hinter sich. Obwohl der Einsatz möglicherweise gefährlicher war als frühere, verzichteten sie auf ihre schwere Sicherheitsausrüstung. Die klobigen Helme, die schwarzen Handschuhe, überhaupt die ganze Uniform, waren zu auffällig. Ihr einziger Schutz bestand in den kugelsicheren Westen, über denen sich ihre Privatkleidung spannte. Diese Art Einsatz konnte Stefan Daudert nicht befehlen. Er hatte nach Freiwilligen gefragt. Wie nicht anders erwartet, hatte sich sein ganzes Team gemeldet, ohne Ausnahme.

Daudert fuhr so langsam wie möglich, ohne dass es auffiel. Mit äußerster Sorgfalt suchte er die Umgebung vor Ellens Haus ab. Sie durften keine Fehler machen.

»Da, Rico, der Typ, der an der Bushaltestelle sitzt. Der gefällt mir nicht.«

Der Mann schien nicht auf den Bus zu warten, denn der war gerade abgefahren. Rico schoss im Vorbeifahren einige Fotos und übermittelte sie an die Zentrale. Daudert informierte den zweiten Wagen, der mit geringem Abstand hinter ihnen folgte. In ihm saß das Team der Spurensicherung. Beide Wagen fuhren weiter. Während sie im Schneckentempo durch die Straßen krochen, rasten in der Zentrale Tausende Fotos durch die Arbeitsspeicher der Rechner. Eine Gesichtserkennungs-Software verglich Ricos Aufnahmen mit allen, die in den Polizeiarchiven gespeichert waren. Die Aufgabe, für die ein Mensch Monate benötigt hätte, wurde in weniger als zehn Minuten abgeschlossen. Ein Mitarbeiter gab die Information sofort an Rico weiter.

»Der Typ an der Straße ist Karl Rübenfeld, ein Reporter beim Abendblatt. Ein kleines Licht. Hat noch nie etwas Größeres zustande gebracht. Vielleicht erhofft er sich hier einen Zufallstreffer«, sagte Rico.

»Den hätte er fast gelandet. Von vorne können wir also nicht ins Haus herein. Zwei Autos mit je vier Männern plus Taschen mit Ausrüstung fallen auch ohne Uniform auf.« Daudert war nicht sonderlich überrascht. Es ging selten alles glatt. Er zog eine Luftaufnahme des Gebäudekomplexes hervor. Durch die Zeit, die er mit Ellen zusammen gewesen war, kannte er sich einigermaßen aus.

»Dann gehen wir hierherum rein.« Er zeigte Rico den Weg über die Hinterhöfe.

Die Aktion war nicht einfach. Ein Gebäude zu sichern, war Routine, aber es unauffällig zu tun, war eine echte Herausforderung. Daudert besaß die besten Ortskenntnisse und ging voran. Er hatte lässig eine Jacke über den Arm gehängt, mit der er seine Pistole verdeckte. Die hielt er schussbereit in der Hand. Peer Hillert und Oskar Ernst folgten mit Reisetaschen, in denen ihre weitere Ausrüstung steckte. Dann kamen die vier Kollegen von der Spurensicherung, ebenfalls mit Taschen. Den Abschluss machte Rico.

Acht Männer. Unauffällig war anders, aber eine Alternative hatten sie nicht. Falls einer der Anwohner Verdacht schöpfte und die Polizei anrief, war das nicht weiter tragisch. Polizei waren sie schließlich selbst, und die Kollegen in der Telefonzentrale waren informiert. Nur die Presse durfte nicht ins Spiel kommen, und vor allem durfte der Erpresser nichts merken. Bei einem Testanruf war nur Nabils Anrufbeantworter angesprungen, aber das musste nicht notwendigerweise bedeuten, dass er nicht zu Hause war.

Über den Hinterhof des Nachbarhauses erreichte die Gruppe den Hof von Ellens Haus. Bei den Mülltonnen blieb Daudert stehen, sicherte und winkte die anderen vorbei.

»Scheiße«, fluchte Oskar mit gedämpfter Stimme.

Schlagartig blieben die anderen stehen, als ob sie in ihrer Bewegung eingefroren wären. Jeder analysierte in Sekundenbruchteilen den Bereich, den er einsehen konnte, auf mögliches Bedrohungspotenzial.

»Was ist?«, wollte Daudert wissen.

»Ich bin in Hundescheiße getreten.«

»Oh, Mann, was bist du für ein Idiot.«

Oskar sah sich seine Sohle an. Überall in den groben Rillen steckte die unappetitliche Masse. Sie war nicht mehr ganz frisch, stank aber erbärmlich.

»Damit hast du die Arschkarte gezogen«, stellte Daudert fest.

»Das heißt?«

»Dass du nicht mit in die Wohnung kommst. Wir können nicht warten, bis du den Schuh sauber hast, und Fußabdrücke und Hundescheiße können wir im Haus nicht gebrauchen. Du sicherst hier unten und gibst durch, wenn einer ins Haus geht.«

»So ein Mist«, schimpfte Oskar. Einen dümmeren Job als unten Wachestehen gab es nicht.

»Manchmal ist das Leben echt beschissen«, sagte Daudert. Er nahm die Reisetasche von Oskar, und die Gruppe ging weiter. Den Schlüssel zum Haus hatte Ellen ihnen zur Verfügung gestellt. So schnell wie möglich betrat die Gruppe das Haus. Die Holzstufen des Treppenhauses knarrten laut unter den Schritten der Männer, egal, wie vorsichtig sie auftraten.

Ersetzt jede Alarmanlage, dachte Daudert. Doch trotz des Lärms beachtete sie niemand. Das letzte Stück zu Hassans Wohnung ging Daudert allein. Jetzt brauchte er Ruhe. Er drückte ein hochempfindliches Mikrofon an die Tür und lauschte in die Wohnung hinein. Der Verstärker hätte sogar Atemzüge hörbar gemacht, aber innen herrschte Stille. Sie hatten freie Bahn. Daudert rief seine Männer hoch. Das alte Türschloss hielt den Experten der Kriminaltechnik nur acht Sekunden stand.

Mit gezogener Pistole öffnete Daudert die Tür, erst einen Spaltbreit, dann weiter. Schließlich stieß er sie ganz auf und sprang hinein. Einen Atemzug später war er wieder draußen.

»Was ist das denn? Pfui Teufel«, zischte er leise.

Jetzt rochen auch die anderen den beißenden Gestank, der aus der Wohnung zog.

Ein Mann der KTU schnupperte, dann verzog er das Gesicht. »Wenn Sie meine Meinung hören wollen: Das ist eine Mischung aus alten Socken, vergammelter Milch und Shisha.«

»Shisha?«

»Wasserpfeife. Aber es muss ein fürchterlicher Tabak sein.«

»... und viele alte Socken.«

»Wenn ich da rein soll, muss ich kotzen«, flüsterte Hillert. »So ein Gestank ist sicherer als jedes Türschloss.«

»Es hilft nichts«, sagte Daudert, »wir müssen rein.«

In der einen Hand hielt er immer noch die Pistole, mit der anderen presste er sich ein Tuch vor Nase und Mund. Hillert und Ernst taten es ihm nach. Sie kontrollierten jedes Zimmer und meldeten zum Schluss: »Sicher.«

Dann rissen sie die Fenster auf.

»Meine Güte, schlimmer als nach einem Chemieunfall«, stöhnte einer.

»Das hier IST ein Chemieunfall – und wir stehen mittendrin«, sagte ein anderer.

»Eins ist auf jeden Fall klar: Einen Sprengstoff-Hund können wir uns sparen. Der wird nach dem ersten Atemzug ohnmächtig.«

Daudert sah sich um. Auf dem Sofa lag ein Berg getragener Kleidung. Den Tisch davor zierte eine riesige, reich verzierte Shisha. Darum herum lagen Packen mit Tabak, die meisten aufgebrochen. Neben dem Tisch stand ein Metalleimer mit Asche. Hassan schien nach dem Shisha-Genuss nicht mehr richtig zielen zu können, denn neben dem Eimer lag ungefähr genauso viel Asche wie darin. Es war eine Herausforderung, keine Fußabdrücke zu hinterlassen. Wo auf dem Boden gerade keine Asche war, lagen Zeitschriften. Eine nackte Frau neben der anderen, in allen denkbaren und manchmal auch undenkbaren Posen. Ein großer Fernseher dominierte den Raum, eingerahmt von zwei Türmen mit Porno-DVDs.

Die Männer der KTU fluchten. »Wie soll man hier Spuren sichern?«

Daudert verstand sie gut, aber ihr Problem war nicht sein Problem. Der Computerexperte, ein schmächtiger Mann mit Ziegenbärtchen und dünnen Haaren, nahm sich Hassans Rechner vor. Für eine ausführliche Analyse vor Ort reichte die Zeit nicht aus. Deshalb war geplant gewesen, die Festplatte auszubauen und eins zu eins zu kopieren. Dann konnte man die Kopie im Labor ungestört und mit allen technischen Mitteln untersuchen. Die Realität gestaltete sich schwieriger als der Plan. Der Rechner steckte in einem Berg leerer Milchtüten. Hassan hatte sie nach Gebrauch achtlos dorthin geworfen. Er schien geradezu süchtig nach Milch zu sein.

»Wie soll ich an den verdammten Rechner kommen, zum Teufel noch mal?«, fragte der Ziegenbärtige.

»Alles wegräumen«, sagte Daudert, »ist doch klar.«

»Ach. Und das soll unauffällig sein?«

»Danach musst du eben alles wieder hinräumen. Mach vorher ein Foto, damit du weißt, wie der Müllberg nachher wieder aussehen muss.«

»Du könntest mir helfen.«

»Spuren sichern ist nicht mein Fachgebiet. Dafür bin ich nicht ausgebildet.«

»Arroganter Arsch.«

Daudert juckte die Beschimpfung nicht. Hauptsache, er musste nicht im Müll wühlen.

Aus der Küche rief jemand: »Wollt ihr wissen, wie es im Kühlschrank aussieht? Das glaubt ihr nicht.«

Daudert wollte es nicht wissen. Der Stapel Pornohefte vor dem Fernseher war wesentlich unterhaltsamer.

Der Ziegenbärtige am Computer fluchte wieder. Die Festplatte war kopiert, aber nun musste sie wieder eingebaut werden. Daudert blätterte ungerührt weiter in den Heften, bis sein Handy klingelte. Es war Oskar, der mit dem Hundehaufen am Fuß.

»Wir haben ein Problem. Die Zielperson kommt auf das Haus zu.«

»Verdammt! Das ist zu früh.« Ein blitzschneller Rundgang durch die Wohnung bestätigte Daudert, dass er recht hatte. Rico war mit dem Sprengstoffsensor noch nicht fertig und der Computerexperte kämpfte mit den Milchtüten. »Wir können unmöglich hier weg. Lass dir was einfallen.«

»Ich hab schon eine Idee, aber beeilt euch trotzdem.«

Daudert steckte das Handy weg. »Fertig werden. Beeilung!«, befahl er.

Doch der Mann am Computer sagte nur: »Nicht mein Problem. Du bist dafür verantwortlich, dass wir ungestört arbeiten können. Ich bin nicht zur Abwehr von Terroristen ausgebildet.«

Daudert grunzte unwillig. Missmutig griff er einige Milchtüten und versuchte sie so aufzubauen, dass es dem ursprünglichen Müllberg möglichst ähnlich sah.

13

Stefan meldete die Rückkehr der Spurensicherung im LKA. Ellen wollte so schnell wie möglich Informationen von der Wohnungsdurchsuchung erhalten und ging den Teams entgegen.

»Habt ihr etwas gefunden?«, fragte sie, kaum hatten Stefan und sein Team das Parkdeck verlassen.

Brüggemann, der Leiter des KTU-Teams, grinste. »Jede Menge Chemiewaffen.«

»Chemiewaffen?«

»Milchtüten«, klärte Stefan sie auf, »mit vergorenen Resten. Es war abscheulich.«

»Sehr witzig. Ihr wisst, was ich meine.«

»Hinweise auf Sprengstoff oder Ähnliches gab es keine, aber das Wichtigste liegt noch vor uns. Wir haben die Festplatte kopiert, damit das Labor sie gründlich untersuchen kann. Das wird etwas dauern. Ansonsten haben wir diverse Proben gesammelt. Die Haarbürste war so voll, da hätte man eine ganze Perücke draus machen können.«

»Dann seht zu, dass ihr ins Labor kommt. Die Zeit drängt.«

Das KTU-Team zog mit seinen Taschen ab. Das SEK-Team blieb noch.

»Im Ernst. Ein Chemieunfall in einer Giftgasfabrik ist ein Kindergeburtstag gegen diese Wohnung«, sagte Stefan und verzog das Gesicht, als würde er den Gestank immer noch riechen. »Hättest du uns nicht vorwarnen können? Das musst du doch gewusst haben.«

»Dass Hassan nicht gerne lüftet, weiß ich. Er hat mal gesagt, wenn er nicht lüftet, hat er doppelt so viel vom Rauch für das gleiche Geld. Dass es so schlimm ist, wusste ich nicht. Ich war noch nie in seiner Wohnung.«

»Das hättest du nicht überlebt.«

»Aber du ganz offensichtlich. Du bist wahrscheinlich in dieser Beziehung abgehärteter als ich.«

»Wir haben als Erstes alle Fenster aufgerissen und gelüftet.«

»Das war nachher ein echtes Problem«, platzte Hillert heraus.

»Wieso das?«, fragte Ellen.

»Na, wir sollten unauffällig sein. Eine frisch gelüftete Wohnung wäre bestimmt aufgefallen.«

»Und was habt ihr gemacht?«

»Stefan hat gesagt, wir sollten alle mal furzen – aber es hat nicht gereicht.«

Gelächter drang aus den Kehlen der Männer. Nur Stefan lachte nicht. Er bedachte Hillert mit einem bösen Blick. Trotz der Anspannung musste auch Ellen schmunzeln.

»Was war eigentlich mit Hassan? War der Vogel die ganze Zeit ausgeflogen?«

Stefan wirkte erleichtert, das Thema zu wechseln.

»Der hätte uns fast überrascht, aber wir haben das gut hingekriegt.«

»Ich habe ihn rechtzeitig abgefangen«, meldete sich Oskar zu Wort, »und dann habe ich ihn unter einem Vorwand zu einem Reporter gelotst.«

»Reporter? Welcher Reporter?« Bei diesem Reizwort sträubten sich Ellens Nackenhaare.

»Vor Ihrem Haus stand doch dieser Kerl, dieser Karl Rübenfeld vom Abendblatt. Er hat es die ganze Zeit beobachtet. Ich habe Hassan erzählt, dass da ein Kollege von mir ganz scharf ist auf ein Interview mit ihm, und dann habe ich ihn zu dem Reporter gebracht. Der hat zuerst dumm gekuckt, aber als ich erklärt habe, dass Nabil jede Menge über Sie weiß, war er ganz begeistert. Ich habe mich dann unauffällig verdrückt. Als wir abgezogen sind, waren die beiden immer noch im Gespräch. Scheint ihnen gefallen zu haben.«

»Sie haben Hassan zur Presse gebracht, damit er denen etwas über mich erzählt? Sagen Sie, dass das nicht wahr ist.«

»Was hätte ich denn sonst tun sollen? Ich musste auf die Schnelle irgendwas finden, was ihn ablenkt. Und da ist mir das eingefallen.«

Ellen schüttelte den Kopf. »Ich fasse es nicht.«

Jetzt machte Oskar einen betretenen Eindruck. Er schien langsam zu verstehen, was er angerichtet hatte. Aber ungeschehen machen konnte er es nicht.

Stefan verzog keine Miene. Er sah ausdruckslos aus dem Fenster, als ginge ihn das nichts an.

Ellen drehte sich um und ging. Hassan war nicht in der Lage, auch nur eine einzige sinnvolle Aussage über sie zu machen. Das Einzige, was er über sie konnte, war phantasieren, und das wahrscheinlich auch nur schmutzig – aber wenn es einmal in der Zeitung stand, würde es jeder glauben.

Als Ellen in ihr Büro kam, piepste zu allem Überfluss auch noch ihr Handy. »Akku leer!«, zeigte das Display.

Das Handy war erst einige Wochen alt, und sie hatte den Akku gestern noch aufgeladen. Dabei war ihr beim Kauf eine lange Stand-by-Zeit wichtig gewesen. Entweder hatte man sie über den Tisch gezogen, oder das Teil war schon wieder kaputt. Sie holte den Ersatzakku aus dem Ladegerät und tauschte ihn mit dem leeren. Sie konnte es sich nicht erlauben, nicht erreichbar zu sein.

»Kann denn gar nichts mehr funktionieren?«, grummelte sie.

Doch das Handy funktionierte sehr wohl, allerdings nicht so, wie Ellen es gewollt hätte. In einem unscheinbaren Haus am Stadtrand lehnte sich jemand zurück und war sehr zufrieden mit Ellens neuem Handy.

14

Einer der Techniker, die sich fast schon verzweifelt um die Internetverbindung bemühten, steckte den Kopf in Ellens Büro. »Wir können in einer Viertelstunde einen neuen Versuch starten, online zu gehen«, meldete er. »Wie lange es funktioniert, können wir nicht sagen.«

Ellen machte sich auf den Weg in die Zentrale. Was Hassan der Presse erzählt hatte, darüber konnte sie nur spekulieren, und was davon abgedruckt wurde, war noch mal etwas ganz anderes. Eins war leider so gut wie sicher: Es konnte nur unerquicklich sein. Wie unerquicklich musste sie abwarten. Unangenehm war auch das, was in einer Viertelstunde auf sie wartete, aber sie sah keine Möglichkeit, dem auszuweichen. Mit einem mulmigen Gefühl im Magen beobachtete sie, wie die Techniker ihre Arbeit abschlossen.

»Wir können jetzt. Sollen wir?«, fragte Khalid.

Sollen wir? Wir müssen wohl. Ich *muss wohl!*

»Ja«, sagte sie und zog widerstrebend ihre Bluse aus. Sie vermied jeden Blickkontakt zu ihren Kollegen.

»Wir sind online«, meldete Khalid.

Nichts geschah. Ellen fixierte mit ihrem Blick den Monitor mit dem eingehenden Signal.

»Die Zugriffe steigen rapide an. Die Leute scheinen nur vor ihren Rechnern zu sitzen und darauf zu warten, dass wir übertragen. Lange geht das nicht gut.« Khalid klang nervös.

Ellen stand mit verschränkten Armen da und rührte sich nicht. Auch von Skype kam kein Signal.

»Die Verbindung wird schon wieder instabil.«

Der Monitor wechselte die Farbe und wurde grün. Das war der Erpresser. Ellen hielt den Atem an.

SCHWACHE LEISTUNG erschien als Schriftzug. ZU SCHWACH! MORGEN NACHMITTAG IST ES BESSER – SONST …

Die Farbe wechselte zu einem drohenden Rot. Kein Wort mehr. Nichts.

»Das Internet ist zusammengebrochen. Wir können nichts dagegen tun.«

Ellen biss die Zähne zusammen und zog ihre Bluse über. »Scheiße!«

Khalid zuckte hilflos mit den Schultern.

»Wir müssen es hinkriegen. Irgendwie.« Was geschehen würde, wenn sie es nicht schafften, wagte Ellen sich nicht auszumalen. Auf keinen Fall würde der Erpresser mit ihnen reden, wenn das Internet nicht ging.

»Versuchen Sie es, Khalid. Sie bekommen jede Unterstützung, die Sie brauchen. Stellen Sie eine Liste zusammen.«

Den anwesenden Kollegen befahl Ellen, endlich die Nebenzentrale einzurichten. Das war bisher noch nicht geschehen. Für den Fall, dass die KTU auf Hassans Computer nichts fand, würden sie die Nebenzentrale brauchen. Irgendwo mussten sie schließlich ihre Arbeit koordinieren, und zwar unbeobachtet. Wenn Ellen ehrlich war, rechnete sie eher mit einem negativen Ergebnis bei Hassan.

Ellens Handy meldete sich schon wieder. Direktor Brahe war dran. »Bitte kommen Sie kurzfristig zu einer Besprechung in mein Büro. Ich weiß, dass Sie viel zu tun haben, aber es muss sein.« Brahes Stimme klang belegt. Er schien Ellen nicht ganz freiwillig zu drängen. Das roch nach Schwierigkeiten.

15

Ellens Befürchtungen wurden wahr. Tatsächlich nahm Polizeipräsident Kronen wieder an dem Treffen teil. Wahrscheinlich hatte er Brahe sogar dazu gedrängt, denn der sah gar nicht glücklich aus. Der gutmütige Ausdruck, der sonst sein Gesicht prägte, war verschwunden. Sein kurz geschorenes Haar sah noch grauer aus als sonst.

Kronen strahlte kaum unterdrückten Ärger aus. Stefan stand scheinbar unbeteiligt neben den beiden, aber Ellen kannte ihn gut genug, um in seinen Augen zu lesen, dass er die angespannte Situation genoss.

»Kommen wir sofort zur Sache.« Kronen verzichtete auf jegliche Begrüßung. »Wie ist der Stand Ihrer Ermittlungen?«

Ellen war klar, dass diese Frage gestellt werden würde. Sie hatte nicht vor, sich mit Ausflüchten wegzuducken, und sah Kronen direkt in die Augen. »Wir sind leider nicht so weit, wie wir uns wünschen.«

Kronen sah aggressiv zurück. »Das heißt konkret?«

»Dass wir noch keine handfeste Spur haben.«

»Der Täter hat bereits zwei Bomben gezündet, Ihnen ein Paket zukommen lassen, und er spricht mit Ihnen. Da muss es doch etwas geben.«

»Dann zeigen Sie es mir.«

Kronen zuckte zusammen. So eine Antwort hatte er nicht erwartet. Doch bevor er etwas erwidern konnte, redete Ellen weiter: »Die Spurensicherung arbeitet rund um die Uhr, aber der Täter geht äußerst raffiniert vor. Wie er es schafft, jegliche Spuren zu vermeiden, wissen wir nicht, aber offensichtlich gelingt es ihm.«

»Oder Sie suchen nicht gut genug.«

Diese Anschuldigung tat Ellen weh, weil sie wusste, wie Sina und ihr Team sich bemühten. »Es sind alles hervorragende Spezialisten, denen ich voll vertraue.«

»Direktor Brahe hat mir berichtet, dass Sie eine konkrete Spur verfolgen. Was ist damit?«

»Es ist eher ein bescheidener Hinweis, der auf einem ersten

Profil des Täters beruht, aber wir gehen auch den geringsten Hinweisen nach.«

»Das setze ich voraus. Aber was ist mit diesem bescheidenen Hinweis, das will ich wissen.«

»Wir haben die Wohnung eines Verdächtigen durchsucht. Auf die Ergebnisse warte ich noch.«

»So. Sie warten noch? Herr Daudert hat uns schon etwas berichtet.«

Ellen sah überrascht zu Stefan. Wie kam der dazu, dem Polizeipräsidenten ohne ihr Wissen Bericht zu erstatten?

»Erzählen Sie«, forderte Kronen Stefan auf.

»Ich bin nach unserer Rückkehr sofort ins Labor gegangen und habe auf eine erste Auswertung der kopierten Festplatte gewartet. Sie enthält hauptsächlich Bildmaterial, pornografisch, aber nichts Illegales. Der PC ist in den letzten Wochen nur zum Spielen und zum Surfen im Internet benutzt worden – soweit man das in der Kürze der Zeit feststellen konnte. Eine Detailauswertung benötigt mehr Zeit, aber es ist wenig wahrscheinlich, dass sie noch etwas Neues ergeben wird.«

Die letzte Aussage war eine bloße Vermutung. Ellen bebte. Stefan hatte auch nichts zu bieten, aber er verkaufte es als Ergebnis, um das er sich persönlich gekümmert hatte.

»Also wieder nichts«, konstatierte Kronen, und es schien, als ob er Ellen dafür verantwortlich machte.

»Wenn die KTU Ergebnisse hat, informiert sie mich sofort. Ich brauche dem nicht hinterherzulaufen. Ich habe mich um eine ganze Reihe von Problemen zu kümmern, zum Beispiel unsere Internetver...«

»Die auch nicht funktioniert«, fuhr ihr Kronen dazwischen. Dabei klopfte er mit seinem Füller auf die Tischplatte.

»Funktioniert hier überhaupt etwas?«

Bevor Ellen antworten konnte, redete Kronen schon weiter: »Es ist bereits so weit, dass mich der Innensenator anruft. Die Menschen in unserer Stadt haben Angst. In jedem Auto kann die nächste Bombe sein. So steht es zumindest im Internet und in den Zeitungen, und so reden die Sprecher im Radio und im Fernsehen. Was tun Sie, um diese Bombe zu finden?«

»Ohne konkrete Hinweise haben wir keine Chance, eine Autobombe zu finden. In Berlin sind über eine Million Pkw zugelassen. Dazu kommen die Wagen aus dem Umland. Wir können unmöglich zwei Millionen Autos untersuchen.«

»Und was tun Sie dann? Tun Sie überhaupt etwas?«

Ellens Handy klingelte. Mist, gerade jetzt. Kronen schnaubte wütend.

»Könnte wichtig sein, Entschuldigung«, murmelte sie und sah auf das Display. Die Nummer kam Ellen bekannt vor. War das nicht die von dem Telefonfritzen von Intelko? Was fiel der Telefonzentrale ein, ihn schon wieder durchzustellen? Sie drückte das Gespräch weg und wählte die Telefonzentrale: »Diese Nummer nicht mehr durchstellen.«

Jetzt war sie auch geladen. Einen falscheren Zeitpunkt für diesen blöden Anruf hätte es nicht geben können. Sie steckte ihr Handy wieder weg, da klingelte es bei Kronen. Mit seinem schneidenden »Ja?« hätte man eine Bombe im Raum zünden können.

Kronen lauschte ein paar Sekunden, ohne etwas zu sagen, dann raunzte er Brahe an: »Schalten Sie den Fernseher ein, TV Berlin.«

Brahe rannte die wenigen Schritte, sie alle standen auf. Im Halbkreis stellten sie sich um den Bildschirm. Zwei Männer wurden gezeigt. Ellen erkannte Hassan, und der andere war – Eberle! Ellen bekam fast einen Herzstillstand.

»Wie hieß der Typ, der vor meiner Wohnung stand?«, fragte sie leise zu Stefan gewandt.

»Karl Rübenfeld«, sagte der. »Ich dachte, der ist beim Abendblatt.«

»Dann bist du wohl nicht richtig informiert worden. Rübenfeld ist der Assistent von Eberle«, sagte Ellen, aber das interessierte niemanden außer ihr.

»Wer ist dieser Mann, der da gerade interviewt wird?«, fragte Kronen.

»Das ist Hassan Nabil«, antwortete Stefan schnell. »Der Verdächtige, dessen Wohnung wir durchsucht haben. Er wohnt unter Frau Faber.«

»Interessant.«

Ellen erkannte Hassan auf dem Bildschirm kaum wieder. Er trug einen dunklen Anzug und sogar eine Krawatte. Die schwarzen Haare hatte er in einem modischen Styling nach hinten gegelt. Er machte eine richtig gute Figur.

Da hat er sich wie ein Pfau fürs Fernsehen zurechtgemacht. Wenn die nur wüssten, wie er sonst herumläuft. Aber natürlich wussten sie es nicht. Die Berliner, der Direktor und der Polizeipräsident sahen nur einen gut aussehenden, freundlichen jungen Mann.

Dieser junge Mann beschrieb Ellen gerade als eigenwillig und zurückgezogen. »Sie hat keine Freunde. Und wenn man mit ihr reden will, kanzelt sie einen nur ab.«

Stefan sah Ellen aus den Augenwinkeln heraus an. Seine Mundwinkel bewegten sich verdächtig.

»Darüber hinaus hat Frau Faber einen Hang zur Gewalttätigkeit.«

»Gewalttätigkeit?« Eberle tat erstaunt.

Kronen hob eine Augenbraue. Brahe sah fragend zu Ellen hinüber. Die spürte, wie ihr Blut aus dem Kopf wich, als Hassan der Kamera seine Hand präsentierte.

»Sehen Sie hier. Das ist von gestern. Frau Faber hat mir fast die Hand gebrochen.«

Die Kamera zoomte Hassans Hand in Großaufnahme heran. Einige Finger hatten blaue Stellen. Sie waren für jeden ersichtlich angeschwollen. Ellen wünschte sich ein Loch im Boden, in dem sie versinken konnte.

»Sie wollen behaupten, dass die Verletzungen an Ihrer Hand von Kriminalhauptkommissarin Faber herrühren? Von dieser zierlichen Frau, die bei unserer Polizei eine leitende Stellung einnimmt?« Eberle spielte ungläubiges Staunen, und Hassan unterstützte ihn in vollen Zügen.

»Ich könnte es auch nicht glauben, wenn ich es nicht selbst erlebt hätte.« Bei diesen Worten hob Hassan wie zum Schwur seine Hand, was sie nochmals voll zur Geltung brachte. »Lassen Sie sich nicht täuschen. Diese Frau ist eine lebende Waffe.«

»Das reicht!«, donnerte Kronen. »Schalten Sie das ab!«

Brahe brauchte einen Moment, bis er sich in Bewegung setzte und den Fernseher ausschaltete.

»Ist das wahr, Frau Faber?« Kronen sah Ellen an, als wollte er ihr gleich an die Kehle springen.

»Ja, aber …«

»Kein ›aber‹. Haben Sie diesen Mann so zugerichtet?«

»Ja.«

»Unglaublich«, sagte Kronen erst leise und dann noch mal laut. »Unglaublich!« Kronen stapfte durchs Büro zum Fenster. »Wie können Sie so etwas tun? Haben Sie auch nur die geringste Ahnung, was die Presse mit uns veranstalten wird?«

Ellen konnte es sich ausmalen, wagte aber nicht ihre Vermutungen auszusprechen.

»Frau Faber wird sicher ihren Grund gehabt haben.« Es war nett, dass Brahe versuchte, Ellen beizuspringen, aber auch ihn ließ Kronen nicht zu Wort kommen.

»Die Gründe sind mir egal. Die kann sie in ihrem Bericht schreiben. Frau Faber ist untragbar geworden. Ich frage mich schon die ganze Zeit, ob sie die Richtige für diesen Fall ist.«

Stefan hatte Mühe, einen neutralen Gesichtsausdruck zu bewahren. In seinen Mundwinkeln zuckte es wieder.

»Die Presse ist auf Sensationsmeldungen aus und nimmt es mit der Wahrheit nicht immer so genau«, sagte Brahe. »Und niemand weiß, ob dieser Nabil die Wahrheit spricht.«

»Wahrheit oder nicht! Für die Menschen, die uns zu Tausenden anrufen, *ist* die Wahrheit das, was im Fernsehen kommt. Außerdem hat Frau Faber selbst zugegeben, dass sie dem armen Mann die Hand zerquetscht hat. Sie wird sich dafür verantworten müssen.«

»Ich werde mich verantworten, wenn es nötig ist«, sagte Ellen. »Aber ein armer Mann ist Hassan Nabil nicht. Er zieht eine große Show ab.«

»Show oder nicht, Sie sind untragbar. Wir werden Sie von diesem Fall abziehen.«

»Das können wir nicht«, sagte Brahe.

»Wer sollte uns daran hindern?«

»Der Erpresser.«

»Ich lasse mir doch von einem Erpresser nicht diktieren, wer den Fall bei uns leitet.«

»Wir haben einmal versucht, die Vorstellungen des Erpressers zu durchkreuzen. Die Folgen kennen Sie ja. Wollen Sie die Verantwortung dafür übernehmen?«

Kronen kam vom Fenster zurück zum Tisch marschiert. Natürlich kannte er die Folgen des fehlgeschlagenen Versuchs, die Kameras und die Internetübertragung abzuschalten. Die Sache mit der Verantwortung behagte ihm offensichtlich nicht. Schließlich blieb er vor Direktor Brahe stehen.

»Ich will, dass *Sie* diesen Fall persönlich übernehmen. Und Sie, Frau Faber«, er wandte sich an Ellen, »werden keine eigenen Entscheidungen mehr treffen.«

Stefan verzog das Gesicht. So hatte er sich das wohl doch nicht vorgestellt.

Kronen baute sich vor Ellen auf. »Uns bleibt wohl nichts anderes übrig, als dass Sie die Kommunikation mit dem Erpresser weiterführen. Wer weiß, was noch kommt.«

Ellen schwieg, obwohl in ihr die Wut kochte. Brahe hatte im Prinzip alles gesagt, und wenn Kronen nicht für die Argumente ihres Chefs zugänglich war, dann schon gar nicht, wenn sie selbst den Mund auftat. Alles, was sie zu sagen hatte, konnte die Sache nur verschlimmern. Es war, als würde Ellen jemand die Luft abschnüren. Sie musste raus aus diesem Meeting.

»Ich spreche alles mit Direktor Brahe ab«, sagte sie. Ihre Kehle war trocken. Ohne eine weitere Reaktion abzuwarten, verließ Ellen den Raum.

16

Ich stecke in einer Sackgasse.

Falsch! In einer Sackgasse konnte man immer noch umkehren. Selbst diese Möglichkeit hatte Ellen nicht. Es gab kein Zurück. Die Sackgasse war nach allen Seiten zu – und neben ihr lag eine Bombe, und der Zünder tickte.

An sinnvolle Arbeit war jetzt nicht zu denken. Also konnte sie auch gehen. Spät genug war es und ihr Dienst eigentlich schon lange zu Ende. Aber – gehen wohin? Nach Hause? Und dann? Sich mit Rotwein abfüllen? Morgen weitermachen wie gehabt? Ellen gelangte in einen Flur, in dem kein Mensch zu sehen war. Seit der letzten Umstrukturierung standen die Büros hier leer. Sie setzte sich in einer Ecke auf den Boden, schloss die Augen und drängte die Probleme zurück.

Ich brauche eine neue Sicht auf die Dinge.

Ellen ließ ihre Gedanken laufen. Das war der sicherste Weg, um wenigstens aus einer gedanklichen Sackgasse herauszukommen. Irgendwann drängte ein Name in den Vordergrund: Annika.

Annika war Ellens Schwester. Sie war sechs Jahre jünger. Ihr Vater hatte sich davongemacht, bevor Annika eine tiefere Beziehung zu ihm aufbauen konnte. Ohne es zu wollen, war Ellen in die Rolle gerutscht, Verantwortung zu übernehmen. Sie musste stark sein und auf ihre Schwester aufpassen, während ihre Mutter mit mehreren kleinen Jobs versuchte, die Familie finanziell über Wasser zu halten. In der Pubertät hatte sich dann einiges geändert. Annika war noch mal zwei Zentimeter kleiner als Ellen und betrachtete diese Differenz als Herausforderung. Ellen erinnerte sich noch genau an Annikas sechzehnten Geburtstag.

Annika war auf hohen Absätzen mehr in den Raum geschwankt als gegangen. Dann hatte sie auf Ellen herabgesehen und zu ihr gesagt: »Na, meine Kleine?«

Den Triumph, endlich größer als die ältere Schwester zu sein, ließ sich Annika nie mehr nehmen. Kaufte Ellen sich Schuhe mit drei Zentimeter Absätzen, legte Annika noch zwei Zentimeter drauf. Irgendwann lief sie nur noch mit hohen Absätzen herum, was Ellen nicht nachvollziehen konnte. Für sie war Praxistauglichkeit der oberste Maßstab.

Äußerlich waren sich die Geschwister sehr ähnlich. Annika war genauso schlank wie Ellen und hatte auch die gleichen blonden Haare. Innerlich waren sie grundverschieden. Annika genoss das Leben, während Ellen Verantwortung übernahm. War Annika ein Job zu blöd, suchte sie sich einen neuen. Beamtin auf Lebenszeit zu werden wie Ellen, war das Letzte, was Annika in den Sinn gekommen wäre. Wenn jemand auf der Welt einen anderen Blickwinkel als Ellen besaß, dann Annika. Die Rivalitäten von früher waren zu Spielereien geworden. Annika und Ellen trafen sich oft. Und wenn es war, weil Ellen auf Annikas Kinder, Hanna und Elias, aufpasste, damit Annika mal wieder in die Disco oder einen Club gehen konnte.

Ellen nahm es Annika nicht übel. Sie liebte Hanna und Elias sehr. Aber Ersatz für einen davongelaufenen Vater wollte Ellen nicht noch einmal werden.

Ellen nahm ihr Handy und wählte Annikas Nummer. »Annika? Hast du Zeit? Ich muss reden.«

»Schwesterchen, du hörst dich an wie ein Goldfisch, der aus Versehen in einen Mixer gefallen ist. Was ist los?«

Es war so typisch für Annika, dass sie Ellen »Schwesterchen« nannte, obwohl Annika die Jüngere war. »Ich kann hier im LKA nicht reden. Können wir uns treffen?«

»Klar. Ich muss nur sehen, was ich mit Hanna und Elias mache. Die sollen sicher nicht dabei sein.«

»Wenn es sich vermeiden lässt, heute besser nicht.«

Für einen Moment herrschte Stille am anderen Ende der Leitung. Dann sagte Annika: »Moni könnte auf die beiden aufpassen. Die ist mir noch was schuldig. Also, in einer Stunde im Paradieso?«

»Ich bin da.«

Ellen atmete auf. Wie gut, dass Annika so unkompliziert war, trotz ihrer beiden Kinder. Irgendwie schien bei ihr immer alles ganz einfach zu gehen.

Das Paradieso war Annikas Lieblingsbar. Ein stylischer Tresen, teilweise aus Glas und von innen beleuchtet, Palmen und Sitznischen mit Fototapeten aus der Südsee. Die sommerlich heißen Temperaturen in Berlin passten gut zu dem Ambiente, genauso wie Annika, die ein blumiges, leichtes Kleid trug und schon in einer Nische auf Ellen wartete.

»Hallo, Schwesterherz«, rief Annika, als sie Ellen entdeckte, und winkte auch schon der Bedienung. »Ich nehme einen Tequila Sunrise, und du?«

Annika trank immer entweder Sunrise oder Sex on the Beach. Ellen war weder nach dem einen noch dem anderen zumute. »Ich nehme eine Bloody Mary – sehr bloody!«

»Wow«, sagte Annika, »dich hat's aber wirklich erwischt. Da bin ich aber neugierig. Liebeskummer?«

»Nein.«

»Hätte mich auch gewundert. Was denn?«

»Es ist im Job.« Ellen wusste nicht so richtig, wie sie anfangen sollte.

»Ich hab gesehen, dass du überall in den Zeitungen bist. Sogar im Fernsehen. Du bist ein richtiger Star.«

»Von wegen ›Star‹. Durch die Mühle werde ich gedreht. Vorgeführt.« Bei Annika fiel Ellen das Reden leicht. Sie musste sich keinen Zwang antun. Annika konnte sie vertrauen. So locker ihre Sprüche waren, Annika konnte absolut dichthalten.

Ellen erzählte, ohne dass Annika sie unterbrach. Erst am Schluss fragte sie: »Und was sagt dein Chef dazu?«

»Direktor Brahe findet Kronens Verhalten mit Sicherheit nicht gut, aber gegen den Polizeipräsidenten kann er auch nichts ausrichten.«

»So ein Weichei. Wie ist der bloß Chef des LKA geworden?« Annika besaß keinen Respekt vor Autorität oder Konventionen. Sie hatte einmal ihrem Chef ein Glas Rotwein übers Hemd gekippt, als der sie blöd anmachen wollte. Natürlich hatte sie dadurch ihren Job verloren, doch das war eine andere Geschichte.

»Was willst du jetzt machen?«, fragte sie.

»Wenn ich das wüsste. Ich habe keine Ahnung. Deshalb rede ich ja mit dir. Vielleicht hast du eine Idee?«

»Hm. Es kommt drauf an, was du willst. Willst du vor diesen vermeintlich starken Männern kuschen wie ein kleines Mädchen?«

»Auf keinen Fall.«

»Richtig so! Du wirst es ihnen zeigen – und ich werde dir dabei helfen.«

»Danke. Du hast einen Wunsch frei bei mir.«

Annikas Energie tat Ellen gut. Auch wenn sie keine Ahnung hatte, wie Annikas Hilfe aussehen sollte, war es einfach eine Wohltat, einmal nicht gegen jemand ankämpfen zu müssen. Ellen bestellte noch einen Tequila Sunrise für Annika und eine bloody Bloody Mary für sich. »Heute geht die Rechnung auf mich.«

»Gerne, Schwesterchen. Ich habe auch schon einen Wunsch.«

»Und was?«

»Weißt du, ich habe da so einen Typen kennengelernt. Sieht super aus, und stell dir vor: Er hat ein Segelboot! Er hat mich für ein Wochenende eingeladen. Ist das nicht irre?« Annika strahlte Ellen an, als ob sie das erste Mal verliebt wäre.

»Aha. Und ich soll auf Hanna und Elias aufpassen?«

»Ich wusste, dass du sofort darauf kommst. Du bist eben eine kluge Schwester. Es macht dir doch nichts aus?«

Ellen tat so, als müsste sie erst mal nachdenken. Natürlich machte ihr es nichts aus. Sie war sehr gerne mit den Kindern zusammen, aber Annika hatte eine Art, einen für ihre Pläne einzuspannen, das war schon beeindruckend. Allerdings wollte sie ja auch, dass Annika ihr half. Eine Hand wusch eben die andere.

»Du weißt doch, dass ich das gerne mache, wenn ich Zeit habe. Wie kommst du eigentlich immer an einen Kerl? Bei mir klappt das nie.«

»Ist das so schwer zu verstehen? Sieh dich an. Jeans und Turnschuhe. Das ist nicht gerade das, worauf die Männer fliegen. So langweilig, wie du herumläufst, denkt jeder, du bist verheiratet.«

Wenn Annika wüsste, was Hassan zu ihrem BH gesagt hatte ... Trotzdem war Annikas Antwort nicht das, was Ellen hören wollte. »Es kommt ja nicht nur aufs Äußere an.«

»Unterschätz das bloß nicht. Wenn du keinem Mann ins Auge fällst, wie soll dann jemand deine inneren Werte entdecken? Sieh mich an. Ich bin vernünftig geschminkt, meine Haare laden die Männer zum Hingucken ein, und erst meine Beine …« Dabei streckte Annika ihre Beine aus, damit Ellen sie in ihrer ganzen Länge bewundern konnte, und nicht nur Ellen. Annika beugte sich vor und sagte leise: »Wenn du nicht hier wärst, wäre ich schon längst zu einem Drink eingeladen worden. Glaub mir.«

»Hm.«

»Du hast keine Ahnung von Männern, wie es scheint.«

»Ich bin den ganzen Tag mit Männern zusammen.«

»Na toll. Und wie führst du dich dort auf? Wie der Ober-Kerl.«

»So ein Blödsinn. Ich bin eine Frau, auch wenn ich ein SEK leite.«

»Den Männern ist das wohl nicht klar. Die erwarten etwas anderes von einer Frau.«

»Und was erwarten sie, du Oberkluge mit der reichen Erfahrung?«

»Männer wollen ein Kätzchen im Bett, vielleicht eine Wildkatze, aber niemals einen Kampfroboter.«

Dieser Treffer saß. Ellen schwieg und starrte ihr leeres Glas an.

»Schwesterchen, sei mir nicht böse. Das musste mal raus.« Annika tätschelte Ellens Hand. »Die nächste Runde geht auf mich. Okay?«

Als die dritte Bloody Mary vor Ellen stand, hatte sie sich wieder gefasst. »Ich wollte eigentlich einen Rat für die Schwierigkeiten in meinem Job von dir und keine Beratung für mein nicht existentes Liebesleben.«

»Ich dachte, wir könnten beides lösen, wo wir schon mal dabei sind. Aber gut, lösen wir die Probleme in deinem Job zuerst.« Annikas Stimme klang so gelassen, als gehörten Polizeipräsidenten, die leitenden Beamten Kompetenzen entziehen, zu ihrer täglichen Routine. »Du willst also vor Kronen nicht kuschen?«

»Nein.«

»Du willst auch nicht kündigen?«

»Auf keinen Fall. Nein. Ich laufe vor Schwierigkeiten nicht weg.«

»Dann bleibt nur der Angriff. Du solltest das Ganze offensiv angehen.« Annika lächelte siegessicher, als hätte sie einen Plan.

»Und wie, bitte schön, soll das funktionieren?«, fragte Ellen.
»Was du bist jetzt gemacht hast, klappt nicht.«
»Das weiß ich auch, aber es hilft mir nicht.«
»Das heißt: Du musst die Waffen wechseln.«
»Waffen wechseln? Du hast wohl zu viel Tequila getrunken.«
»Quatsch. Wir sind nur wieder beim Thema von eben. Du kämpfst mit den Waffen eines Mannes gegen einen Haufen Männer. Wie willst du das als Frau gewinnen? Geht nicht. Aber wenn du die Waffen einer Frau anwendest …« Annika pfiff vielsagend durch die Zähne.
»Kannst du nicht endlich sagen, was du wirklich meinst? Ich verstehe nur Bahnhof.«
»Schwesterchen, du bist aber schwer von Begriff. Du brauchst echt Hilfe. Aber dafür müssen wir den Standort wechseln. Vorher muss ich mal wohin. Bezahl du doch schon mal.« Sprach's und stöckelte in Richtung Toiletten davon. Unterwegs rief sie der Bedienung noch ein »Wir möchten zahlen« zu. Dass sie die letzte Runde übernehmen wollte, hatte Annika bereits erfolgreich verdrängt.
Ellen übernahm mit einem innerlichen Schulterzucken die Rechnung. Sie hatte keine Ahnung, was Annika vorhatte. Offenbar hatten die vielen Bloody Marys ihre Denk-Geschwindigkeit deutlich reduziert.

Auf der Straße schlugen die drei Bloody Marys nochmals zu, sie waren wohl doch zu bloody gewesen. Die Straße bewegte sich leicht hin und her. Ellen folgte Annika widerstandslos auf dem Weg zur S-Bahn.
Ellen achtete nicht auf die Richtung, in die sie fuhren. Sie schloss die Augen und versuchte, wieder klarer im Kopf zu werden. Aber das ständige Geschüttele im Waggon verstärkte ihren benebelten Zustand eher noch. Sie war froh, als die Fahrt zu Ende war. Nach einem kurzen Gang durch die schwüle Luft standen sie vor einem alten, verlassen wirkenden Fabrikgebäude. In der fortgeschrittenen Abenddämmerung sah es nicht unbedingt vertrauenerweckend aus.
»Was willst du denn hier?«

»Shoppen, meine Güte. Du hast keine Ahnung, wie einen das aufbaut. Nachher bist du ein neuer Mensch.«

»Shoppen? In dieser Ruine? Das ist nicht dein Ernst.«

»Ach, Ellen, du bist aber so gar nicht up to date. Diese Location ist der totale Hit. Du kannst die ganze Nacht irre Sachen kaufen und triffst dabei noch coole Typen.«

Ellen wollte heute weder irre Sachen kaufen noch coole Typen kennenlernen. Aber gegen ihre energiegeladene Schwester fehlte ihr die Kraft.

»Du kaufst wohl immer bei Karstadt, oder?«, fragte Annika.

»Meistens«, sagte Ellen. In Wahrheit kaufte sie fast alles bei H&M, was dort gerade im Angebot war, aber so genau musste Annika das nicht wissen. Richtig Shoppen war so lange her, dass die Bloody Marys die Erinnerung nicht freigaben.

Skeptisch folgte Ellen ihrer Schwester durch das große Tor – und betrat eine andere Welt. War die Umgebung draußen trist und öde, herrschte in dem Gemäuer das pralle Leben. Mit einfachen Stellwänden hatten Shops oder einzelne Verkäufer kleine Areale für sich abgetrennt. Die Ware lag und hing in jeder denkbaren Ecke. Überall drängelten sich vorwiegend junge Menschen. Zwischendrin saßen Gruppen und tranken Kaffee oder Tee. Es war eine Atmosphäre, wie man sie eher auf einem orientalischen Basar erwartet hätte.

Nach wenigen Metern verlor Ellen die Orientierung. Ihr blieb nichts übrig, als Annika durch das Gewimmel zu folgen. Die wusste offenbar genau, wo sie hinwollte. Zielsicher strebte sie tiefer und tiefer in das weitläufige Gebäude hinein.

»Da sind wir schon.«

Endlich! Ellen hatte das Gefühl, mindestens einen Kilometer gelaufen zu sein. Die schwüle Luft wirkte in dem Gebäude durch die vielen Menschen noch drückender. Annika schien das nichts auszumachen.

»Hier fangen wir an.« Sie zeigte in eine Nische, die vollgestopft war mit Dessous. Bis zum obersten Rand der Stellwände hingen sie dicht an dicht. Kein Teil glich im Entferntesten dem, was Ellen von H&M kannte.

»Was soll ich damit?«

»Kaufen, mein Schätzchen. Kaufen!«

»Und dann wohl auch anziehen?«

Annika verdrehte die Augen. »Du hast eine Beratung wirklich nötiger als nötig. Hast du dein Bild in den Zeitungen gesehen?«

»Sicher.«

»Und hast du dir gefallen?«

»Na ja«, druckste Ellen herum. »Nicht so ganz. Es war ein Sport-BH, und der ist nun mal nicht schick.«

»Sport-BH? Ich dachte, das wäre eine kugelsichere Weste aus dem letzten Krieg. Damit geht man doch nicht unter Menschen.«

Ellen sah Annika zweifelnd an.

Annika lachte. »Du hast echt nur Ahnung von Maschinenpistolen. Meine Güte. Am besten setzt du dich in eine Ecke, trinkst einen Tee und lässt mich machen.«

»Gute Idee.«

Der stressige Tag, die vielen Bloody Marys und die schwüle Luft hatten Ellen geschafft. Ehe sie es sich versah, verschwand Annika zwischen den Dessous-Massen. Ellen bestellte sich einen aromatisierten Tee »Andalusia« und genoss das Sitzen. Ein zweiter Tee folgte. Nach zwanzig Minuten kam Annika zurück, in der einen Hand ein dickes Bündel winziger Slips in allen Farbtönen, in der anderen Hand ein dickeres Bündel ebenso farbiger BHs.

»Komm mit«, sagte Annika.

Im hinteren Teil des Dessous-Ladens gab es drei Umkleidekabinen. Eigentlich waren es nur durch Zwischenwände abgeteilte Würfel, die nach oben offen waren. Annika warf den ganzen Stapel Dessous in eine Kabine.

»So, und jetzt anprobieren.«

»Alles?« Ellen war todmüde. Im Gegensatz zu Annika baute Shoppen sie anscheinend doch nicht auf.

»Wegen einem einzigen Teil treiben wir nicht so einen Aufwand. Außerdem bin ich der festen Überzeugung, dass du mehr brauchst.«

Da hatte Annika recht. Ellen begann in dem Stapel zu wühlen. Die meisten Slips bestanden nur aus Bändern mit einem kleinen Dreieck, die manchmal sogar noch halb transparent waren.

»Dieses verrückte Zeug? Bei manchen weiß man ja nicht mal, wo man reinsteigen soll.«

»Wenn ich von ›Waffen der Frau‹ gesprochen habe, habe ich keinen Sport-BH gemeint«, sagte Annika. »Nun mach schon. Ich will wissen, wie es dir steht.« Sie fischte ein schwarzes Teil aus dem Stapel und hielt es Ellen hin. »Das hat sogar einen Magnetverschluss an der Seite. Du glaubst nicht, wie erotisch man das ausziehen kann.«

Ellen nahm es und probierte es an.

»Passt super.«

Ellen drehte sich vor dem Spiegel. Wegen des kaum vorhandenen Stoffs wirkten ihre Beine länger. Durch das intensive sportliche Training besaßen sie eine perfekte Form, die jetzt richtig zur Geltung kam. Der dazugehörige BH pushte ihre Brust, sodass sie deutlich größer wirkte. »Wenn dieser alte Sack von Kronen mich so sehen würde, würde ihm die Kinnlade auf die Füße krachen.«

»Genauso muss es sein. Das nehmen wir«, sagte Annika. »Und den alten Müll entsorgen wir gleich hier. Damit du nicht auf dumme Gedanken kommst.«

Bevor Ellen verstand, was Annika meinte, hatte die schon Ellens alten Slip und BH gegriffen und warf sie in hohem Bogen über die Trennwand. Sie landeten irgendwo im Gewühl der Menschen, die sich in den anderen Nischen umschauten.

»Was tust du denn da? Das kannst du doch nicht tun!« Ellen starrte ihrer alten Wäsche hinterher.

Annika lachte. »Klar kann ich das. Hast du doch gesehen.«

»Die finden wir nicht mehr wieder.«

»Die wollen wir auch nicht wiederfinden.«

»Und jetzt?«

»Jetzt probierst du weiter an oder nimmst einfach alles. Die Verkäuferin ist eine gute Bekannte von mir. Wenn ich ihr verspreche, dass du ein Dutzend nimmst, kriegen wir zehn Prozent Rabatt und können sogar alles zur Ansicht mit nach Hause nehmen.«

Ellen kapitulierte. Vor so viel Energie musste sie passen. »Aber nur unter einer Bedingung«, sagte sie noch.

»Die wäre?«

»Mit Shopping ist heute Schluss. Ich kann echt nicht mehr.«

»Du brauchst aber noch viele Sachen.«

»Ein andermal.« Zudem hatte sie Sorge, dass Annika womöglich auch den Rest ihrer Kleidung auf die spezielle Weise entsorgte und sie am Ende nur noch mit verrückten Teilen dastand.

»Na gut. Es soll ja keine Qual sein«, sagte Annika.

Ellen war dankbar, das nahe Ende dieses Einkaufserlebnisses vor sich zu haben. Mit zwei Einkaufstüten, voll bestückt mit den »Waffen der Frauen«, verließ sie mit ihrer Schwester die Fabrik.

17

Ellens Briefkasten war leer, ein wunderbares Gefühl. Außer Rechnungen und Werbung bekam sie sowieso keine Post. Hassans Briefkasten war ebenfalls leer. Aller Wahrscheinlichkeit nach war er zu Hause, auch wenn man es nicht knallen und krachen hörte.

Vielleicht pflegte er seine Hand, oder noch besser: Er erstickte gerade an seiner Shisha.

Die Treppe hochzusteigen, war heute Abend richtig anstrengend. Bloody Marys machten die Beine schwerer als Rotwein. Das Treppenhaus war funzelig beleuchtet. Nur jede zweite Birne brannte. Entweder war der Hausmeister besonders sparsam oder einfach nur faul. Müde trottete Ellen um den letzten Absatz herum und stockte. Saß da jemand vor ihrer Tür? Tatsächlich, dort hockte eine dunkle Gestalt.

Von einer Sekunde auf die andere waren die Müdigkeit und alle Bloody Marys wie weggewischt. Ellen war voll da, bereit blitzschnell zu reagieren. Sie wusste genau, wo die Stufen knarzten, und vermied diese Stellen. Geräuschlos wie eine Katze schlich sie an die Gestalt heran. Es war ein Mann in einem dunklen Anzug. Er schlief im Sitzen. Das war eigenartig. Männer in dunklen Anzügen schliefen für gewöhnlich nicht auf Treppen in alten Häusern. Ellen ging in die Hocke und betrachtete den Mann aus der Nähe. Sie kannte ihn nicht. Er hatte ein gepflegtes Gesicht und akkurat geschnittene Haare. Der Aktenkoffer, auf den er sich stützte, ließ Ellen eher an einen Vertreter denken als an einen Pressefritzen. Aber Vertreter schliefen auch nicht in Treppenhäusern.

Ellen verwarf den Gedanken, sich an dem Mann vorbei in ihre Wohnung zu schleichen. Sie musste herausfinden, was er vor ihrer Tür wollte, denn er saß mit Sicherheit nicht zufällig hier.

Vorsichtig stieß sie den Mann mit dem Fuß an. Man konnte nie wissen – auch nicht bei Krawattenträgern. Der Mann brummte nur etwas Unverständliches. Sie schüttelte ihn fester. »Was wollen Sie hier?«

Der Mann blinzelte und zuckte erschrocken zusammen. Dann sprang er so hastig auf, als ob ihn etwas gestochen hätte.

»Was wollen Sie hier?«, fragte Ellen noch einmal.

»Ich … äh … Entschuldigung, ich … muss wohl eingeschlafen sein.«

»Das beantwortet nicht meine Frage.« Ellen wollte ins Bett und hatte wenig Lust auf den Austausch von Höflichkeiten.

»Sind Sie Ellen Faber?«

»Das beantwortet meine Frage immer noch nicht. Was wollen Sie hier?« Der Mann hatte Anlass, sich zu erklären, und nicht sie.

»Oh, ja, natürlich. Entschuldigen Sie, ich heiße Hermann Becker und bin von der Firma Intelko.« Er hielt Ellen die Hand hin. »Ich möchte mit Ihnen über Ihre Internetprobleme sprechen, die Sie bei der Polizei haben. Wir können sie lösen.«

Jetzt dämmerte Ellen, wen sie vor sich hatte. Sofort verspürte sie überhaupt keine Lust mehr, die ausgestreckte Hand zu ergreifen. »Sind Sie der Typ, der schon ein paarmal versucht hat, mich anzurufen?«

Ellens Stimme war eisig, aber Becker ließ sich nicht einschüchtern. »Ja, wir haben heute schon mal kurz miteinander gesprochen, da hatten Sie keine Zeit.«

»Das letzte Mal haben Sie mich in einer Besprechung mit dem Polizeipräsidenten gestört.«

»Das tut mir leid, aber …«

»Ich habe kein Interesse an Ihrer Dienstleistung. Außerdem bin ich überhaupt nicht der richtige Ansprechpartner. Wenden Sie sich an den Polizeipräsidenten. Und jetzt gehen Sie und lassen mich in Ruhe.«

»Aber …«

»Verschwinden Sie! Oder muss ich noch deutlicher werden?« Ellen konnte sehr selbstbewusst auftreten. Ohne diese Fähigkeit hätte sie im SEK nicht lange überlebt, geschweige denn Karriere gemacht.

Becker griff zögerlich nach seinem Aktenkoffer. »Wir hatten doch eine Verabredung«, sagte er leise.

Ellen wandte sich zu ihm um. »Ich habe mich niemals mit Ihnen verabredet.«

»Sie haben mir eine SMS geschrieben, sonst wäre ich nicht hier. Es ist wirklich nicht meine Art, nachts in fremden Treppenhäusern herumzusitzen.«

Ellen wollte Becker energisch zurechtweisen, was für einen Unsinn er redete, aber dann hielt sie inne. Sie hatte keine SMS geschrieben, das stand fest. Andererseits wirkte der Mann nicht wie ein Spinner. Er strahlte eine gewisse Autorität aus. Irgendetwas stimmte hier nicht.

»Zeigen Sie mir die SMS«, forderte Ellen. »Und wenn Sie das nicht können, verschwinden Sie auf Nimmerwiedersehen.«

Becker zog sein Handy aus der Tasche. »Hier ist sie.«

Er hielt Ellen sein Gerät hin, damit sie sich selbst überzeugen konnte.

Vielleicht war es nur ein Irrtum, aber die plötzliche Anspannung in Ellens Magen ließ diesen Gedanken nicht beruhigend wirken. Ihre Hand zitterte leicht, als sie die SMS las.

»Danke für Ihr Angebot. Lassen Sie uns in Ruhe reden. Heute Abend bei mir privat. KHK Faber«, stand da. Es folgte noch ihre Adresse. Ellen las den kurzen Text mehrfach durch. Er änderte sich nicht. Sie kontrollierte die Rufnummer des Absenders. Es war ihre.

»Das ist doch Ihre Nummer?«, fragte Becker. »Ich habe es extra kontrolliert.«

Ellen schluckte kräftig, um den Kloß in ihrem Hals loszuwerden. »Ja, das ist meine Nummer.« Jetzt klang sie nicht mehr selbstbewusst wie vorhin. *Was wird hier gespielt?*

»Also, was ist nun mit unserer Verabredung? Ich habe sehr lange gewartet.« Jetzt klang Becker verärgert.

Ellen konnte ihn verstehen. Becker trug keine Schuld. Wahrscheinlich ahnte er nicht einmal, was hier vor sich ging.

Soll ich ihn einweihen? Ihm alles erklären? Ellen entschied sich dagegen. Becker konnte ihr in dieser Frage nicht helfen, und Erklärungen kosteten nur Zeit. Sie musste selbst herausfinden, was los war.

Irgendjemand hatte die SMS manipuliert. Wie dieser Jemand an ihre Nummer gekommen war und wie er die Manipulation fertiggebracht hatte, sollten die Techniker von der KTU klären.

Wichtiger war, *warum* er es getan hatte. Dass dieser Jemand mit dem Erpresser identisch war, stand für Ellen fest.

Warum will der Erpresser, dass ich mit diesem Becker spreche? Das konnte sie nur herausfinden, wenn sie sich jetzt Zeit für Becker nahm.

»Entschuldigen Sie bitte meine schroffe Art eben. Ich habe einen sehr anstrengenden Tag hinter mir und unsere Verabredung komplett vergessen. Bitte kommen Sie herein.«

Ellen war nicht auf Besuch eingestellt. Entsprechend sah es in ihrer Wohnung aus. Wenn Becker ein anderes Ambiente gewohnt war, dann tat er zumindest so, als würde er die Unordnung nicht bemerken.

Einen Cognac lehnte er dankend ab. »Ich habe eine lange Nacht mit viel Arbeit vor mir und muss dafür fit sein.«

»Und ich habe keine Zeit für lange Erklärungen. Morgen wartet ein schwieriger Tag auf mich. Können Sie mir in fünf Minuten erklären, was Sie von mir wollen?«

Becker lächelte. »Das sollte für einen Vertriebsprofi keine Herausforderung sein. Sagen wir es so: Wenn ich in fünf Minuten nicht Ihr Interesse geweckt habe, dann gehe ich.«

»Einverstanden. Schießen Sie los.«

»Sie haben ein Problem mit Ihren Übertragungskapazitäten. Das behindert Ihre Arbeit und gefährdet die Bevölkerung.«

Ellen zuckte mit den Schultern. »So steht's in jeder Zeitung.«

»In diesem Fall glaube ich, dass die Zeitungen recht haben. Und ich kann Ihnen beweisen, dass *Sie* dieses Problem nicht lösen können, gleichgültig, was Ihre Techniker oder Ihr Provider versuchen. Aber *wir* können es. Und wenn ich ›wir‹ sage, meine ich die Firma Intelko. Wir haben ungefähr zehn Millionen Kunden und wissen also mit großen Zahlen umzugehen. Ich bin der Marketingleiter.«

Interesse erwachte in Ellen. Becker wirkte seriös.

»Sie können beweisen, dass wir unser Problem nicht in den Griff bekommen werden? Das möchte ich sehen!«

»Gerne.« Becker holte einen Laptop aus seinem Aktenkoffer und klappte ihn auf. »Es dauert einen Moment, die Verbindung zu unserem Rechenzentrum aufzubauen«, erklärte er. »Dafür sehen Sie gleich Live-Daten. Ich habe mir erlaubt, Ihre Nutzerzahlen zu verfolgen.«

»*Unsere* Nutzerzahlen?«

»Ja, die Leute, die Ihre Seite angeklickt haben – oder sie gerne angeklickt hätten, wenn es denn möglich gewesen wäre. Als Internet-Unternehmen hat man da so seine Quellen.«

Auf dem Monitor erschien eine Grafik mit vielen schmalen Balken unterschiedlicher Länge.

»Jeder Balken zeigt die Nutzerzahl im Abstand von jeweils fünf Minuten. Die Zeiten, in denen keine Übertragung stattfand, sind ausgeblendet. Jetzt sehen wir uns mal den Verlauf der letzten Tage in der Übersicht an.« Er klickte ein paar Mal, und der Maßstab veränderte sich. Die Balken wurden ab einem gewissen Zeitpunkt sprunghaft länger und brachen dann ab.

»Da ist wohl unsere Verbindung zusammengebrochen«, sagte Ellen. »Bis wohin würden denn die Balken gehen, wenn wir die Verbindung hätten aufrechterhalten können?«

»Das ist die entscheidende Frage, Frau Faber. Wenn wir die Auflösung so belassen, wie sie jetzt ist, wären die Balken am Anfang dieses Falls bis zum Bildschirmrand gegangen. Heute reichen sie bis zur Zimmerdecke, und morgen wird wahrscheinlich der Dachstuhl nicht ausreichen.«

Ellen sah unwillkürlich zur Decke. »Sie wollen mich verarschen.«

Becker grinste. »Keinesfalls. Wir haben Vergleichswerte von Ereignissen, die weltweit Interesse geweckt haben, und können abschätzen, wie sich so etwas auf den Internet-Traffic auswirkt.« Becker blendete ein paar Grafiken ein. »Eines kann ich Ihnen sagen, Frau Faber, Sie liegen an der Spitze, sodass unsere Hochrechnungen eher noch zu niedrig sind.«

Unzählige Menschen unternahmen größte Anstrengungen, um auf YouTube oder ähnlichen Plattformen überhaupt bemerkt zu werden. Ellen hätte es absolut nichts ausgemacht, vollkommen unbemerkt zu bleiben. Sie empfand Beckers Aussage weder als gute Nachricht noch als Kompliment. »Wie sehen Ihre Hochrechnungen aus?«

»Ihre Techniker kommen bei ungefähr hunderttausend Zugriffen an ihre Grenzen. Sie können aber am Ende mit einer Zahl zwischen zehn und zwanzig Millionen rechnen. Mit ein bisschen Verbesserung der Leistungskapazität der Polizeiserver ist es nicht getan.«

Ellen wurde schwindelig. Kamen etwa die Bloody Marys zurück, oder waren es die Zahlen? So viele Menschen sollten sich in ihre Einsatzzentrale klicken? »Das kann ich nicht glauben.«

»Ich kann Sie nicht dazu zwingen – und wenn Sie so weitermachen wie bisher, werden Sie es auch nicht herausfinden.«

»Warum sollten sich so viele Menschen für unsere Seite interessieren? Sie ist doch gar nicht so bekannt.«

»Das ist die Welt des Internets. Erst bemerken es einige und geben es weiter. Dann landet der Link auf Seiten, die wie ein riesiger Verstärker wirken, auf Nachrichtenportalen wie Spiegel Online, Focus, Stern und wie sie alle heißen, auf Blogs und in Foren, bei Twitter. Es gibt schon eine Facebook-Seite, die nur dem Berliner Bomber gewidmet ist. Dadurch werden Hunderttausende aufmerksam. Sie wissen anscheinend überhaupt nicht, wo man Sie überall sehen kann. Ihr Clip auf YouTube ist der Hit.«

Ellen stand auf, ging zum Fenster und sah hinaus. Sie brachte kein Wort hervor.

Becker machte ungerührt weiter. »Die nächste Stufe ist das Ausland. Wenn auf den Nachrichtenportalen die Peaks der Zugriffe hochgehen, werden die internationalen Medien aufmerksam. Jeder will dabei sein und keiner als Letzter. Das Ganze ist eine Sache von Minuten.« Er blickte Ellen direkt in die Augen. »In einem Satz zusammengefasst: Wenn Sie das nächste Mal auftreten, geht im Internet ein Tsunami los.«

Mehr sagte er nicht, aber es genügte, um in Ellen das Gefühl zu wecken, dass dieser Tsunami sie wegspülen würde.

Becker schwieg eine Weile. Ellen nutzte die Zeit, um diese Informationen zu verdauen. Schließlich sagte er: »Diese Tatsachen können Sie nicht ändern. Sie können nur vermeiden, dass Sie bei Ihren Ermittlungen an diesen Tatsachen scheitern. Eine andere Alternative ist Aufgeben, aber ich glaube, das ist keine Option für Sie.«

»Nein.« Das stand für Ellen fest. Sie war gewohnt, Fakten ohne

Emotionen zu analysieren, aber in diesem Fall wollte es ihr kaum gelingen. Was Becker ihr vorgerechnet hatte, war einfach ungeheuerlich. »Sie glauben also, dass Sie diese Menge von Zugriffen bewältigen können? Wie wollen Sie das machen?«

Becker lächelte. »Wir haben weltweit siebzigtausend leistungsfähige Server, die eine ganze Menge wegstecken können.«

Ellen nickte beeindruckt. So viel Leistung würden ihre Techniker niemals zusammenbekommen.

»Aber die Server alleine reichen nicht«, sagte Becker. »Ein weiteres Problem sind die Kapazitäten der Leitungen. Das lösen wir anders. Sehen Sie hier.« Er blendete eine Deutschlandkarte ein, die von vielen unterschiedlich dicken Strichen durchzogen war. Die dicksten gingen über die Grenzen hinaus.

»Diese Striche sind die Hauptschlagadern des Internets. Wir werden die Zugriffe auf Ihre Seite so lenken, dass die meisten nicht nach Berlin gehen und dort alles verstopfen. Einen Teil des Datenstroms können wir schon vor der Grenze abfangen und in unser Rechenzentrum in Philadelphia leiten. So verteilen wir den Traffic.«

»Und das können Sie einfach so machen? Bis morgen?«

»Einfach geht das nicht. Und über Nacht schon gar nicht«, gab Becker zu. »Aber ich habe mir gestattet, mehrere Dutzend Techniker an diese Aufgabe zu setzen. Sie arbeiten bereits intensiv daran.«

»Ohne das mit uns abzusprechen? Ohne zu wissen, ob sich der Polizeipräsident überhaupt darauf einlassen wird? Warum haben Sie den eigentlich nicht gefragt?«

Becker zuckte hilflos die Schultern. »Dort ist man im Moment für gar nichts offen. Das Vorzimmer blockt kategorisch alles ab, egal, welche Argumente man bringt. Aber ich weiß, dass Sie eine kluge Frau sind, Frau Faber. Sie werden einsehen, dass Sie gar keine andere Wahl haben, als Hilfe anzunehmen – und das werden Sie Ihrem Präsidenten schon beibringen.«

»Und was soll das Ganze kosten? Sie machen diese Arbeit nicht aus Menschenfreundlichkeit. Sie sind Geschäftsmann.«

»Auch Geschäftsleute können menschenfreundlich sein«, erwiderte Becker. »Aber als kleinen Ausgleich für unseren Aufwand möchten wir gerne darauf hinweisen dürfen, dass wir die Berliner Polizei in diesem Fall unterstützen. Mehr wollen wir nicht.«

»Sie haben recht, mir bleibt keine andere Wahl. Also tun Sie das, was Sie vorgeschlagen haben. Aber halten Sie mich auf dem Laufenden, ich will über alles informiert sein. Meine Nummer haben Sie.«

»Selbstverständlich. Und jetzt entschuldigen Sie mich bitte. Auch wenn vieles schon vorbereitet ist, bleibt noch jede Menge zu tun.«

Ellen war nichts lieber, als dass Becker ging. Aller Wahrscheinlichkeit nach hatte er ihnen mächtig geholfen. Dass sie hierbei über die Köpfe einiger wichtiger Leute im Polizeiapparat hinweg entschieden hatte, würde sie vertreten müssen. Aber wen hätte sie in der Nacht fragen können? Und hätte es eine Alternative gegeben? Sie hätte sich darauf zurückziehen können, dass diese Entscheidung nicht in ihre Kompetenzen fiel, und was dann? Dann wäre die morgige Internetübertragung schiefgegangen – und damit hätten Menschenleben auf dem Spiel gestanden. Dann nahm sie lieber internen Ärger in Kauf.

Etwas anderes beschäftigte Ellen viel mehr. Diese Begegnung war nicht zufällig zustande gekommen. Sie war gezielt eingeleitet worden – von dem Erpresser. Nur er konnte die SMS auf Beckers Handy manipuliert haben. Er hatte ihr die Hilfe durch Intelko förmlich aufgedrängt.

18

»Da ist sie. Häng dich dran«, sagte Eberle.

»Ich bin weder blind noch blöd.« Kalle fuhr los.

»Warum fährt sie in die falsche Richtung? Zum LKA geht es doch da lang.« Eberle deutete mit dem Daumen nach hinten.

»Du kannst sie ja fragen.«

»Da habe ich Wichtigeres zu fragen. Das weißt du.«

»Glaubst du im Ernst, sie gibt dir heute ein Interview?«

»Irgendwann wird sie. Lass mich nur machen. Halt etwas mehr Abstand, damit sie uns nicht bemerkt. Jetzt ist es noch zu früh.«

Kalle tat, wie Eberle wollte. Ihm fiel auf, dass die Kommissarin heute ein anderes Rad fuhr, als die Tage vorher. Es erinnerte ihn an die Räder, die bei der Tour de France gefahren wurden. Die Reifen waren so schmal, dass er sie kaum erkennen konnte. Das Rad würde sicher nur ein paar hundert Gramm wiegen und musste eine Stange Geld gekostet haben.

»Sieht irgendwie gut aus, wie die Faber darauf fährt«, sagte er. »So geschmeidig und kraftvoll.«

»Bleib du lieber ganz geschmeidig hinter ihr.«

Ellen Faber bog auf den Tempelhofer Damm ein.

»Sehr gut«, sagte Eberle. »Ab jetzt geht es ein ganzes Stück geradeaus. Genau, was wir brauchen. Fahr neben sie.«

Eberle ließ sein Fenster herunter. Kalle fuhr neben die Kommissarin und hupte. Eberle lehnte sich ein Stück heraus.

»Scheißkerl!«, rief die Faber. »Können Sie mich nie in Ruhe lassen?«

»Ich will ein Exklusivinterview. Sie werden mich nicht los. Halten Sie an und reden Sie mit mir.«

»Nichts bekommen Sie. Gar nichts!«

Die Faber trat fester in die Pedalen, aber Kalle passte auf und blieb neben ihr. Eine Kreuzung kam näher. Die Faber machte eine Bewegung, als wollte sie plötzlich abbiegen, aber noch mal würde Kalle sich nicht hereinlegen lassen. Er fuhr langsamer, um ihr beim Abbiegen folgen zu können. Aber statt abzubiegen, zwang die Faber das Rad mit einem energischen Schwung auf die linke Spur und beschleunigte.

»Das gibt's doch nicht«, rief Kalle. »Die will uns tatsächlich davonfahren.«

»Red nicht. Fahr hinterher«, befahl Eberle.

Die Faber zog das Tempo hoch. Kalle blieb ihr dicht auf den Fersen. Bald war sie hinter einem Lieferwagen, der fünfzig fuhr. Sie fuhr immer dichter dran – und dann überholte sie ihn rechts. Kalle musste eine Lücke abwarten, um ebenfalls rechts überholen zu können, und die Faber gewann einen kleinen Vorsprung.

»Das glaub ich jetzt nicht.« Kalle starrte auf die Tachonadel, die auf die siebzig zustrebte.

Kalle war, wie die Faber, wieder auf die linke Spur gewechselt. Jetzt hatte er freie Fahrt und beschleunigte. Er sah, wie sich die Faber aus dem Sattel hob und ganz flach machte, um dem Wind keinen Widerstand zu bieten. Ihre Beine gingen in rasend schnellem Rhythmus auf und ab.

»Die fährt ja immer schneller«, rief Kalle.

»Red nicht, du Affe. Gib Gas. Ich lasse mich doch nicht von einer Frau auf einem Fahrrad abhängen«, zischte Eberle. Er hob die Faust.

Kalle tat, was Eberle wollte.

Kalle sah, wie die Faber kurz aufblickte. Und dann sah er sie auch – die Radarfalle. Im gleichen Moment blitzte es auch schon. Einmal. Und sofort noch einmal.

Kalle war so verdutzt, dass er fast vergaß zu bremsen. Er hatte Autos erreicht, die mit den erlaubten fünfzig fuhren. Die Faber fuhr mit ihrem Rad einfach zwischen ihnen durch, aber vorher zeigte sie ihm noch hinter ihrem Rücken den ausgestreckten Mittelfinger.

»Die hat uns reingelegt, dieses Biest«, brüllte Kalle. »Die hat uns bewusst in die Radarfalle gelockt.« Er hieb wütend auf das Lenkrad.

Eberle ignorierte seinen tobenden Kollegen. »Teufelsweib!«

»Das wird teuer«, fuhr Kalle Eberle an. »Und du bist schuld. Du hast gesagt, ich soll Gas geben.«

Eberle grunzte nur.

19

Lorenzo steuerte seinen Eiswagen in eines der alten Wohngebiete im Osten von Berlin. Er kam selten hierher, eigentlich nur, wenn er verschlafen hatte und seine Kollegen die besseren Plätze schon besetzt hielten. Dann machte er seine Tour durch die Gegenden, in die sonst niemand fuhr. Die Straßen waren einförmig und mit Schlaglöchern übersät. Rechts und links reihten sich ebenso einförmige Einfamilienhäuser aneinander. Manche waren vor Jahren frisch gestrichen worden, manche vor Jahrzehnten. Hierher verirrte sich nur, wer hier wohnte, jemanden besuchte oder die Post auslieferte.

Lorenzo suchte einen Platz, wo er halten und seine Glocken läuten konnte. Vor einem bestimmten Haus hielt er nie. Es war noch grauer als die anderen, und die Vorhänge waren immer zugezogen, soweit man das durch die Hecke sehen konnte, die um dieses Haus höher wuchs als um die anderen. Dieses Haus wollte keinen Besuch, das spürte Lorenzo genau und fuhr ein bisschen schneller daran vorbei.

Früher war dieses Haus das Heim einer kleinen Familie gewesen, heute wohnt der Sohn allein dort. Er isst kein Eis. Die Eltern sind vor Jahren gestorben. Die Nachbarn wissen von dem Mann nur, dass er keinen Lärm macht und den Bordstein regelmäßig fegt. Das reicht ihnen für gute Nachbarschaft. Mehr erwartet man nicht. Ob er arbeitet, weiß niemand, aber da er niemandem etwas schuldet, interessiert es auch keinen. Seinen Namen, Hajo Richter, haben auch die älteren Leute in der Straße längst vergessen. Der Name steht weder an der Klingel noch am Briefkasten, dessen Schlitz zugeklebt ist. Hajo Richter mag keine Werbung, und seine Post holt er irgendwo ab – falls er welche bekommt, was niemand weiß.

Hajo Richter ist Ende dreißig und mit seinen knapp ein Meter achtzig keine auffällige Erscheinung. Von seinem Körperbau her könnte er Sportler sein, aber er wirkt trotzdem schlaff. Seine Muskeln werden kaum beansprucht, da er das Haus nur gelegentlich zum Einkaufen verlässt und für bestimmte Erledigungen. Das volle dunkelblonde Haar würde sogar attraktiv wirken, wenn die Haut nicht so blass wäre. Sie hat die typische Farbe eines Menschen, der den ganzen Tag und halbe Nächte vor einem Computer-Monitor sitzt. Das hat mit seiner Arbeit zu tun, aber nicht nur damit. Die Mitarbeit in einer virtuellen Firma, für die er Computerspiele programmiert, ist nur der eine Grund, weshalb er viel Zeit an seinem leistungsstarken PC verbringt. Der andere Grund ist Ellen Faber.

Hajo erlaubt sich eine Pause, gießt einen starken Kaffee ein und sieht sich zur Entspannung Aufnahmen an, wie Ellen nackt vor ihrem PC sitzt oder in der Wohnung herumläuft. Er liebt ihren Anblick. Vielleicht sollte er ihn der ganzen Welt gönnen. Später vielleicht. Jetzt gehört ihm dieser Anblick ganz allein.

Ellen hat sich kaum verändert seit damals. Aus einer Schublade zieht Hajo eine alte Zeitung mit einem Foto auf der aufgeschlagenen Seite. Das vergilbte Foto zeigt den Abschlussjahrgang eines Gymnasiums – *seinen* Abschlussjahrgang. Wenn man genau hinsieht, erkennt man ihn selbst schräg hinter Ellen. Er ist einen Kopf größer als sie und lächelt. Es ist kein Zufall, dass er dort steht. Wenn Hajo jetzt die Augen schließt, kann er sich noch schwach an den Geruch von Ellens Haaren erinnern – das glaubt er wenigstens. Es ist das einzige Mal, dass er ihr so nahe gekommen ist. Er hat sich das ganz anders gewünscht, aber es ist ihm nie gelungen.

Ellen. Sie hatte nur Augen für die großen und starken Jungs. Groß war er wohl, aber nicht unbedingt stark und im Sport eine Niete. Während Ellen die Einsen für sich gebucht hatte, kämpfte er ständig um seine Vier. Sport war einfach nicht sein Ding. Rennen, kämpfen, sich anstrengen, verschwitzt sein, dem konnte er nichts abgewinnen. Es war aber auch nicht sein Ding, lockerzulassen. Seine große Stärke ist Geduld. Er kann auf seine Chance warten.

Von seiner größten Chance trägt Hajo noch heute eine kleine Narbe auf seiner linken Wange. Auf dem Nachhauseweg von der Schule hatten sich drei Jungs an Ellen rangemacht. Sie drängten immer dichter an sie heran und wurden unverschämt. Das konnte Hajo nicht zulassen. Er hatte versucht, Ellen zu schützen. Die Situation war dadurch nicht besser, sondern schlimmer geworden. Zwei der Jungs stürzten sich auf Hajo, während sich der Anführer um Ellen kümmerte. Die rastete aus und schlug wie eine Furie wild um sich. Mit ihrer Schultasche wirbelte sie in der Luft herum und traf auch Hajo, was sie aber gar nicht zu merken schien. Sobald sie Luft hatte, rannte sie davon. Jetzt musste er allein kämpfen. Mit einer blutenden Wange und einem halben Dutzend Prellungen war Hajo nach Hause geschlichen wie ein geprügelter Hund. Doch viel schlimmer als die Verletzungen war die Erkenntnis gewesen, dass er in Ellens Augen nur ein Nichts war. Es schien, als ob er gar nicht für sie existierte.

Auch jetzt, nach so vielen Jahren, ist sich Hajo nicht sicher, was ihn an Ellen so fasziniert. Auf jeden Fall ihre Stärke, aber da ist noch etwas, das ihn unwiderstehlich anzog. Er war jahrelang fest davon überzeugt gewesen, dass das Schicksal sie beide füreinander bestimmt hatte. So lange, bis das Schicksal sie endgültig trennte – besser gesagt, bis die Polizei ihm seine letzte Hoffnung raubte.

Ellen hatte sich in den Kopf gesetzt, um jeden Preis Polizistin zu werden. Ihre Größe war der einzige kritische Punkt, die Aufnahmeprüfung hatte sie mit Leichtigkeit bestanden. Auch Hajo hatte sich beworben, weniger wegen der Karriere als Polizist, sondern um in Ellens Nähe zu bleiben. Er glaubte immer noch an seine Chance. Im Nachhinein gesehen eine Dummheit, aber so war er nun mal Anfang zwanzig gewesen. Hajos Karriere bei der Polizei endete bei der Sportprüfung. Durchgefallen. Auch beim zweiten Versuch. Ellen bemerkte es nicht mal, dass sie Hajo nicht mehr »zufällig« traf, Hajo dafür umso schmerzhafter. Der wechselnde Schichtdienst bei der Polizei war für ihn unberechenbar. Dazu kam, dass Ellen fanatisch weiter an ihrer Karriere arbeitete. Sie besuchte jeden Lehrgang, der sich anbot. Für Hajo war bald klar gewesen: Die Polizei vermasselte ihm jede Chance, sein Glück zu finden.

Wenn er ehrlich ist, konnte er die Polizei noch nie leiden. Sie repräsentiert für ihn den Staat, und der steht für Steuern, Gesetze und Vorschriften, für alles, was sein Leben einschränkt. Seine ganze Kindheit war vollgepackt mit Regeln, aufgestellt von seinem Vater, einem überaus korrekten Vertreter der DDR. Er war streng gewesen und hatte nicht den geringsten Sinn für Humor besessen. Vielleicht hatte er deshalb im Rahmen dieses Staates Karriere gemacht.

In den wenigen Fällen, in denen Hajo bei seiner Mutter Zuflucht gesucht hatte, bekam er nur zu hören: »Dein Vater ist ein wichtiger Mann. Wir müssen tun, was er sagt.«

Inwiefern sein Vater wichtig war, erfuhr Hajo nie. Sein Vater verlor kein Wort über seine Arbeit, und seine Mutter schien auch nicht wirklich zu wissen, was er tat. Vertrauen war ein Fremdwort in seiner Familie. Hajo konnte sich nicht erinnern, seinen Vater jemals um Rat gefragt zu haben. Eigentlich gab es niemanden, an den er sich hatte vertrauensvoll wenden können.

Später war das Internet gekommen. Hier fand Hajo genau das, wonach er sich sehnte. Hier musste man keinen Namen nennen. Man konnte alles anonym erledigen. Vor allem gab es niemanden, der kritisch verfolgte, ob man einen Ratschlag annahm oder nicht. Äußerlich wohnte Hajo noch in dem Haus, innerlich zog er ins Netz um. Er lebte in Foren und Chat-Rooms. Für einige Zeit hatte er eine zweite Identität in Second Life. Im Netz fand er auch Trost und Zuspruch, als die Sache mit Ellen endgültig zu Ende ging.

Wenn Hajo nicht im Internet surfte, spielte er Computerspiele. Er fuhr einen Sieg nach dem anderen ein, erst bei den einfachen, später auch bei den schwierigen Levels. Jedes siegreich beendete Spiel bekam einen Platz in einem speziellen Regal. Heute ist das Regal voll, die Spiele verstaubt, und Zuwachs hat es schon lange keinen mehr gegeben. Computerspiele bieten Hajo keinen Kick mehr. Spielen ist zu simpel.

Er begann selbst zu programmieren – mit wachsendem Erfolg. Besonders stolz ist er darauf, dass er sich alles selbst beigebracht hat. Um seinen Lebensunterhalt zu finanzieren, hatte er eine Weile lang Spiele programmiert. Hier konnte er seine ganze Spielerfahrung einbringen, aber das genügte ihm nicht. Er wollte perfekt sein. Der Beste.

Um dieses Ziel zu erreichen, musste Hajo etwas tun, was ihm

ganz und gar nicht behagte: Er musste unter Menschen. Ohne das Verhalten von Menschen zu kennen, konnte man keine anspruchsvollen Spiele programmieren, in denen es eben gerade darauf ankam, das Verhalten vorauszusehen und den Spielablauf entsprechend zu gestalten. Hajo hatte sogar einige Vorlesungen in Psychologie an der Uni besucht. Der Erfolg gab ihm recht. Er erhielt zahlreiche virtuelle Auszeichnungen. In einschlägigen Foren nannte man Hajo anerkennend »The Judge«.

Leider verflüchtigte sich das Hochgefühl genauso schnell, wie die Auszeichnungen virtuell waren und die Foren anonym. All das Lob war nichts zum Anfassen. Was Hajo blieb, war das Geld, das er durch die Spiele verdiente und das ihn finanziell unabhängig machte. Zufrieden machte ihn das aber nicht.

Das Internet ist grenzenlos, heißt es. Hajo hatte diesen Satz nicht nur einfach glauben wollen. Er hatte es wissen und erleben wollen. Seine ganze Energie und sein beträchtliches Know-how hatte er eingesetzt, um herauszufinden, ob es diese Grenzen tatsächlich nicht gab. Wenn jemand diese Grenzen finden konnte, dann er. Und er fand sie – schneller und unangenehmer, als ihm lieb war. Überall gab es Zutrittsbeschränkungen, Passwörter, Kopierschutz, Copyright-Bestimmungen. Seine Internetwelt war enger und beschränkter, als er gedacht hatte. Jedes Mal, wenn er an einen abgeschotteten Bereich stieß oder zu Bezahl-Inhalten gelenkt wurde, wuchs sein Ärger. Hajo wollte sich nicht ausschließen lassen. Er entwickelte Software zum Knacken von Passwörtern und stellte sie ins Internet. Dadurch machte er sich bei gewissen Stellen unbeliebt, besonders, als jemand seine Software benutzte, um in Privatrechner einzudringen, und die Bankverbindungen der Besitzer abfischte. Die Polizei begann mit ihrer Jagd auf ihn, worauf er den Spieß umdrehte. Er entwickelte eine Variante des Moorhuhn-Spiels, bei der man statt Moorhühnern Polizisten erlegen konnte. Nur virtuell natürlich. Die Strafanzeigen gegen ihn waren allerdings nicht virtuell.

Und dann tauchte *sie* wieder auf. Ellen Faber. Aus heiterem Himmel. Da stand etwas über eine Ellen Faber in einem Zeitungsartikel, ohne Foto. Aber Hajo wusste, dass es sich nur um eine Ellen handeln konnte. Seine Ellen.

»Die erste Frau als Leiterin der Sondereinsatzkommandos«, lautete die Überschrift. Das war den Medien tatsächlich eine Meldung wert, eine Frau in dieser Männerdomäne. Ellen hatte es geschafft. Sie war die Karriereleiter emporgeklettert und hatte mehr erreicht als alle anderen Frauen bei der Polizei vor ihr.

Und so war sie wieder in sein Leben geplatzt, die starke Ellen, als Vertreterin der verhassten Polizei. Hajo sammelte Berge von Informationen über Ellen. Informationen aus den offenen wie auch den abgesperrten Domains des weltweiten Computernetzes. Pseudonyme oder Passwörter waren keine Hindernisse für ihn, sondern nur Herausforderungen. Bald wusste er Dinge über Ellen, die sie selbst längst vergessen hatte.

Hajo setzt sich wieder an den Rechner. Zum wiederholten Mal hört er sich die Aufzeichnung von Ellens Gespräch mit dem Marketingleiter von Intelko an. Sein Plan ist aufgegangen – wie es seine Pläne eigentlich immer tun. Heute wird die Internetübertragung aus dem LKA funktionieren. Das wird ein äußerst spannender Tag.

Mit dem Bild von Ellen im Kopf, das ihm eine gute Inspiration für neue Ideen ist, geht er zur Rückwand seines Arbeitszimmers. Die ganze Wand ist mit einem filzartigen Teppichboden beklebt, eine riesige Pinnwand, um Unmengen Zettel und Ausdrucke anzuheften.

So macht er es immer, wenn er ein Adventure- oder ein Strategiespiel programmiert. Er sammelt Ideen auf Zetteln, heftet sie an und gruppiert sie so lange um, bis ein klarer Plan über den Ablauf des Spiels entsteht. In diesem Plan gibt es Äste und Verzweigungen, sodass am Ende ein ganzer Baum an der Wand hängt. Ein Entscheidungsbaum, in dem an allen kritischen Punkten alle Handlungsalternativen mit ihren Wahrscheinlichkeiten aufgeführt sind. Daneben hängen endlos lang Listen mit Hinweisen für die Leveldesigner.

Heute steht Hajo vor dem Ablaufplan eines besonderen Spiels – des Spiels mit Ellen Faber. Er nimmt den großen leuchtend roten Punkt, der das erreichte Level markiert, und heftet ihn einen Abschnitt weiter wieder an.

Die Liste mit den nächsten Schritten nimmt er an sich. Bevor er sich an die Arbeit macht, wirft er noch einen Blick auf die Wahlmöglichkeiten, die Ellen heute hat. Jeder Mensch ist frei, zu handeln, wie er will. Hajo lächelt. Natürlich ist jeder Mensch frei, aber wenn man jemanden gut kennt, weiß man, ob er zum Steak Bier oder Rotwein bestellt.

Hajo kennt Ellen sehr gut. Natürlich wird Ellen Widerstand leisten. Die ganze Berliner Polizei wird Widerstand leisten. Das ist wunderbar, denn sonst wäre das Spiel langweilig. Er geht alle Optionen durch und überprüft die Wahrscheinlichkeiten. Hinter jeder Option der Polizei steht, wie er in diesem Fall reagieren wird. Im Ernstfall ist für zeitraubende Überlegungen und Berechnungen kein Platz.

Auf dem Plan für heute stehen mehrere Ereignisse, die mit hoher Wahrscheinlichkeit schnell hintereinander folgen werden. Das verspricht prickelnde Spannung über viele Stunden. Ein Hochgenuss. Doch vorher steht eine Besprechung im LKA an. Hajo gedenkt, daran teilzunehmen. Virtuell natürlich. Und unbemerkt. Er setzt sich vor seinen Rechner und zieht das Headset auf. Die Verbindung ist gut.

20

Im LKA rief Ellen die Verkehrspolizei an und bat um die Aufnahmen aus der Radarfalle am Tempelhofer Damm.

Warum sollte sie nicht auch mal die Vorteile des Internets nutzen? Voller Vorfreude wartete Ellen auf die Bilder. Ihr blieb genug Zeit, um sich frisch zu machen. Die Aktion mit ihrem Rennrad hatte Ellen gehörig ins Schwitzen gebracht.

Gewöhnlich war sie ruckzuck fertig mit dem Duschen und Umkleiden. Abseifen, abtrocknen, in die bereitliegenden Dienstklamotten springen – das war's. Normalerweise musste Ellen nicht damit rechnen, dass sie jemand in Unterwäsche sah, heute würde es auf jeden Fall passieren. Sie nahm sich sogar etwas Zeit, um sich dezent zu schminken.

Ellen drehte sich mit dem neuen BH und Slip vor dem Spiegel hin und her. Sie hatte sich für das Paar in Schwarz mit Blau entschieden. Das passte hervorragend zu ihren Augen. Annika fand die Sachen vielleicht normal, aber Ellen hatte das Gefühl, dass sie fast nichts am Leib trug. Nur war die Alternative zu »fast nichts«: gar nichts. Und das kam nicht in Frage.

Ellen war in der Stimmung, den Tag offensiv anzugehen, wie Annika es ihr geraten hatte. Bei Eberle war ihr das bereits gelungen. Das war ein guter Start für den Tag gewesen. Beim Gedanken an Eberle beendete Ellen ihre Selbstinspektion. BH und Slip verschwanden unter der blauen Bluse und in der Hose. Jetzt sah sie aus wie immer. Irgendwie war das auch beruhigend.

Die Bilder der Radarfalle warteten bereits auf Ellens Rechner. Über den Schnappschuss von Kalle und Eberle musste Ellen herzhaft lachen. Die beiden sahen echt blöd aus. Der Blitz, der Ellen gegolten hatte, hatte die beiden überrascht. Der kurze Moment bis zu ihrem eigenen Radarfoto hatte gerade für ein dummes Gesicht gereicht – und das hatte der Starenkasten dann aufgenommen. Köstlich.

Ellen entfernte alle internen, polizeilichen Daten. Schon vor Längerem hatte sie sich ein privates E-Mail-Konto für die Fälle eingerichtet, bei denen sie keinen Hinweis auf den Absender hinterlassen wollte. In die Adresszeile tippte sie alle großen Nachrichtenredaktionen in Berlin. In die Betreffzeile kam: »Ihre Kollegen auf der Jagd«. Mehr nicht. Den Rest erledigte die blühende Phantasie der Reporter. Man kannte sich schließlich in der Branche. Ellen lud das Bild von Kalle und Eberle hoch und drückte auf Senden.

Zur Einsatzbesprechung war das ganze Team schon anwesend, als Ellen in die Zentrale trat. An anderen Tagen kamen immer ein oder zwei zu spät, mal mit echten Entschuldigungen, mal mit vorgeschobenen. Heute schien es keinen wichtigeren Termin zu geben.

Alle wollten offenbar wissen, wie Ellen sich heute verhielt und präsentierte. Es ging den Leuten nicht nur um den Fall. Gegen ihren Willen war Ellen als Person in einer Art und Weise in den Mittelpunkt des Interesses gerückt, das von den Fällen der Vergangenheit gänzlich verschieden war.

»Khalid, wie sieht es mit dem Internet aus?«, fragte sie, nachdem sie alle begrüßt hatte.

»Keine Probleme. Die Übertragung ist stabil.« Khalid machte trotz der positiven Nachricht keinen zufriedenen Eindruck. Er sah mehrmals auf seinen Computer, als ob irgendetwas nicht stimmen würde. »Wir haben achtunddreißigtausend Nutzer. Tendenz nur leicht steigend. Ich kann es mir nicht erklären.«

»Aber ich«, sagte Ellen.

Das Team sah erstaunt zu ihr hin. Von ihr hatten sie offenbar keine technischen Lösungen erwartet. Ellen sah auf ihr Handy und rief die letzte SMS auf. Becker hatte ihr versprochen, sie bezüglich der Nutzerzahlen auf dem Laufenden zu halten.

»In Wirklichkeit haben wir 1.847.000 Nutzer. Tendenz stark steigend.«

Die Zahl verschlug allen die Sprache. Stefan fand sie als Erster wieder. »Und die können uns jetzt alle sehen?«

Es war keine besonders intelligente Frage, aber Ellen wollte ihren Wissensvorsprung nicht gegen Stefan ausspielen.

»Davon sollten wir ausgehen. Wahrscheinlich sind es inzwischen schon deutlich mehr. Wir können nur die Anzahl der zugreifenden Rechner feststellen, aber nicht, wie viele Leute davorsitzen. Genauso wenig können wir feststellen, was das Fernsehen mit dem Signal macht und wie viele darüber zusehen.«

»Wer ist ›wir‹?«, bohrte Stefan nach. »Und wieso funktioniert das so plötzlich?«

Langsam werden die Fragen intelligent.

»Weil wir dieses Problem nicht mit eigenen Mitteln lösen können, habe ich externe Hilfe in Anspruch genommen.« Ellen wandte sich an Khalid. »Das war nicht gegen Sie gerichtet. Sie haben hervorragende Arbeit geleistet, aber mit den Ihnen zur Verfügung stehenden Möglichkeiten war das Problem nicht zu lösen.«

Khalid sah in die Runde. »Ich muss zugeben, dass mir nichts Hilfreiches mehr eingefallen ist. Ich bin froh, wenn ich dieses Problem los bin. Aber – wie funktioniert das denn jetzt?«

»Ich habe ein Angebot der Firma Intelko angenommen. Sie haben siebzigtausend Server im In- und Ausland und können mit Zugriffen in diesen Größenordnungen umgehen, wie wir sie hier haben.«

»Das darfst du doch gar nicht entscheiden.« Stefan stand mit verschränkten Armen und finsterer Miene da.

»Dir gefällt es wohl nicht, wenn etwas funktioniert«, sagte Ellen. Sie wusste aber auch, dass Stefan einen kritischen Punkt angesprochen hatte. »Es war niemand da, den ich hätte fragen können. Wenn ich sehe, dass etwas furchtbar schiefgeht, wenn ich mich nicht entscheide, ziehe *ich* mich nicht hinter eine Dienstordnung zurück.« Ellen sah ihn herausfordernd an.

Stefan brummte etwas Unverständliches. Er wusste offenbar zu genau, dass in diesem Moment jede Antwort falsch sein konnte. Er rettete sich, wie schon öfter, mit einem Themenwechsel. »Und nun halten wir diese Teambesprechung hier ab, wo uns alle Welt zusieht?«

»Exakt. Um dich zu beruhigen: Khalid hat mir versichert, dass nur ein Bild übertragen wird und kein Ton. Khalid?«

»Das kann ich garantieren.«

»Wir können also offen reden, ohne dass wir dadurch etwas verraten. Wir sollten allerdings heftige Diskussionen und Streit vermeiden, denn das erkennt man auch ohne Worte.« Betont blickte Ellen Stefan an. »Wir erfüllen also genau die Forderungen des Erpressers, ohne ihm dafür allzu viel zu geben.«

In einem abgelegenen Haus nickt Hajo Richter beifällig. Genau das hatte er gefordert – und bekommen. Mehr benötigte er nicht. Die Tonübertragung über das Handy reichte vollkommen aus. Glücklicherweise hatte Ellen sich angewöhnt, ihr Handy jeden Morgen mit einem vollen Akku zu füttern. Stefan Daudert war in dieser Hinsicht nachlässiger.

Eine Forderung stand noch offen, aber nach seiner gezündeten Bombe im Parkhaus rechnet Hajo fest damit, dass sie bald erfüllt würde.

»Eine Forderung steht jetzt noch offen«, sagte Ellen. »Der Erpresser besteht darauf, auf dem einmal erreichten Level weiterzuspielen. Sie sind sich sicher klar, was er damit meint.«

Der erwartungsvolle Ausdruck in den Augen einiger Teammitglieder entging Ellen nicht.

»Wir wissen, dass dieser Fall kein Spiel ist, sondern bitterer Ernst. Aber es bleibt uns nichts anderes übrig, als diese Forderung zu erfüllen. Bisher haben wir einfach noch zu wenig gegen den Erpresser in der Hand.«

Während dieser Worte zog Ellen wie beiläufig ihre Bluse aus und warf sie achtlos auf einen Tisch. Ihre innere Anspannung überspielte sie gekonnt. Dann löste sie ihre hochgesteckten Haare und schüttelte sie frei. Sie hatte diese Szene oft im Kopf durchgespielt und sich die Reaktionen ihres Teams ausgemalt. Die Realität übertraf ihre kühnste Vorstellung. Sogar Stefan, der sie ja schon ganz nackt gesehen hatte, öffnete seinen Mund zu einem dümmlichen »Ah«.

Mit so einem Anblick hatte Stefan wohl nicht gerechnet. Ellens Büstenhalter war von Design und Schnitt nicht nur auf dem neuesten Stand. Im Gegensatz zu Ellens üblichen Sport-BHs, die ihre weibliche Figur nahezu neutralisierten, präsentierte dieser Wonderbra ihre Brust so, dass sie größer und voller erschien, als man es bei Ellens zierlicher Figur vermutet hätte. Dazu kam das offene Haar, das Ellen zu einer ganz anderen Person zu machen schien. Anscheinend nahmen einige Männer und auch Frauen im Team sie zum ersten Mal als Frau wahr.

Das war längst überfällig. Warum habe ich bloß mein Frausein versteckt und bin aufgetreten wie ein Mann? Aber jetzt wollen wir mal dafür sorgen, dass Frausein nicht als Schwäche missverstanden wird.

Ellen stellte sich ganz nah vor Stefan und sah ihm scharf in die Augen. »Damit niemand in diesem Raum etwas Falsches denkt: Wenn ich das tue, was Sie gerade sehen, dann mache ich hier nur meinen Job als Polizistin, die ein Unglück verhindern will. Ich muss das tun, weil unsere Ermittlungen bislang völlig erfolglos sind. Ich will, dass sich das heute ändert. Ist das klar?«

Ellen hatte zu allen gesprochen, aber unverwandt Stefan angesehen. Es war ihm unangenehm, zumal es ihm offenbar schwerfiel, nicht auf Ellens Brust zu starren, sondern ihrem Blick standzuhalten.

»Ja, das ist klar«, antwortete er steif.

»Gut, dann können wir jetzt endlich planen, wie wir mehr aus diesem Tag herausholen als bisher.« Ellen wandte sich wieder der ganzen Gruppe zu und ging nach vorne. Innerlich amüsiert verfolgte sie, wie niemand sie auch nur eine Sekunde aus den Augen ließ. Es war, als hätte sie sich einen Magneten eingebaut, der die Blicke ihrer Kollegen magisch anzog.

»Bis jetzt haben wir nur reagiert«, sagte Ellen. »Wir haben Forderungen erfüllt und Spuren gesucht. Das Ergebnis ist Ihnen bekannt: Bis auf ein paar magere Indizien haben wir nichts. Und diese Indizien reichen nicht aus, den Täter auch nur einigermaßen einzugrenzen. Selbst, dass er männlich ist, vermuten wir nur aufgrund von Wahrscheinlichkeiten. Wie er es schafft, jegliche Spuren zu vermeiden, ist bisher ein Rätsel. Der Erpresser geht äußerst intelligent vor. Dadurch nützen uns unsere ganzen Ressourcen nichts.« Ellen ging langsam hin und her. Die Blicke ihrer Kollegen folgten ihr aufmerksam.

»Berlin hat siebzehntausend Polizisten, darunter Wissenschaftler aller Fachrichtungen, Spezialisten, denen Berge an Technik zur Verfügung stehen – und alle können nichts tun, wenn sie nicht von uns Hinweise bekommen, die sie verfolgen und auswerten können. Diese Hinweise zu beschaffen, ist unser vordringlichster

Job. Dann erst kann die ganze Ermittlungs- und Fahndungsmaschinerie anlaufen. Freiwillig wird der Täter keine Spuren hinterlassen. Also müssen wir ihn dazu zwingen. Wir müssen ihn unter Stress setzen und ihn dazu bringen, Fehler zu machen. Wir wissen, dass der Erpresser großen Wert auf die Kommunikation mit uns legt. Das scheint ihm wichtiger zu sein als irgendeine Forderung, denn er hat noch keine gestellt. Wir haben ihm heute bewiesen, dass wir das in unseren Kräften Stehende tun, um die Kommunikation aufrechtzuerhalten. Es läuft alles nach seinen Wünschen, was ihn in Sicherheit wiegen sollte. Hier ist also mein Plan: Wenn er im Lauf des Tages die Kommunikation mit uns aufnimmt, um sein perfides Spiel fortzusetzen, werden wir eine erneute Störung der Kommunikation simulieren. Wir werden so tun, als wären wir hilflos. Da er gesehen hat, wie wir alles seinen Wünschen entsprechend eingerichtet haben, muss er jetzt reagieren. Er muss sich etwas einfallen lassen, damit sein Spiel weitergeht. Möglicherweise ändert er dabei kurzfristig seinen Kommunikationsweg, und wir haben eine Chance, ihn zu orten. Wenn wir das schaffen, können wir unsere Ressourcen in die Waagschale werfen und haben eine Chance, ihn zu schnappen. Aber wir müssen schnell sein.«

Ellen sah in die Runde. Die Aufmerksamkeit war ungebrochen, ihr Plan kam gut an. Alle brannten darauf, endlich aktiv zu werden, und wollten wissen, wie es konkret weitergehen sollte.

»Die detaillierten Vorbereitungen kann ich Ihnen nicht in diesem Raum vorstellen«, sagte sie. »Dazu müssen wir in die Ausweichzentrale wechseln. Tun Sie jetzt bitte so, als würden wir eine Pause machen, und finden Sie sich in fünf Minuten in der Ausweichzentrale ein.«

In der Ausweichzentrale wollte Ellen gerade beginnen, das weitere Vorgehen zu erläutern, als Direktor Brahe eintrat. In der Hand hielt er ein zusammengerolltes Blatt von etwa doppelter DIN-A4-Größe.

»Frau Faber …«, begann er und stockte, als er sah, wie Ellen vor dem Team stand. »Was … äh … Wollen Sie jetzt immer so rumlaufen?«

Jetzt wurde Ellen doch verlegen. Sie sah sich um und musste feststellen, dass ihre Bluse anscheinend noch in der Zentrale mit den Kameras lag.

»Tut mir leid. Ich hab's irgendwie im Eifer des Gefechts vergessen.«

»Soll ich Ihre Bluse holen?«, bot Marina Wirtz an.

»Ja, bitte.«

Marina Wirtz war in einer Minute zurück. Brahe studierte in dieser Zeit interessiert den Stadtplan von Berlin, den er schon tausend Mal gesehen hatte. Nach einer weiteren Minute, in der Ellen ihre Bluse hastig überzog, setzte der Direktor erneut an, dieses Mal mit etwas weniger Elan.

»Frau Faber, was habe ich hiervon zu halten?« Er entrollte das Blatt und hielt es für alle sichtbar hoch.

»Ein vergrößertes Foto aus einer Radarfalle, würde ich sagen«, antwortete Ellen.

»Kennen Sie die beiden Personen darauf?«

Ellen sah keinen Grund zu leugnen. Es war ihr klar gewesen, dass man ihr intern schnell auf die Schliche kommen würde. Das einzig Überraschende war, wie schnell das Bild die Runde gemacht hatte. »Der eine ist Eberle, der Reporter, der Hassan Nabil interviewt hat, der andere sein Kameramann Karl Rübenfeld.«

»Korrekt«, bestätigte Brahe. »Dieser Eberle hat mich angerufen und sich über Sie beschwert. Das Foto ist an alle Redaktionen in Berlin gegangen. Man macht sich lustig über ihn.«

Überall im Raum brach ein Murmeln aus. Khalid und Marina Wirtz lachten. Selbst Stefan konnte sich ein Grinsen nicht verkneifen. Auch Ellen musste schmunzeln. Sollte sich ganz Berlin kranklachen über Eberle. Er hatte es nicht besser verdient.

»Nehmen Sie die Sache nicht auf die leichte Schulter, Frau Faber. Eberle will Sie wegen Rufschädigung verklagen. Und außerdem wegen unerlaubter Herausgabe von polizeilichen Daten.«

»Dass ein Reporter sich über die Herausgabe polizeilicher Daten beschwert, ist wirklich selten«, gab Ellen zurück.

»Er behauptet, Sie hätten ihn bewusst in diese Radarfalle gelockt.«

»Ich?«, sagte Ellen im Tonfall vollkommener Unschuld, obwohl alle ahnten, dass sie beileibe nicht unschuldig war. »Wie soll ich das gemacht haben. Ich besitze ja nicht einmal ein Auto.«

»Mit Ihrem Fahrrad.«

»Mit meinem Fahrrad soll ich Eberle in eine Radarfalle gelockt haben? Abenteuerlich. Hat er Zeugen für diese wirre Geschichte? Woher will er eigentlich wissen, dass das Foto von mir verschickt wurde?«

»Für ihn liegt das offen auf der Hand.«

»Was so viel heißt wie, es ist eine bloße Vermutung von ihm. Vielleicht ärgert er sich, dass ich ihm kein Interview gebe. Was würden Sie zu mir sagen, wenn ich nur mit Vermutungen zu Ihnen käme?«

Brahe räusperte sich wieder. »Das will ich jetzt nicht diskutieren. Ich bin mir aber sicher, dass interne Ermittlungen uns schnell konkrete Hinweise auf den Absender der E-Mail liefern würden.« Er sah Ellen herausfordernd an.

»Das kann ich nicht ausschließen«, sagte Ellen. »Wir haben fähige Leute.«

»Ich werde nach außen hin vertreten, dass wir gerade keine freien Kapazitäten für interne Ermittlungen haben und uns später darum kümmern. Aber nach innen komme ich nicht darum herum, Ihnen einen offiziellen Verweis zu erteilen. Es ist niemandem gestattet, polizeiliche Unterlagen öffentlich zu machen. Und wenn doch, wird es schmerzhafte Konsequenzen haben. Habe ich mich klar ausgedrückt?« Er sah Ellen ernst an.

»Sie haben sich klar ausgedrückt«, sagte Ellen, ohne mit der Wimper zu zucken.

Brahe trat nahe an Ellen heran und beugte sich zu ihr. »Ich habe auch das Radarfoto davor gesehen«, flüsterte er in Ellens Ohr. »Tolle Leistung. Aber seien Sie vorsichtig.«

Dann zog er sich in die Nähe des Ausgangs zurück. Er schien aus sicherem Abstand verfolgen zu wollen, was für heute geplant wurde. Ellen war sehr zufrieden, wie es eher selten für jemand war, der gerade einen Verweis erhalten hatte.

Ellen ließ über den Beamer einen zweiten Stadtplan von Berlin an die Stirnwand projizieren, der weniger Details enthielt und deshalb besser für eine Gesamtübersicht geeignet war.

»Wir hoffen, dass der Erpresser unter Druck Fehler begeht und wir dadurch einen Hinweis auf seinen Standort erhalten«, sagte sie. »Darauf müssen wir vorbereitet sein, denn viel Zeit zum Reagieren haben wir nicht.«

Ellen blendete zwei Linien ein, die von Norden nach Süden und von Osten nach Westen quer durch Berlin verliefen. »Wie Sie sehen, habe ich Berlin in vier Sektoren aufgeteilt. Wir bezeichnen sie im Uhrzeigersinn oben rechts beginnend mit Sektor I, II, III und IV. Im ungefähren Zentrum jeden Sektors wird ein SEK-Team Stellung beziehen, sodass wir in kürzester Zeit an jeden Ort im Sektor gelangen können. Sobald wir eine Lokalisierung haben, wird sich das Team des betreffenden Sektors so schnell wie möglich vor Ort begeben und das Umfeld sichern. Stefan Daudert wird von hier aus dazustoßen und den konkreten Einsatz leiten. Zur weiteren Unterstützung wird über jeden Sektor eine Hundertschaft der Bereitschaftspolizei verteilt. Sie werden die SEK-Teams ergänzen. Auf diese Weise haben wir eine hohe Zahl an Einsatzkräften in kurzer Zeit an jedem Ort verfügbar.«

Ellen sah sich um. Viele im Team kannte sie schon lange. Marina Wirtz machte einen neutralen Eindruck, Strategie war nicht ihr Ding. Sie hörte einfach nur zu. Khalid war immer noch die Erleichterung anzusehen, dass von nun an die Technik funktionieren würde. Brahe wirkte zufrieden. In seinen Augen schimmerte Hoffnung, dass es jetzt endlich vorangehen könnte. Stefan war nur bedingt zufrieden. Er verlagerte sein Gewicht dauernd von einem Bein aufs andere, so als ob er sich nicht für eine Seite entscheiden könnte. Natürlich würde er auch einen Fortschritt in diesem Fall wollen, aber es passte ihm sicher nicht, dass er dazu die Zentrale verlassen musste.

»Wir müssen jetzt wieder in die offizielle Zentrale. Der Erpresser soll nicht das Gefühl bekommen, dass wir ihn hintergehen. Wenn er davon ausgeht, dass alles nach seinen Vorstellungen abläuft, dann ist das die beste Voraussetzung, dass er einen Fehler macht.«

Ellen wandte sich zum Gehen. Brahe hielt sie auf. »Ein guter Plan. Ich drücke Ihnen die Daumen.«

21

Hajo Richter nickt. Ein guter Plan. Nichts anderes hat er von Ellen erwartet. Sie ist ein würdiger Gegner.

Zufrieden summend streift er sich einen sterilen Einmal-Kittel über, den er frisch aus der Packung nimmt. Die dunkelblonden Haare verschwinden unter einer Plastikhaube und die Hände in Gummihandschuhen. Über dem Mundschutz sind nur noch seine dunklen Augen sichtbar. Sie glänzen voller Energie.

Hajo geht hinab in den Keller. Neben einem Schrank befindet sich ein Mauerdurchbruch, der in einen weiteren Raum führt. Jahrelang wurde in diesem Keller nur Gerümpel aller Art untergebracht, bis es sich fast zur Decke stapelte. Hajo hatte hier unten nie aufgeräumt, da für ihn allein in dem Haus genügend Platz ist. Aber irgendwann hatte er sich doch aufgerafft, um den ganzen Mist hinaus auf die Straße zum Sperrmüll zu stellen. Als er den alten Schrank abreißen wollte, waren ihm die nachlässig zusammengemauerten Steine dahinter aufgefallen. Die Form wies eindeutig auf eine zugemauerte Tür hin. Dahinter verbarg sich ein unbekannter Raum. Er war mit Holzkisten vollgestapelt, sodass nur ein schmaler Gang in der Mitte frei blieb. Ein Fenster gab es nicht. Im trüben Licht einer uralten Glühbirne hatte Hajo die Kisten untersucht. Sie trugen alle ein Brandzeichen der Nationalen Volksarmee. An der einzigen freien Stelle an der Wand fand Hajo eine Urkunde. Die Schrift war kaum zu entziffern, so verblichen war sie. Die Urkunde bezeichnete Hajos Vater als verantwortlichen Verwalter eines geheimen Sprengstofflagers der NVA. Davon hatte Hajo nichts gewusst. Deshalb war sein Vater immer so schweigsam gewesen. Bei einer Tätigkeit für die Volksarmee war das nicht ganz unverständlich.

Neugierig hatte Hajo die ersten Kisten geöffnet. Sie enthielten Sprengstoff, hauptsächlich TNT in unterschiedlichsten Packungsgrößen und ein wenig PLNP. Vielleicht hatte sein Vater die Kisten nach der Wende vor dem Westen in Sicherheit bringen wollen. Das hätte zu ihm gepasst. Hajos erster Gedanke war gewesen: Bloß weg hier! Aber je länger er nachdachte, desto fester wurde die Überzeugung: Die Sachen waren vom Schicksal für ihn bestimmt. Er musste nur noch herausfinden, wofür.

Die Entdeckung war etliche Monate her. Hajo hatte die Zeit intensiv genutzt und sich mit dem Sprengstoff vertraut gemacht. Im Netz gab es Anleitungen für alles – wenn man nur an den richtigen Stellen suchte.

Heute holt Hajo keinen Sprengstoff. Er hat noch andere Sachen im Keller eingelagert. Er wählt ein kleines Röhrchen mit Säure und geht hinauf in den Raum, der früher einmal das Schlafzimmer seiner Eltern war. Die Wände sind mit Plastikfolie beklebt. Mehrere große Kästen aus Plexiglas stehen im Raum, die an riesige Aquarien erinnern, aber es sind weder Fische noch Wasser darin. In regelmäßigen Abständen befinden sich Löcher in den Kästen, in denen Gummihandschuhe luftdicht so verklebt sind, dass man in den Kästen arbeiten kann, wenn man in die Handschuhe schlüpft.

Würde ihn jemand fragen, ob das nicht zu kompliziert und viel zu viel Aufwand sei, würde Hajo antworten: »Um nicht lebenslang ins Gefängnis zu kommen, ist kein Aufwand zu hoch.«

Aber es gab niemanden, der diese Frage stellte. Seit das elterliche Schlafzimmer zur Werkstatt geworden war, hatte kein anderer Mensch diesen Raum betreten.

Als Erstes schaltet Hajo einen Staubsauger ein, den er zweckentfremdet hat. Staub saugen wäre auch unnötig, denn der Raum ist so rein wie wenige Räume in Berlin. Der Staubsauger saugt von außen Luft an, die er in die Kästen pumpt. Die Kästen sind luftdicht versiegelt. Der Staubsauger sorgt für einen geringen Überdruck, für den Fall, dass aus unerfindlichen Gründen doch irgendwo eine undichte Stelle ist. Selbst in diesem unwahrscheinlichen Fall würde nicht ein winziger Hauch von Hajos Atemluft in einen der Kästen geraten und verräterische Spuren hinterlassen.

Die meiste Luft des Staubsaugers verbraucht die Schleuse. Durch diesen gesonderten Kasten muss alles Material und das Werkzeug, das Hajo für seine Pläne benötigt. Nur originalverpackte Ware darf in die Schleuse und von da aus in den nächsten Kasten zur Verarbeitung. Gestern hat er dort zwei Prepaid-Handys mit größter Vorsicht aus ihren Verpackungen befreit und durch die Verbindungsschleuse in den eigentlichen Arbeitskasten weitergereicht. Über Nacht hat er die Akkus aufgeladen, die jetzt mit den Handys auf ihren speziellen Einsatz warten.

In einem letzten Arbeitsschritt schweißt Hajo die Handys in eine luftdichte Folie ein, damit sie erst am Zielort mit der dortigen Luft in Berührung kommen.

Das Ganze ist ein beträchtlicher Aufwand, aber in dieser Beziehung ist Hajo Perfektionist. Er empfindet den Aufwand nicht als Arbeit. Mit größtem Vergnügen stellt er sich vor, mit welchen Mühen man in den Laboren der Polizei auf Spurensuche geht. Er malt sich aus, wie sie dort mit wachsender Verzweiflung sogar im Nanobereich nach Spuren suchen – und immer noch leer ausgehen. Die Experten der KTU waren es gewohnt, immer etwas zu finden, aber nicht bei ihm. Wo er arbeitet, wird man nachher kein einziges Atom von ihm aufspüren. Jedenfalls nicht, wenn er es nicht will.

Heute *will* Hajo Spuren hinterlassen. Ganz spezielle Spuren. Sie bilden die Grundlage für das Abenteuer von morgen. Man muss immer gründlich vorausplanen, wenn man ein komplexes Szenario beherrschen will.

Um diese Spur zu legen, fischt Hajo mit einer Pinzette ein Stück durchsichtiger Folie aus einem Behälter. Die Folie war nicht größer als eine Briefmarke, aber sie stellt für ihn eine kleine Kostbarkeit dar, die er mit viel Aufwand erbeutet und präpariert hat. Unter einer speziellen Lampe betrachtet er das feine Linienmuster auf der Folie. Es ist perfekt. Nun berührt er mit der Folie ganz kurz die Seite des einen Handyakkus und den Rand einer Taste des anderen Handys. Das muss reichen. Er will es der KTU nicht zu einfach machen. Sollen sie ruhig stolz auf sich sein.

Die beiden Handys ordnet Hajo so an, dass der Lautsprecher des einen am Mikrofon des anderen zu liegen kommt. Dazu packt er noch ein kleines Röhrchen mit einer starken Säure und verbindet alles miteinander. Dieses Mal hat er sich für Säure entschieden, weil ihm simple Wiederholungen zu öde sind. Außerdem würde Sprengstoff seine Spuren verderben. Die müssen unbedingt erhalten bleiben, damit sie gefunden werden können. Deshalb ist es auch nicht erforderlich, dass das Röhrchen mit der Säure wirklich beim Trennen der Handys kaputtgeht. Es soll nur so aussehen, als ob das beabsichtigt ist. Er rechnet mit extremer Vorsicht der KTU.

Hajo sieht auf die Uhr an der Wand. Er muss sich beeilen, wenn er rechtzeitig zurück sein will. Das luftdichte Verpacken des Handy-Säure-Pakets ist Routine und schnell erledigt. Die Fahrt hin zum neuen Tatort und zurück kostet ihn am meisten Zeit. Den Ort selbst hat er schon vor Tagen sorgfältig präpariert. Er hat sich sehr viel Mühe gegeben, genau so, wie er für besondere Orte in einem Computerspiel manchmal Wochen investiert. Wäre der neue Tatort ein Ort in einem Computerspiel, würde er ihn »Kammer des Schreckens« nennen. Hajo lächelt bei dem Gedanken. *Kammer des Schreckens.* Das gefällt ihm gut.

22

Die Zeiger der großen Wanduhr schienen mit jeder Stunde langsamer voranzugehen, je weiter der Nachmittag fortschritt. Ellen hatte sich mit Marina Wirtz wegen möglicher Reaktionen des Erpressers abgesprochen, und die neuesten Berichte der KTU hatte Ellen auch schon gelesen. Sie brachten keine weiteren Erkenntnisse. Der Haarprobenvergleich aus Hassans Wohnung mit dem vom Tatort ergab keine Übereinstimmung. Die SEK-Teams warteten an den vereinbarten Orten und standen sich dort die Beine in den Bauch. Stefan holte sich mindestens den zehnten Kaffee. Mit dem Becher in der Hand lief er unruhig hin und her, was nicht am Kaffee liegen konnte, denn der war im Präsidium erbärmlich schwach.

»Wann meldet der Kerl sich endlich?«, fragte er ungeduldig. Wohl auch schon zum zehnten Mal. Auch die Internetnutzer ließen in ihrem Interesse nach. Die Zahlen fielen kontinuierlich. Es geschah einfach nichts.

Trotz der fast schon penetranten Ruhe wollte sich bei Ellen keine Entspannung einstellen. Sie führte Telefonate und notierte ständig Gedanken auf ihren Block. Khalid überprüfte zum hundertsten Mal die Verbindungen, und Marina blätterte in einem Magazin herum, auch schon im zweiten Durchgang. Es war die Ruhe vor dem Sturm. Und der Sturm würde kommen. Mit Sicherheit. Jede Sekunde konnte es losgehen – oder auch noch Stunden dauern. Ellen kritzelte nur noch Figuren auf die leeren Blätter.

»Ein Signal kommt rein«, unterbrach Khalid die angespannte Langeweile.

Ellen spannte unwillkürlich die Muskeln an. Sie hatte nur noch Augen für die Monitore.

HEUTE ABEND IST ES SPANNENDER

»Fuck! Was soll denn das?«, tobte Stefan los. »Will der Kerl uns verarschen?«

»Stefan!«, sagte Ellen. »Reiß dich zusammen.«

Doch Stefan wollte sich nicht beruhigen und ließ noch einen deftigen Fluch ab. Sein Gesicht begann rot anzulaufen.

»Stefan«, mahnte Ellen wieder. »Alle Leute können uns zusehen.«

»Ach, Scheiße!« Er warf einen wütenden Blick zu den Kameras und wandte sich dann abrupt ab.

Einen Atemzug später kam Brahe in die Zentrale. Er rieb seine Hände nervös ineinander. »Frau Faber, was halten Sie von der Nachricht?«

»Schwer zu sagen. Vielleicht ist es tatsächlich nur eine Terminverschiebung. Vielleicht will er uns aber auch einschläfern und dann überraschen.«

»Hm«, machte Brahe. »Unerquicklich, diese Ungewissheit. Sie zerrt an den Nerven unserer Leute. Daudert wirkte ziemlich explosiv, als er mir eben auf dem Gang begegnet ist.«

Ellen nickte. »Es ist nicht hilfreich, wenn wir vor laufenden Kameras ausrasten. Das gibt dem Erpresser unnötigen Auftrieb.«

»Wie machen wir jetzt weiter?«, fragte Brahe.

»Wir wissen, dass er zuschlagen wird, aber nicht, wann, also müssen wir auf unseren Posten bleiben, auch wenn es schwerfällt.«

»Ich kümmere mich darum«, bot Marina Wirtz an. »Es wird Stefan Daudert nicht gefallen, aber als Psychologischer Dienst kann ich in dieser Situation ein Gespräch verlangen.«

»Danke«, sagten Brahe und Ellen gleichzeitig.

Die Zeit tröpfelte dahin. Die Zeiger der Wanduhr schienen einzuschlafen. Ellen hatte das Gefühl, als seien ihre Nerven so straff gespannt wie die Saiten einer Violine. Und jede Viertelstunde drehte jemand an dem Rädchen und spannte die Saiten stärker.

Gegen neunzehn Uhr bestellte Ellen Pizza für alle. Für sich selbst ließ sie eine Pizza Diavolo kommen, extra scharf und mit doppelt Peperoni. Sie drohte dem Pizzadienst, nie wieder bei ihm zu bestellen, wenn die Pizza zu lasch wäre. Der Pizzadienst wollte Ellen offensichtlich als Kundin nicht verlieren. Bereits beim zweiten Stück fühlten sich ihr Mund und Hals an, als ob sie glühende Kohlen gegessen hätte. Ellen hielt durch bis zur letzten Peperoni.

Sie blickte auf die Uhr. Die Zeiger hatten sich um keine zwanzig Minuten weiterbewegt.

21:58 Uhr. Ellen blieb immer wieder vor dem Stadtplan stehen und betrachtete das in vier Sektoren zerteilte Berlin. Aber all ihre Vorbereitungen führten zu nichts, wenn der Erpresser sich nicht meldete. Die Anrufe der Kollegen draußen in der Stadt nahm sie schon nicht mehr entgegen.

Vom Gang her drangen die aufgeregten Stimmen von Stefan und Marina Wirtz herein. Stefan erklärte lautstark, dass der Psychologische Dienst die überflüssigste Abteilung im LKA wäre. Marina Wirtz antwortete auch nicht mehr so ruhig wie sonst.

Bei der allgemeinen Unruhe, die die Zentrale erfüllte, und dem Streit im Gang hätte Ellen fast das Eingangssignal von Skype überhört.

»Ruhe!«, brüllte sie. »Verdammt noch mal, Ruhe!«

Ellen hieb auf die Eingabetaste, um den Kontakt zu bestätigen, zog ihre Bluse aus und warf sie auf einen Stuhl. »Kriminalhauptkommissarin Ellen Faber hier.«

»Guten Abend.« Die Stimme klang freundlich und gelassen, wie nach einem gemütlichen Kaffeeplausch. »Ich hoffe, Sie hatten einen angenehmen Tag, sodass wir unsere Verabredung jetzt beginnen können.«

Ellen kämpfte um ihre Beherrschung. Hätte ihr tatsächlich jemand für eine Verabredung gegenübergestanden, hätte er befürchten müssen, sich eine Ohrfeige einzuhandeln.

»Oh, ich sehe, Sie haben sich neu eingekleidet. Sehr reizvoll, Ihr BH. Er wird sich auf den Titelseiten der Zeitungen hervorragend machen.«

Jetzt hätte das Gegenüber garantiert eine Ohrfeige kassiert.

Ellen holte tief Luft – und bemerkte erst jetzt, dass der Erpresser eine weibliche Stimme gewählt hatte. Was sollte das? Klar, man konnte bei einer Software-Stimme mit einem Mausklick zwischen männlich und weiblich wechseln. Aber Ellen konnte nicht so einfach umschalten. Sie hatte sich anhand der Stimme ein Bild des Erpressers gemacht, und dieses Bild war eindeutig männlich.

»Warum so spät?«, platzte sie heraus. »Sie hatten Nachmittag gesagt.«

»So kleinlich? Das passt gar nicht zu Ihnen.«

»Warum?«, beharrte Ellen.

»Ach, der Abend bietet einfach mehr Herausforderungen«, sagte die Stimme unbeirrt freundlich.

Bevor Ellen über die Bedeutung nachdenken konnte, platzten Stefan und Marina Wirtz in die Zentrale. Sie hatten gerade erst mitbekommen, dass der Erpresser in der Leitung war. Ellen sah ärgerlich zu ihnen hinüber. Hoffentlich störten die beiden jetzt nicht mehr. Ihr Handy piepte. Sie sah kurz auf das Display. Eine Nachricht von Becker von Intelko. Als ob das jetzt wichtig wäre.

»Gute Nachrichten?«, fragte die Stimme.

Ellen hatte vollkommen vergessen, wie sehr sie unter dauernder Beobachtung stand. Ihr wurde heiß. Jede ihrer Bewegungen wurde registriert, vom Erpresser und von Hunderttausenden von Internetnutzern in der ganzen Welt.

»Und?«, fragte die Stimme noch einmal.

»Wie man's nimmt«, antwortete Ellen.

»Erzählen Sie, wir sind doch unter uns.« Ein koboldhaftes Lachen folgte.

Ellen wurde heiß im Gesicht. Das lief nicht so, wie sie sich das vorgestellt hatte. Aber egal, sie musste mit ihm reden.

Ellen nahm das Handy und öffnete die SMS. Es war weniger die Nachricht, die sie interessierte, als mehr die Chance, in den wenigen Sekunden wieder zu sich selbst und ihrem Plan zu finden.

»Sprunghafter Anstieg der Nutzerzahlen, aber die Leitungen sind stabil«, las sie vor.

»Das klingt doch vielversprechend«, sagte die Stimme. »Sie haben gute Arbeit geleistet.«

Dieses Stichwort lieferte Ellen das gesuchte »Wir haben uns sehr darum bemüht, dass die Kommunikation mit Ihnen gelingt.«

»Das habe ich erwartet.«

»Ich hoffe, Sie erkennen darin unseren guten Willen.«

»Durchaus.«

Die kurzen Antworten erschwerten die Kommunikation, weil jegliche Initiative bei Ellen lag. Sie schob eine Strähne ihres Haars hinter ein Ohr, das vereinbarte Zeichen für Khalid, die geplante Störung zu simulieren. Prompt signalisierte Skype Probleme in der Verbindung.

»Was wollen Sie von uns?«, fragte Ellen.

Khalid sorgte dafür, dass ihre Worte nur schwer verständlich weitergegeben wurden. Die Antwort ließ etwas länger auf sich warten als sonst.

»Die Aufgabe für heute Abend besprechen. Das Level muss gespielt werden.« Die weibliche Stimme klang verzerrt.

»Können Sie das noch einmal wiederholen!«

»Ich möchte die Aufgabe für heute Abend mit Ihnen besprechen. Das nächste Level muss gespielt werden«, wiederholte die Stimme.

»Welche Aufgabe? Was müssen wir tun?«

»Was haben Sie gesagt?«, kam es jetzt von der anderen Seite.

»Welche Aufgabe? Was müssen wir tun?«

Die Stimme sagte etwas, das Ellen nicht mehr verstand.

»So geht das nicht«, sagte Ellen mit Ärger in der Stimme. Sie brauchte sich gar nicht großartig zu bemühen, den Ärger zu spielen. Sie musste nur kurz an die endlosen Verzögerungen während des Tages denken.

»Dann sorgen Sie für eine gute Verbindung«, sagte die Stimme unverändert freundlich.

»Wir haben getan, was möglich ist«, sagte Ellen. »Das wissen Sie.«

»Sie müssen mehr tun.«

»Und was? Was soll ich tun?« Ellen ging in die Mitte des Raums und breitete die Arme aus.

»Sagen Sie mir, was ich tun soll.«

Stille. Wie würde der Erpresser reagieren? Die Spannung stieg. Und Ellens Puls stieg mit. Er war fast so hoch wie bei dem Spurt mit ihrem Rad vor der Radarfalle.

»Was soll ich tun? Ich weiß es nicht«, sagte Ellen noch einmal. »Jetzt sagen Sie endlich etwas.«

Wieder Stille. Nur die Lüfter der Computer waren zu hören.

Offenbar machte dem Erpresser sein Spiel ohne eine Kommunikation mit ihr keinen Spaß.

Skype knackte. Die wenigen Wortfetzen, die man überhaupt noch verstehen konnte, ergaben keinen Sinn mehr. Khalid drehte unauffällig den Störpegel herunter. Jetzt ging es wieder besser.

»Geben Sie mir eine Festnetznummer, aber so, dass nicht jeder mithören kann«, kam die weiche Stimme des Erpressers aus dem Computer. »Wiederholen Sie die Nummer zweimal.«

Ellen musste höllisch aufpassen, keinen Triumph auf ihrem Gesicht zu zeigen. Stefan verließ unauffällig die Zentrale. Khalid schaltete die Tonübertragung über Internet aus.

Ellen sagte zweimal laut und deutlich die Nummer des Anschlusses in der Zentrale. Wenig später klingelte der Apparat. Ellen stellte auf Lauthören und Lautsprechen. Khalid schaltete den Ton für das Internet wieder ein.

»Hören Sie mich jetzt?«, fragte die Stimme.

»Ich verstehe Sie klar und deutlich«, antwortete Ellen.

»Dann hoffe ich, dass wir jetzt ungestört miteinander reden können und – dass Sie mich nicht hereinlegen wollen.«

»Nein, natürlich nicht«, log Ellen.

»Das kann ich nämlich nicht leiden.«

»Das geht mir genauso.« Ab jetzt galt es, das Gespräch so lange wie möglich hinzuziehen. Wenn Ellen dabei etwas Sinnvolles herausfinden konnte, umso besser. In der Ausweichzentrale, die nicht von den Kameras eingesehen werden konnte, flogen Finger über Tastaturen. Niemand wusste, wie viel Zeit sie hatten, um den Telefonanschluss des Erpressers zu lokalisieren.

»Sie spielen gerne?«, sagte Ellen.

»Offensichtlich«, war die kurze Antwort.

»Aber Sie gefährden Menschen bei Ihren Spielen. Macht Ihnen das nichts aus? Wir könnten auch ohne Bedrohung spielen.«

Das künstliche Lachen wie bei den amerikanischen Comedy-Sendungen ertönte wieder. »Wie langweilig. Ohne echten Preis keine echte Spannung.«

Khalid zeigte den erhobenen Daumen und machte mit der anderen Hand Kreise in die Luft. Ellen war gut, aber sie musste weitermachen.

»Ich kann es nicht leiden, wenn Menschen gefährdet sind«, sagte Ellen.

Lachen. »Natürlich nicht.« Lachen. »Deshalb spiele ich ja mit Ihnen. Sie wollen um jeden Preis verhindern, was ich geplant habe. Das macht doch erst den Reiz des Spiels aus.«

»Was haben Sie denn geplant?«

»Das erfahren Sie später. Zuerst sollten wir uns über den Preis verständigen.«

Ellen schluckte. Die Stimme klang warm, freundlich und zuvorkommend – aber die Bedeutung der Worte war eiskalt. Eine Gänsehaut jagte über ihren Rücken. »Was ist der Preis?«

Statt einer Antwort erschien auf dem Monitor eine große Hundert. Ellen ahnte, was diese Zahl bedeutete. Ihr wurde heiß. Obwohl sie nur im BH dort stand, schwitzte sie aus allen Poren.

»Einhundert Menschenleben. Warum tun Sie das?« Ihre Stimme klang belegt.

»*Das* erfahren Sie erst, wenn Sie bis zum Ende durchhalten – und wenn Sie gewinnen. Aber so weit sind wir noch lange nicht.« Wieder lachte es wie von einem Kobold.

Mühsam kämpfte Ellen aufsteigende Magensäure nieder. Sie sehnte sich nach einem Schluck kaltem Wasser.

Khalid hielt ein Blatt hoch, auf dem stand:

HANDYORTUNG!!!

Sektor IV

Ellen hätte sich vor Erleichterung am liebsten hingesetzt. Endlich. Sie waren endlich einen Schritt weiter. Jetzt brauchten sie vor allem Zeit. Die Maschinerie lief erst an. Khalid hatte bereits eine vorbereitete SMS an Stefan abgesetzt, der sofort mit seinem Motorrad starten würde. So war es besprochen. Die genauen Koordinaten folgten per Funk parallel zur Information des SEK-Teams in Sektor IV.

»Sie haben uns im ersten Level dreihundert Sekunden gegeben. Wie lange wollen Sie heute spielen? Und wo wollen Sie spielen?«, fragte sie.

»So viele Fragen auf einmal. Nicht so hektisch. Genießen Sie das Spiel.«

Ellen lief der Schweiß aus allen Poren herunter. Die Zahl Hundert stand bedrohlich vor ihren Augen und erinnerte erbarmungslos an die Zahl der möglichen Opfer. Der Erpresser schien keine Eile zu haben. Er fühlte sich offensichtlich sicher. Bisher war er immer sehr clever gewesen. Sollte er jetzt so einfach einen so schweren und banalen Fehler machen? Ellen schob den Gedanken energisch beiseite. Für Zweifel war keine Zeit. Jeder machte irgendwann Fehler. Außerdem gab es kein Zurück. Jetzt musste jeder seine Rolle in dem Plan ausfüllen. Ihre Aufgabe war, hier mit dem Erpresser zu reden und so viel Zeit wie möglich herauszuholen.

»Also gut. Dann nur eine Frage: Wo haben Sie heute einen Anschlag geplant?«

»So direkt? Wissen Sie, das gefällt mir an Ihnen. Sie wissen, was Sie wollen. Aber ich will lieber zuerst über die Zeit reden. Dann wird das Herausfinden des Ortes umso spannender.«

»Also gut, wie viel Zeit haben wir heute?«

»Sagen wir dreihundert Sekunden.«

Fünf Minuten. Da kann man so gut wie nichts ausrichten. »Das ist zu wenig. Geben Sie uns mehr.«

»Oh, die Frau Kriminalhauptkommissarin geht unter die Händler. Wie amüsant. Aber warum nicht? Nennen Sie mir einen guten Grund, warum ich Ihnen mehr Zeit geben sollte.«

Ellen überlegte hektisch. »Die Zeit ist zu knapp. In dieser Zeit können wir nichts tun.«

»Ich liebe es, wenn die Zeit zu knapp ist«, sagte die weibliche Stimme freundlich. »Vor allem mag ich es, wenn Sie Zeit kaufen.« Wieder wurde das Lachen eines amüsierten Publikums eingespielt. Es schien in Ellens Ohren jedes Mal hässlicher zu klingen.

So ein Arschloch. So ein verdammtes Arschloch! Die Wut kochte in ihr. Mit aller Macht riss Ellen sich zusammen. *Streng deinen Verstand an.* »Wenn wir keine echte Chance haben«, sagte sie, »dann macht das Spiel keinen Spaß.«

»Hm. Das ist ein ernst zu nehmendes Argument.«

»Und außerdem müssen wir den Ort erst raten.«

»Sie sind sehr überzeugend. Selbstbewusst, überzeugend und vor allem schön«, sinnierte die Stimme. »Wer könnte solch einer

Frau nicht entgegenkommen? Also verdoppeln wir die Zeit – Ihnen zuliebe.«

Auf dem Monitor erschien eine Sechshundert. Immerhin. Sie hatte weitere fünf Minuten herausgeschlagen.

599. Die Zeit lief.

598.

Sie hatten noch lange nicht gewonnen.

597.

»Der Ort? An welchem Ort haben Sie die Bombe platziert?«

596.

»Natürlich«, kam da die weiche Frauenstimme aus dem Lautsprecher des Telefons. »Der Ort. Wie nachlässig von mir. Der fehlt uns ja noch.«

590.

Wenn Ellen die Stimme greifen könnte, sie würde den Erpresser auf der Stelle erwürgen.

589.

»Wie wäre es mit hier?« Hinter den Zahlen mit dem Countdown wurde das Bild eines voll besetzten Saals eingeblendet. Die Sitzreihen waren steil aufsteigend hintereinander angeordnet. Selbst aus der Entfernung erkannte Ellen, dass die Leute gut gekleidet waren. Eine Tonübertragung gab es nicht.

Hinter Ellen stöhnte jemand. Brahe. »Nein. Das darf nicht sein.«

Ellen fuhr herum. »Was darf nicht sein? Wo ist das?«

»Die Deutsche Oper. Das ist der Saal der Deutschen Oper.«

»Scheiße!«

Sekunden später blendete Khalid die Position der Deutschen Oper auf dem Stadtplan ein. »Charlottenburg, Bismarckstraße«, sagte er. Die Straße lag genau auf der Grenze zwischen Sektor III und IV.

572.

»Das Team von Sektor III soll hin.«

Ein Beamter gab den Befehl sofort weiter.

»Khalid, die Telefonnummer der Oper!«

Ellen hechtete zum nächsten Apparat. Hastig wählte sie die Nummer, die Khalid ihr zurief. Wertvolle Sekunden verrannen. Dann tönte die Musik einer Warteschleife aus dem Hörer.

»Verdammt!«

Ellen drückte den Hörer Marina Wirtz, die ihr am nächsten stand, in die Hand. »Sie sollen den Saal räumen, so schnell es geht.«

Marina Wirtz hielt den Hörer ans Ohr. Sie sah Ellen fragend an. »Ich kann doch nicht nur die Warteschleife abwarten.«

»Ich bin schon dabei, andere Telefonnummern der Oper herauszusuchen«, rief Khalid, während er seine Tastatur bearbeitete.

550. Neun Minuten, zehn Sekunden, hundert Menschenleben.

23

Stefan Daudert war heilfroh, der Zentrale entkommen zu sein. Die untätige Warterei war hundertmal anstrengender als der härteste Einsatz. Dazu kamen die unsäglichen Diskussionen mit der Wirtz. Als wüsste die besser, was in ihm vorging, als er selbst. Jetzt war er sie los und endlich wieder in seinem Element.

Auf seinem Polizeimotorrad raste er durch die Straßen Berlins. Mit Blaulicht und Sirene, wobei die Sirene Mühe hatte, den aufheulenden Motor zu übertönen. Selbst für einen Polizisten im Einsatz fuhr Daudert viel zu schnell, zumal es bereits merklich dunkler wurde.

Aber in diesem besonderen Fall galten andere Regeln. So etwas musste man ausnutzen.

Daudert bretterte mit kaum verzögerter Geschwindigkeit über eine Kreuzung. Der Fahrer von rechts hatte Grün und bemerkte ihn erst im letzten Moment. Daudert musste einen heftigen Schlenker machen und geriet kurz auf die Gegenfahrbahn.

»So ein Depp!«, schimpfte er.

»Was ist?«, fragte Peer Hillert aus den Lautsprechern an Dauderts Ohren. Er leitete das SEK-Team für Sektor IV während Dauderts Abwesenheit.

»Nichts. Nur ein Penner, der mich fast umgenietet hätte. Seid ihr schon vor Ort?«

»Gerade angekommen.«

»Beschreib das Gelände.«

»Eine verlassene Industriebrache. Mehrere Lagerhallen, ein Bürogebäude mit drei Etagen. Die Scheiben im Erdgeschoss sind eingeworfen, überall liegt Schrott herum. Alles sehr unübersichtlich. Kaum ausgeleuchtet.«

»Was für ein Scheiß!«

Solche Industriebrachen gab es überall in Berlin. Sie waren beliebte Aufenthaltsorte für alle, die ihr Geld nicht mit ehrlicher Arbeit verdienten. Ideal für Kleinkriminelle, eben weil sie nicht ideal für die Polizei waren.

Dieser Kerl würde sich noch wundern. So einfach ließen sie

sich nicht ausbooten. »Kein Licht«, ordnete er an. »Nachtsichtgeräte verwenden.«

»Verstanden.«

»Er wird im Bürogebäude sein und nicht im Erdgeschoss. Gebäude von außen sichern. Fluchtwege lokalisieren. Keine weiteren Aktivitäten, bevor ich vor Ort bin. Die Bereitschaftspolizei soll die Hallen weiträumig umstellen. Und die sollen bloß nicht mit Sirenen und Blaulicht da aufkreuzen.«

Wenig später erreichte Daudert das Gelände. Die ersten Wagen der Bereitschaftspolizei kamen gleichzeitig mit ihm an.

»Lahme Schnecken«, sagte er verächtlich.

Immerhin hatten sie sogar die Scheinwerfer ihrer Wagen ausgeschaltet. Wie in jeder Großstadt herrschte auch in Berlin selbst mitten in der Nacht ein schwaches, diffuses Licht. Jetzt, am späten Abend, war es noch etwas heller. Es reichte, um auf freiem Gelände Hindernisse zu erkennen. Im geschlossenen Gebäude würde es schwieriger werden. Daudert schlich zum Eingang des Bürogebäudes. Nicht weit davon entfernt fand er sein SEK-Team.

»Außen herum alles ruhig«, flüsterte ihm Peer zu. »Keine Penner. Fliehen kann man aus dem Erdgeschoss in alle Richtungen durch die Fenster. Auf der anderen Seite grenzt eine Halle an. Aus der ersten Etage kommt man auf das Dach, aber das ist instabil.«

»Unwichtig. Wenn der Kerl flieht, geht er den Jungs von der Bereitschaft ins Netz. Aber dazu lassen wir ihm keine Gelegenheit. Was sagt die Wärmebildkamera?«

»Kaum aussagekräftig. Das Mauerwerk ist durch die Tageshitze noch warm. In der obersten Etage gibt es in einem Raum eine kleine Stelle, die geringfügig wärmer ist. Das muss aber nichts heißen.«

Daudert sah nach oben. Am Ende der Längsseite entdeckte er einen Lichtschimmer. Äußerst schwach wie von einer abgedeckten Lampe. Er blickte auf seine Uhr. »Wir haben nur wenige Minuten. Wir müssen durch den Haupteingang rein. Die Männer mit den Schilden vor. Achtet auf Sprengfallen. Ist der Sprengstoffsensor okay?«

»Ja.« Peer hob das Gerät hoch.

»Los geht's!«

24

529.
528.

Marina Wirtz hatte endlich jemanden von der Deutschen Oper am Telefon. Aber sie kam nicht voran. Ihr Gegenüber konnte oder wollte sie nicht verstehen. »Ich habe keine Zeit für lange Erklärungen. Hier spricht die Polizei. Räumen Sie die Oper!« Für einen Moment war sie still, aber ihr Gesicht wurde rot. »Lesen Sie keine Zeitung? Sehen Sie keine Nachrichten? Holen Sie mir Ihren Vorgesetzten an den Apparat. Sofort!«

Wieder schwieg Marina Wirtz, dann verdrehte sie die Augen. Offenbar wollte man in der Deutschen Oper die Situation nicht ernst nehmen. Und Stefan meldete sich auch nicht. Ellen verfolgte mit geballten Fäusten die Zahlen, die langsam, aber unerbittlich auf die Fünfhundert zusteuerten.

Da zeigte der Monitor, wie Bewegung in die Opernbesucher kam. Ein Mann sprang auf. Er hielt ein Handy in der Hand und sah sich hektisch um. Dann versuchte er so schnell wie möglich aus seiner Reihe herauszukommen.

Vielleicht hatte er eine SMS bekommen, von einem Freund, der die Internetübertragung verfolgte. Die Wahrscheinlichkeit war hoch. Schließlich sahen Tausende Berliner die Übertragung aus dem LKA. Das Internet lief ja jetzt ungestört. Vielleicht konnte die Oper auf diese Weise doch noch rechtzeitig geräumt werden.

Der Mann ging rücksichtslos vor. Er wollte um jeden Preis aus der Reihe. Andere in der Reihe reagierten empört über die Störung. Der Mann rief etwas, das über den stummen Monitor nicht zu hören war. Jetzt wurden weitere Zuschauer unruhig. Immer mehr sprangen auf. Plötzlich gab es kein Halten mehr. Alle schienen gleichzeitig wegzuwollen. Darauf war die Bauweise der Besucherreihen nicht eingestellt. Schließlich ging gar nichts mehr voran. Einige Männer versuchten, über die Sitze in Richtung Ausgang zu klettern. Einer eleganten Frau wurde ihr teures Kleid zerrissen. Sie schlug mit ihrer Handtasche nach dem Täter. Andere mischten sich ein. Jetzt prügelten sich mehrere. Als ob dadurch ein Damm gebrochen wäre, verwandelte sich die gesamte Operngesellschaft in ein unüberschaubares Chaos.

Ellen konnte nur zusehen. Selbst wenn die Polizei rechtzeitig vor Ort erschien, selbst wenn Marina Wirtz noch jemanden in der Oper überzeugte, diesen Saal konnte niemand in den verbleibenden 440 Sekunden räumen. Musste sie wieder Zeit kaufen? Ellen fuhr mit einer Hand am Rand ihres BHs entlang.

In diese Gedanken hinein platzte die weiche Stimme des Erpressers: »Oder spielen wir vielleicht hier?«

Das Bild auf dem Monitor wechselte. Der Tumult in der Deutschen Oper verschwand. Man sah einen Kinosaal. Wieder viele Menschen. Wertvolle Zeit verstrich, bis Ellen ihre Stimme wiedergefunden hatte. »Was soll das?«

»Was das soll?«, fragte der Erpresser. »Das ist doch ganz einfach. Ich frage, ob wir *hier* spielen sollen.«

»Sie hatten uns die Oper gezeigt.«

Wieder erscholl das Comedy-Lachen aus dem Telefonlautsprecher. »Da haben Sie recht. Und dabei habe ich gefragt, wie es *wäre*, hier zu spielen. Ich habe niemals gesagt, dass die Oper wirklich der Ort für die nächste Bombe ist. Sie sollten besser zuhören.«

Ellen ballte ihre Fäuste, bis es schmerzte. Sie musste sich zwingen, nirgendwo draufzuhauen. Sie ging ein paar Schritte in der Zentrale hin und her, um wenigstens ein bisschen inneren Druck abzubauen. Brahe schnappte nach Luft wie ein Fisch an Land. Marina Wirtz schüttelte den Kopf. Ellen ging wieder in die Nähe des Mikrofons.

»Berlin hat unzählige Kinos. Was soll uns das nützen?«

»Vielleicht hilft Ihnen der Titel des Films weiter. Es ist ein Remake von ›Spiel mir das Lied vom Tod‹. Ich fand ihn passend für unseren gemeinsamen Abend. Der Film soll ein echter Knaller sein.«

Wieder kam dieses unpassende Gelächter.

»Stellen Sie dieses Lachen ab!«

»Sie haben aber gar keinen Humor. Aber wie Sie wollen. Ist das besser?« Aus den Lautsprechern drang verhaltenes Jammern. Dann schrie eine Stimme ängstlich auf.

Cool bleiben, sagte Ellen sich. Er spielt mit dir. Sie würde sich nicht zu unbedachten Reaktionen hinreißen lassen.

»›Spiel mir das Lied vom Tod‹ wird in über zehn Kinos gezeigt«, meldete Khalid.

»Wie aufmerksam Ihr Mitarbeiter ist«, sagte die Stimme.

Ellen drehte sich um. Sie sah weg vom Monitor, weg vom Countdown, einfach nur aus dem Fenster. Irgendetwas stimmte hier nicht.

»Richtig, Sie brauchen nichts zu tun«, sagte die Stimme. »Das erledigen Ihre Zuschauer viel schneller. Ich bin sicher, dass die Kinobesucher schon Bescheid wissen. Die modernen Kommunikationsmittel … Sie wissen schon.«

Es würde in den Kinos ähnlich laufen wie in der Oper: tumultartige Zustände in einem Dutzend Kinos der Stadt.

»Die Bereitschaftspolizei soll zu den Kinos in ihrer Nähe fahren und die Leute beruhigen«, ordnete Ellen an. Mehr war nicht drin, aber das musste sein, damit es keine Verletzten gab. Die Zahl auf dem Monitor näherte sich der Vierhundert.

»Es geht überhaupt nicht um die Oper und die Kinos«, sagte sie leise.

Aus den Lautsprechern kam Applaus. »Ah, Sie haben verstanden. Dummerweise hat das fast zweihundert Sekunden gekostet. Jetzt wird es knapp.«

»Hören Sie mit Ihren verdammten Tricks auf. Was wollen Sie?«

»Warum sind Sie so aufgeregt?«, fragte die freundliche Stimme der Vorlese-Software. »Und warum nehmen Sie mir meine Tricks übel? Ich beschwere mich ja auch nicht über Ihren kleinen Trick mit der Kommunikationsstörung.«

Ellen wurde glühend heiß. *Der Erpresser weiß alles! Er hat uns nur etwas vorgespielt. Das bedeutet … Stefan, das SEK – sie laufen in eine Falle!*

»Rufen Sie Daudert zurück!«, brüllte sie die Leute in der Zentrale an. »Schnell. Schnell. Er läuft in eine Falle.«

»Ups, zu spät«, sagte die Stimme in ihrer unerträglichen Freundlichkeit. »Ihr Kollege war sehr schnell. Und er ist äußerst entschlossen. Hören Sie selbst.«

Aus den Lautsprechern drang das Getrappel schwerer Stiefel. Jemand brüllte: »Zugriff!« Dann gab es einen Knall. Etwas zischte. Schüsse fielen.

In der Zentrale fror jegliche Bewegung ein. Brahes Augen weiteten sich. Ellen spürte, wie das Blut aus ihrem Gesicht verschwand.

Die Geräusche aus den Lautsprechern verstummten abrupt. Abgeschaltet. Nach dem vorangegangenen Lärm tat die Stille direkt weh. Dafür breiteten sich die Gedanken aus. Was hatte das Zischen zu bedeuten? Auf wen wurde geschossen? Was war mit Stefan und dem Team?

»Ich verstehe Ihre Betroffenheit«, platzte die Stimme in die Totenstille der Zentrale. »Aber Sie hätten nicht versuchen sollen, mich zu hintergehen. Das zahlt sich nicht aus. Weil Sie es nicht wissen können, verrate ich es Ihnen: Ich habe diesen Raum ›Kammer des Schreckens‹ getauft.«

Ellen wusste nicht, was sie dazu sagen sollte. Hatte sie jetzt ein SEK-Team auf dem Gewissen?

»Übrigens sind wir noch nicht fertig mit unserem heutigen Spiel. Eigentlich haben wir noch gar nicht angefangen. Ach, zu dumm. Jetzt sind es tatsächlich nur noch dreihundert Sekunden. Genau, wie ich zuerst vorgeschlagen hatte. Was für ein Zufall.«

Mühsam riss Ellen sich zusammen. Sie musste weitermachen. Es ging immer noch um einhundert Menschenleben. »Wo spielen wir heute?«, fragte sie. Ihre Stimme klang belegt, selbst in ihren Ohren.

Wieder entstand eine winzige Pause. Dann sagte die Stimme: »Hier!«

Gleichzeitig mit diesem einen Wort dröhnte ohne Vorwarnung lärmende Musik aus den Lautsprechern. Ellen hielt sich die Ohren zu. Hastig regulierte Khalid den Pegel nach unten. Der Monitor zeigte wirbelnde Farben. Erst nachdem ihr Gehirn die Eindrücke sortiert hatte, erkannte Ellen die vielen Menschen, die sich rhythmisch bewegten. Jugendliche in einer Diskothek tanzten dicht an dicht.

»Hier stören uns keine modernen Kommunikationsmittel wie

in der Oper«, sagte die Stimme. »Bei diesem tollen Sound fällt ein harmloser Klingelton bestimmt nicht auf, und so heftig, wie die Bässe wummern ...«

... spürt auch niemand ein Handy vibrieren.

25

Faruk und Argün stammten aus dem gleichen Dorf, sogar aus der gleichen Straße. Solange sie denken konnten, hatten sie immer alles gemeinsam gemacht. Als Heranwachsende zogen sie mit Vorliebe durch die Umgebung des Dorfes und stauten einen der zahlreichen Bäche an den Hängen des Taurus-Gebirges auf. Im Dorf hießen sie nur »die Zwei«.

So wunderte es niemanden, dass Faruk und Argün gemeinsam nach Berlin zogen, um an der Technischen Universität zu studieren. Doch nach zwei Jahren geschah das Undenkbare: Argün verließ die Universität und besuchte eine Koranschule. Von da an änderte sich sehr viel, aber eines nicht: Ihre Freundschaft blieb bestehen.

Faruk saß in seinem winzigen Zimmer in Kreuzberg. Er war zufrieden, denn von hier aus hatte man einen schönen Ausblick auf den Oranienplatz, besonders auf den Drachenbrunnen an der nördlichen Seite. Aus dem bunten Mix immerwährender Geräusche der Stadt hörte Faruk das Knattern von Argüns Moped heraus. Dass dieses Teil noch lief, konnte als kleines Wunder gelten. Im Licht der Straßenlampe sah Faruk seinen Freund absteigen. Argün trug wie immer eine islamische Sunnah-Hose, die luftig um seine Beine schlackerte, dazu ein Hakim-Yaka-Hemd und, zu allem Überfluss, eine Häkelmütze. Faruk bevorzugte enge Jeans und noch engere T-Shirts, die seine Muskeln so richtig zur Geltung kommen ließen.

Während Argün die Treppen zu Faruks Wohnung emporstieg, hätte Faruk beinahe eine Bemerkung über Argüns Kleidung gemacht, aber es fiel ihm nichts ein, das er nicht schon mindestens zwanzig Mal gesagt hatte. Also ließ er es bleiben und begrüßte seinen Freund nur mit einer kurzen Umarmung.

Argüns Blick blieb an Faruks PC hängen, der auf dem Schreibtisch stand und angeschaltet war. »Ich dachte, wir wollten Okey spielen. Ich habe keinen Bock auf Internet.«

Faruk seufzte. »Ja, weiß ich. Aber heute ist es besonders spannend.«

Argün trat näher an den Monitor heran und runzelte die Stirn. »Du siehst also auch diese Übertragung von der Polizei.«

»Sie haben endlich die Internetübertragung störungsfrei hingekriegt. Das kann ich mir nicht entgehen lassen.«

»Du solltest so etwas nicht ansehen. Das ist nicht gut für deine Seele.«

»So, meinst du?« Natürlich kannte Faruk Argüns Meinung. Trotzdem konnte er es nicht lassen, die Diskussion loszutreten. »Und warum nicht?«

Argün warf nur einen kurzen Blick auf den Monitor und sah sofort wieder weg, als könnte man sich durch einen längeren Blick mit etwas anstecken. »Was denkst du über diese Frau?«

»Sie ist mutig – und sieht unglaublich geil aus.«

Argün zuckte bei den letzten Worten. »Eine Frau, die sich vor anderen auszieht, ist eine Hure«, sagte er. »Und wer einer Hure zusieht, beschmutzt seine Seele.«

»Das tut doch jeder. Du kannst mir nicht erzählen, dass an deiner Schule niemand ist, der sich das ansieht.«

»Wir diskutieren darüber«, gab Argün zu.

»Ach, ihr diskutiert darüber«, wiederholte Faruk gedehnt. »Und was sagt dein Lehrer dazu? Darf eine Frau sich ausziehen, wenn sie dadurch Menschen retten kann? Ist sie dann eine Hure oder eine Heldin?«

Argün zögerte. »Wir sind noch nicht fertig mit der Diskussion«, sagte er dann.

»Aber *du* bist fertig damit?«

Argün setzte sich an den Tisch. »Ich bin zum Spielen hergekommen und nicht zum Streiten.«

»Ja, ja, ich verstehe.« Faruk ließ die Okey-Steine auf die Tischplatte fallen. Dann holte er Argün einen Tee und sich ein Bier.

Als Faruk sich die erste Zigarette ansteckte, begann dieses Mal Argün: »So viel, wie du rauchst, verkürzt du die Lebensspanne, die Allah dir gegeben hat.«

Ein anderes Streitthema, das deutlich machte: Es gab nur eins, das sie lieber taten, als miteinander zu spielen, und das war streiten.

»Allah hat sich bestimmt schon überlegt, wann er mich sterben lässt«, sagte Faruk leichthin. »Er wird seine Pläne sicher nicht wegen ein paar Zigaretten umstoßen.«

Faruk wusste, dass er Argün mit solchen Sprüchen ärgerte, aber genau deshalb sagte er sie.

In dieser Art ging es weiter, während sie die Okey-Steine mit Elan auf die Platte knallten. An normalen Tagen gewann Faruk zwei von drei Spielen. Doch um Okey zu gewinnen, musste man sich konzentrieren, was ihm heute schwerfiel. Immer wieder schielte er zum Monitor hin. Zwar nahm er die Übertragung auf Festplatte auf, aber live war doch etwas anderes. Argün nutzte diese Schwäche schamlos aus und gewann ein ums andere Mal.

Faruk hatte gerade beschlossen, sich mehr auf das Spiel zu konzentrieren, als laute Musik aus dem PC dröhnte. Auch Argün sah überrascht zum Monitor. Der zeigte wilde Farbspiele.

»Was ist denn da los?« Faruk stand auf, um sich die Szene genauer anzusehen. »Das ist eine Disco«, stellte er fest. »Wow, die Stimmung ist fast so wie damals in Istanbul, im Bostanci. Weißt du noch? Das musst du dir ansehen.«

Faruk wusste, dass Argün nichts mehr von Discos hielt. Sie waren in seinen Augen Sündentempel, und die Bostanci-Disco war ein besonders großer.

»Warum zeigen sie eine Disco?«, fragte Argün aus zwei Metern Sicherheitsabstand vom Computer.

»Vermutlich droht der Erpresser, dort eine Bombe zu zünden. Mann, das wäre aber brutal.«

»Und so was willst du …« Argün stockte. Dann stieß er Faruk beiseite und sprang nach vorne, fast in den Monitor hinein.

»Hey, was soll das?« Faruk stieß Argün in die Seite, doch der reagierte nicht. Seine Augen waren starr auf den Monitor gerichtet. »Na? Doch interessiert?«

Argün reagierte immer noch nicht. Dann sagte er leise: »Nein.« Dann lauter: »Nein!« Mit beiden Händen packte er den Monitor und schrie: »Nein!«

Faruk bekam Angst. Nicht nur um seinen Monitor, auch um Argün. So hatte er seinen Freund noch nie erlebt. Unter Aufbietung aller Kräfte zerrte er ihn vom Monitor weg.

»Was ist denn los?«

»Hülya«, stöhnte Argün. »In der Disco ist Hülya.«

»Welche Hülya? Ich kenne mindestens drei Hülyas.«

»Meine kleine Schwester Hülya.« Argün zitterte am ganzen Leib.

»Du täuschst dich. Man erkennt kaum etwas auf dem Bild. Das kann nicht sein.«

»Nein. Ganz bestimmt.« Wieder stürzte Argün zum Monitor und suchte die Menschenmenge ab. Alle, die man sehen konnte, tanzten. Es war sehr schwer, überhaupt jemanden zu erkennen. »Da ist sie«, rief er.

Faruk hielt das Bild an und vergrößerte den Ausschnitt, auf den Argün zeigte. Eine junge Frau in einem silbrig glänzenden, eng anliegenden Top war dort zu erkennen. Dazu trug sie passende Hotpants, die Hülya gar nicht mehr wie eine kleine Schwester aussehen ließen.

»Das ist Hülya.« Argün verlor kein Wort darüber, mit welchem Outfit Hülya in der Disco auftrat.

»Was macht deine Schwester in Berlin?«

»Sie ist auf einem Schüleraustausch und wohnt bei meiner Tante«, schluchzte Argün. »Nein. Das darf nicht sein! Ihr darf nichts passieren. Nicht meiner Hülya.«

Faruk kannte Hülya nur flüchtig von früher. Für kleine Schwestern hatte er sich nie interessiert. Er selbst hatte nur Brüder, und die waren alle älter.

Argün klammerte sich wieder mit beiden Händen am Monitor fest, als ob er Hülya auf diese Art aus der Disco herausreißen könnte. »Die Zahlen werden immer kleiner. Sie müssen etwas tun! Sie müssen etwas tun!«, rief er. »Meine Hülya darf nicht sterben.«

»Jetzt beruhig dich doch.«

»Wie soll ich mich beruhigen?«, fuhr Argün ihn an. »Meine Schwester tanzt in einer Disco, in der gleich eine Bombe hochgeht, und die Polizei tut nichts.« Er zeigte auf den Countdown. »Meine Schwester hat nur noch fünfzig Sekunden zu leben.«

Hülya tanzte fröhlich weiter. Sie hob die Arme, klatschte zur Musik – und ahnte nichts von den Zahlen, die kleiner und kleiner wurden.

»Die Frau wird es schon machen«, sagte Faruk.

»Was?«, fragte Argün.

»Diese Polizistin. Sie wird dafür sorgen, dass deiner Hülya nichts passiert. Ganz bestimmt.«

26

Ellen verfolgte den Countdown. Die Disco hatten sie lokalisiert, sie lag an der Prenzlauer Allee, und das Team in Sektor I war schon auf dem Weg. Doch sie hatten keine Chance, rechtzeitig vor Ort zu sein und die Disco zu räumen.

Den ganzen Tag lang hatte sich in Ellen die Spannung gesteigert, ohne dass das Adrenalin durch eine Aktivität abgebaut wurde. Dann hatten sich die Ereignisse überschlagen – aber anders als erwartet. Ihr sorgfältig ausgearbeiteter Plan war zur Farce verkommen. Anstatt den Erpresser in eine Falle zu locken, hatte er seinerseits ein ganzes SEK-Team in eine Falle gelockt. Die Ungewissheit, was mit Stefan und seinen Leuten geschehen war, belastete Ellen enorm. Nach dem, was sie gehört hatte, musste sie eine Katastrophe befürchten. Im schlimmsten Fall war das ganze Team verloren. Zeit, das in irgendeiner Art zu verarbeiten, ließ ihr der Erpresser nicht. Unerbittlich trieb er sein Spiel weiter, lockte sie auf falsche Fährten und beraubte sie Stück für Stück aller Möglichkeiten, die sie sich erarbeitet hatte.

Ihr morgendlicher Elan war vergangen wie eine Schneeflocke in einem Backofen. Alle Pläne durchkreuzt, alle Möglichkeiten verspielt. Vielleicht gab es jetzt schon Tote zu beklagen. Dabei war die Bombe noch gar nicht hochgegangen. Und all das wurde von einer überaus freundlichen Frauenstimme verhandelt, die keinerlei Emotionen erkennen ließ.

Die Jugendlichen in der Disco tanzten im blitzenden Schwarzlicht. Die Zahl schnappte von der Dreißig zur Neunundzwanzig. Für die Statusmeldungen des heraneilenden SEK-Teams interessierte Ellen sich nicht. Sie spielten keine Rolle. Ruhig zog sie zuerst ihre Schuhe aus und dann ihre Hose.

Als der Countdown bei elf stehen blieb, spürte Ellen keine Befriedigung. Sie hatte gewusst, dass er stehen bleiben würde. Der Erpresser wollte sie zum Äußersten bringen. Er und sie wussten beide, dass Ellen alles tun würde, um das Leben der Menschen zu retten.

»Sehr schön«, sagte die freundliche Stimme in die Stille der

Zentrale. »Ich darf Ihnen zum erfolgreichen Absolvieren des zweiten Levels gratulieren.«

»Sie können sich Ihre Gratulation sparen. Die brauche ich nicht. Was ist mit dem SEK-Team?«

»Ach die. Die haben wohl einen Fehler gemacht.«

Ellen biss die Zähne so fest zusammen, dass es wehtat.

»Sie machen so einen verkrampften Eindruck, Ellen. Sie sollten sich entspannen. Mir hat dieses Level sehr viel Spaß gemacht. Ich freue mich schon auf das nächste. Wir sprechen uns dann übermorgen Vormittag wieder. Sie werden sicher verstehen, dass ich ein paar Vorbereitungen für unser neues Spiel treffen muss. – Genießen Sie die Zeit bis dahin.«

Das folgende Lachen hätte wohl diabolisch klingen müssen, aber es schepperte nur so künstlich wie zuvor.

»Abschalten!«, befahl Ellen.

Sekunden später waren Skype, das Internet, die Kameras ausgeschaltet. Die Mitarbeiter in der Zentrale redeten mit verhaltener Lautstärke. Ellen stand reglos in der Mitte.

Brahe kam auf sie zu. »Ich danke Ihnen, Frau Faber«, sagte er.

»Stefan …«

»Wenn eine Katastrophe passiert wäre, hätte sich die Bereitschaftspolizei schon gemeldet. Aber das Wichtigste ist: Sie haben vielen Menschen das Leben gerettet.«

»Ja«, sagte Ellen, »aber ich …«

»Jetzt sind andere dran. Ich nehme die weiteren Schritte in die Hand. Gehen Sie nach Hause. Das ist eine Anordnung Ihres Vorgesetzten.«

Ellen sah Brahe an. Brahe wirkte ehrlich besorgt um sie. »Danke.«

Dann ging Ellen ohne ein weiteres Wort aus der Zentrale. Im Flur fing sie an zu laufen. Sie rannte durch das ganze Gebäude. Im Keller des LKA gab es einen Fitness-Raum. Um diese Zeit war er so gut wie ausgestorben. Ellen lief an den Geräten fürs Kardio-Training vorbei und an dem Abschnitt mit den Hanteln. Sie brauchte etwas anderes. Sie lief in die Ecke des Raums, wo der große Sandsack hing, sprang und trat mit aller Kraft dagegen. Sie streifte sich ein paar Handschuhe über und begann, auf den Sack einzudreschen. Sie trat, boxte und sprang immer wieder dagegen. Wäre der Sandsack lebendig gewesen, er hätte sein Leben innerhalb kürzester Zeit ausgehaucht.

Ellen war immer noch in Fahrt, als sie eine Bewegung hinter sich bemerkte. Sina. Sie trug ein Bündel Kleider auf dem Arm, ihre Kleider.

»Was willst du denn hier?«

Sina hatte diese Art grober Begrüßung nicht verdient, aber Ellen war nicht nach Höflichkeit zumute.

»Willst du so nach Hause gehen? Oder nachher durchs Präsidium laufen? Ich habe dir deine Sachen zum Anziehen gebracht. Ich habe mir gedacht, dass du hier bist.«

Ellen blickte zur verspiegelten Wand hinüber. Dort sah sie eine fast nackte Frau mit vor Anstrengung rot angelaufenem Kopf, die Haare wirr durcheinander. Ihr ganzer Körper glänzte vor Schweiß.

»Im Moment ist mir so ziemlich alles egal«, erwiderte Ellen.

»Dein Tag war beschissen, aber der ist jetzt vorbei.«

»In meinem Kopf noch lange nicht.«

»Du hast heute eine Menge geleistet. Dem Erpresser so lange Widerstand zu leisten, war nicht einfach.«

»Pah! Alles ist schiefgegangen. Nichts hat funktioniert.«

»Ja, so etwas hatten wir noch nie.«

»Das tröstet mich leider nicht.«

»Daudert hat sich gemeldet. Es hat keine Verluste gegeben.«

»Wenigstens ist diese Katastrophe ausgeblieben.« So gut die Nachricht war, Ellen fühlte sich kaum erleichtert. Sie war einfach zu ausgebrannt.

»Die andere ausgebliebene Katastrophe darfst du nicht vergessen: In der Disco hat es keine Toten gegeben, noch nicht einmal Verletzte. Unser Team ist vor Ort, und die Räumung verläuft erstaunlich ruhig.«

»Also keine Katastrophen – aber auch keine Fortschritte.«

»Abwarten. Jetzt kommt mein Job. Deshalb habe ich auch nicht viel Zeit.« Sina legte das Kleiderbündel auf eine Bank.

»Du rechnest mit Spuren?« Es war eine so alltägliche und normale Frage. Überhaupt tat das sachliche Gespräch mit Sina gut.

Vor allem war sie ein Mensch und keine seelenlose Software-Stimme.

Sina atmete tief aus und ein. »Es wird schwierig – wie eigentlich dauernd bei diesem Fall. In der Disco wird es eng mit Spuren. Zu viele Menschen. Es kann höchstens etwas an der Bombe selbst sein, aber wir wissen ja, wie sauber der Erpresser arbeitet. Vielleicht gibt uns die Art, wie er hereingekommen ist, einen Hinweis. Vielleicht hat ihn jemand gesehen.«

»Mit anderen Worten: Ich soll mir besser keine großen Hoffnungen machen. Das ermutigt mich ungemein.« Ellen verpasste dem Sandsack einen linken Haken.

»Ich bin ja noch nicht fertig«, sagte Sina. »Bei Daudert sieht es anders aus. Sie haben einen Raum gestürmt, in dem nur sie und der Erpresser waren. Ich bin sicher, dass ich da etwas finde. Jeder Mensch hinterlässt Spuren, ob er will oder nicht: Alle paar Minuten fällt ein Haar aus, oder er verliert eine Hautschuppe oder ein Speicheltröpfchen. Ich verspreche dir, ich finde etwas.«

»Wenn du meinst. Ich hätte nichts dagegen.«

»Ja, das meine ich. Und deshalb muss ich jetzt los. Lass dich von einem Streifenwagen nach Hause bringen. Dein Fahrrad habe ich schon weggeschlossen.«

Jetzt, wo sie mit dem Kampf gegen den Sandsack aufgehört hatte, schlug die Müdigkeit zu. Ellen gab dem Sack einen letzten Tritt zum Abschied. Der hatte genug für heute abbekommen. Zwanzig Minuten Laufband wären noch gut.

27

Ein klirrendes Geräusch ließ Ellen aus dem Schlaf aufschrecken. Mitten in der Bewegung verharrte sie. Alle Knochen taten ihr weh. Die eine Hälfte wegen ihrer Schlägerei mit dem Sandsack, die andere Hälfte, weil sie die Nacht in ihrem Sessel verbracht hatte.

Mühsam stand Ellen auf. Jetzt sah sie auch den Grund für das Klirren. Ein Glas lag in Scherben auf dem Fußboden. Der große rote Fleck auf dem Teppichboden zeugte davon, dass noch jede Menge Rotwein in dem Glas gewesen war. Ellen konnte sich nicht erinnern, überhaupt einen Schluck getrunken zu haben. Wahrscheinlich hatte sie sich das Glas eingegossen, hatte sich in den Sessel gesetzt und war sofort eingeschlafen.

»So ein Ärger«, murmelte Ellen.

Den Fleck wegzubekommen, würde nicht einfach werden, und wenn er eingetrocknet war, erst recht nicht. Aber jetzt hatte sie beim besten Willen keine Zeit für solche Sachen.

Im Büro fuhr Ellen ihren Computer hoch, um die aufgelaufenen E-Mails und Vorabinformationen der KTU durchzugehen. Bevor sie mit Lesen beginnen konnte, wurde sie schon ins Büro zu Direktor Brahe gerufen.

So früh?

Das war ungewöhnlich, zumal sich Brahe in der Nacht persönlich um die Sicherung der Bombe in der Disco gekümmert hatte. Ellen wischte sich die letzten Krümel des Schokocroissants ab, das sie sich in aller Eile als Frühstückersatz geholt hatte, und ging zum Büro ihres Chefs.

Direktor Brahe sah blass aus. Er hatte dunkle Ringe unter den Augen.

Was Brahe an Müdigkeit ausstrahlte, strahlte Polizeipräsident Kronen an Energie aus. Negativer Energie. Er bedachte Ellen mit einem aggressiven Blick. So früh hatte Ellen ihn noch nie im LKA gesehen – und so wütend auch noch nie. Das konnte nichts Gutes bedeuten.

»Guten Morgen, Frau Faber«, sagte Brahe.

Kronen ließ Ellen keine Zeit, den Gruß zu erwidern. »Wissen Sie, warum ich hier bin?«, fuhr er sie an.

Das war nicht schwer zu erraten. »Wegen unserem aktuellen Erpressungsfall, nehme ich an.«

»›Fall‹ nennen Sie das?« Kronens Gesichtsfarbe wurde eine Nuance roter. »Wissen Sie, woran ich denke, wenn ich ›Fall‹ höre? Ich denke an routinierte Polizeiarbeit. Was Sie ›Fall‹ nennen, nenne ich eine Katastrophe. So etwas wie jetzt habe ich in meiner ganzen Laufbahn noch nicht erlebt. Die ganze Stadt steht Kopf. Millionen von Menschen haben Angst. *Millionen!* Ist Ihnen das bewusst?«

»Ja, das ist mir bewusst.«

»Haben Sie eine Ahnung, was gestern in der Stadt los war?«

Ellen hätte anmerken können, dass es im LKA auch nicht gemütlich gewesen war. Doch das führte zu nichts – und Kronen ließ ihr sowieso keine Zeit für eine Antwort.

»Tausende Menschen sind gestern in Panik aus den Kinos gestürmt. In der ganzen Stadt. Für die Presse ist es ein Kinderspiel, Hunderte von Menschen zu finden, die ihre Angst über alle Kanäle ausposaunen. Die ganze Welt fragt sich, was Berlin für eine Stadt ist.« Kronen lief erregt von einer Seite des Büros zur anderen.

Ellen sagte nichts.

»Bei all dem steht mir der Innensenator auf den Füßen. Und seit gestern Abend noch viel mehr. Wissen Sie eigentlich, wo der Innensenator gestern seinen Abend verbracht hat?«

»Nein.« Aber so, wie Kronen sich anstellte, keimte ein Verdacht in Ellen auf.

»In der Deutschen Oper. Mit seiner Frau.«

Da war der Innensenator zur falschen Zeit am falschen Ort gewesen. »Ich habe ihn bei der Internetübertragung gar nicht erkannt«, sagte Ellen vorsichtig.

Kronen starrte sie einen Moment lang an, als käme sie vom Mars. »Sie würden ihn auch jetzt nicht erkennen«, sagte er gefährlich ruhig. »Er ist in einen Streit geraten und hat ein blaues Auge davongetragen. Ich habe es selbst gesehen.«

Ellen hatte Mühe, ein Schmunzeln zu unterdrücken. Bei aller Dramatik hatte die Vorstellung, dass der Innensenator sich in der Oper prügelte, auch etwas Komisches.

»Stellen Sie sich vor, er soll heute mit einem blauen Auge vor die Presse treten und zu den Ereignissen von gestern Stellung nehmen.«

Ellen stellte es sich vor.

Kronen beschleunigte seine Schritte. Brahe wurde blasser und blasser. Ellen stand zwischen Brahes Schreibtisch und der Tür und ließ Kronens Ausbruch über sich ergehen. Was sollte sie auch sonst tun? Sich auf eine einsame Insel wünschen? Krankmelden? Es gab nur die Möglichkeit, ihren Job aufzugeben oder weiterzumachen – und Aufgeben war nicht Ellens Ding.

»Was hat der gestrige Tag eigentlich an Ermittlungsfortschritt gebracht?«, fragte Kronen schließlich. Dabei unterbrach er sein Hin-und-her-Gerenne.

Da hatte er den wunden Punkt erwischt. Das Verhältnis vom Aufwand zum Ergebnis stand krass zu ihren Ungunsten. Viel zu krass.

»Wir haben noch keine Ergebnisse der KTU«, sagte Ellen.

»Die Sicherheit der Besucher in der Disco ging vor«, sagte Brahe, bevor Kronen sich beschweren konnte. »Danach hat der Sprengmeister viel Zeit für die sichere Bergung der Bombe benötigt. Die Örtlichkeiten in der Diskothek ließen einen Einsatz des Roboters nicht zu.«

Kronen grunzte ärgerlich und ließ sich in einen Besuchersessel fallen. »Und der Einsatz von diesem Daudert?«

»Er ist ohne Verluste abgelaufen«, sagte Brahe.

»Ob er etwas gebracht hat, will ich wissen«, fuhr Kronen seinen Polizeidirektor an.

»Die KTU arbeitet noch daran. Die Umstände sind für die Spurensicherung extrem schwierig.« Brahe sah Ellen an und dann auf seinen Monitor.

Was wusste Brahe, das Ellen noch nicht erfahren hatte? Irgendetwas stimmte hier nicht.

»Wissen Sie überhaupt etwas?« Kronen hieb mit der Faust auf die Glasplatte des Besuchertischs.

Brahe schien auf seinem Schreibtischsessel immer kleiner zu werden. »Wir arbeiten Tag und Nacht«, murmelte er. Wer ihn ansah, glaubte es ihm aufs Wort.

»Offensichtlich nicht gut genug. Es geht kaum voran.«

»Der Fall ist äußerst ungewöhnlich«, warf Ellen ein. »Er passt in kein Schema, das wir kennen.«

»Sie sind nicht dazu da, nach Schema F zu arbeiten. Ich erwarte Kreativität und Flexibilität – und vor allem Ergebnisse!« Kronen machte eine kurze Pause. »Was ist das überhaupt für eine dumme Einblendung ›Die Berliner Polizei wird unterstützt von Intelko‹, die auf der Übertragung zu sehen ist?«, fragte er dann plötzlich, als wäre das Thema ihm gerade erst wieder eingefallen. »Davon weiß ich gar nichts.«

»Die Firma hilft uns, die Internetübertragung reibungslos aufrechtzuerhalten. Mit unseren Mitteln hätten wir das nicht geschafft. Ich habe das kurzfristig entschieden.« Ellen verschränkte die Arme vor der Brust.

»*Sie* haben das entschieden?« Kronen schaute Ellen an, als wolle er sie mit seinen Blicken aufspießen. »Damit überschreiten Sie Ihre Kompetenzen. Was fällt Ihnen eigentlich ein? Sie haben kein Recht, irgendjemandem die Webseite der Berliner Polizei als Werbemedium zu gestatten.«

Ellen ging zu dem zweiten Besuchersessel und setzte sich hinein. Sie sah Kronen ruhig in die Augen.

»Was mir einfällt, wollen Sie wissen? Ich stehe an vorderster Front und versuche zu retten, was zu retten ist. Da habe ich keine Zeit für Kompetenzfragen. Hätte ich Sie in der Nacht anrufen sollen, damit wir das Problem bis zum Morgen gelöst haben? Es geht hier um Menschenleben. Um viele Menschenleben. Und die sind für mich wichtiger als ein blaues Auge. Selbst wenn es das blaue Auge des Innensenators ist.« Jetzt spießte Ellen den Polizeipräsidenten mit ihren Blicken auf.

Kronen stand auf und sah Ellen aus zusammengekniffenen Augen an.

Bevor Kronen etwas sagen konnte, stand Ellen auch auf. »Sie können mich jederzeit von dem Fall abziehen – wenn Sie jemand haben, der es besser macht.«

»Ich werde darüber nachdenken«, sagte er.

»Tun Sie das«, gab Ellen kühl zurück. »Und bis dahin werde ich meine Arbeit machen. Wenn Sie mich jetzt entschuldigen …«

Ohne eine Antwort abzuwarten, ließ sie Kronen stehen und verließ Brahes Büro.

Ellen ging ohne Umweg zu Sina ins Polizeilabor. Sie musste unbedingt wissen, warum die Ermittlungen für die Spurensicherung »extrem schwierig« waren, wie Brahe sich ausgedrückt hatte. Schwierig waren die Untersuchungen der SpuSi meistens.

Schon von Weitem hörte Ellen Sina fluchen, und das durch die geschlossene Tür. Ellen zog sich einen Schutzanzug über mit Kapuze und Mundschutz. Dann trat sie ins Labor. An den Wänden standen jede Menge technische Geräte, von denen Ellen nur das starke Lichtmikroskop und Gas-Chromatografen erkannte. Im Raum verteilt arbeiteten sieben Wissenschaftler, die in ihren Schutzanzügen alle gleich aussahen. Einzig Sina stach durch ihre runde Figur heraus, und weil sie beständig fluchte.

Ellen ging zu ihr hin.

Sina stocherte mit einem Stab in einer undefinierbaren breiigen Masse, die auf einem Labortisch ausgebreitet war und wie Erbrochenes aussah.

»Was ist das?«

»Unsere Ausbeute der letzten Nacht«, antwortete Sina.

»Für mich sieht das aus wie Matsch. Ich kann da gar nichts erkennen.

»Ich auch nicht«, sagte Sina. »Dabei stecken hier schon Stunden Arbeit drin.«

Stunden? Das konnte sich Ellen beim besten Willen nicht vorstellen. »Was ist das denn?«

»Komm mal mit.« Sina ging mit Ellen ein Stück zur Seite, zu einer Wand mit Fotos. »So eine Schweinerei habe ich noch nie erlebt. Du kannst dir nicht vorstellen, wie es in dem Raum ausgesehen hat, den Stefan und sein Team gestürmt haben. Sie haben beim Betreten drei Feuerlöscher ausgelöst. In Sekunden war alles voller Schaum, unsere Leute eingeschlossen.«

Ellen wusste nicht, ob sie lachen oder weinen sollte. Die Vorstellung, wie Stefan eingeschäumt wurde, war schon kurios. Aber für die Arbeit von Sina war der Schaum eine Katastrophe. »Das heißt, alle Spuren sind versaut?«, fragte sie.

»Eine herkömmliche Spurensuche kannst du total vergessen. Der ganze Raum war ein einziger Matsch. Wir haben das Gröbste aufgekratzt, um es hier in Ruhe zu untersuchen, aber wie sollen wir aus diesem Haufen Partikel herausfiltern, die man dem Erpresser zuordnen kann? Ich habe meine Zweifel, ob die Arbeit was bringt.«

Ellen teilte Sinas Zweifel. »In der Umgebung des Raums wird auch nicht viel zu holen sein, vermute ich.«

Sina nickte. »Wo eine Hundertschaft der Bereitschaftspolizei herumgelaufen ist, sind auch die besten Spuren zertrampelt. Da brauchen wir gar nicht erst anzufangen zu suchen.«

»Also wieder nichts? Das kann doch nicht sein. Irgendeinen Fehler muss der Erpresser doch machen.«

»Hat er auch.« Sina ging mit Ellen zu einem anderen Tisch, an dem zwei weitere Kollegen etwas in einem Schraubstock fixierten. Sie gingen äußerst vorsichtig vor. Ellen erkannte zwei schwarze Handys, die auf eigenartige Weise miteinander verbunden waren.

»Das hier haben wir gefunden«, berichtete Sina. »Zwischen den beiden Handys ist ein Röhrchen mit einer Flüssigkeit. Das sollte wohl kaputtgehen, wenn man die Handys trennt, und dabei mögliche Spuren beseitigen.«

»Sprengstoff?«

»Nein. Sonst würden wir nicht ohne Schutz daran arbeiten. Es enthält eine Säure. Wir werden das Röhrchen anbohren und die Säure absaugen. Dann können wir die Handys gefahrlos trennen und untersuchen.«

»Also können wir zumindest auf irgendwas hoffen?«

»Ja.«

Einer der Wissenschaftler justierte einen Bohrer auf das Röhrchen.

28

Als Ellen den Italiener betrat, kamen ihr zwei blonde Lockenköpfe entgegengestürmt, Hanna und Elias, die beiden Kinder ihrer Schwester. Hanna war fünf Zentimeter größer als ihr Bruder und liebte Pink über alles. Elias war die Farbe seiner Kleidung egal, Hauptsache, irgendwo war eine Comicfigur drauf.

»Na, ihr? Schule schon aus? Wollt ihr mit uns mittagessen?«

»Ja«, brüllten beide gleichzeitig. Dann nahmen sie Ellen bei der Hand, jeder an einer Seite, und zogen sie zu einem Tisch an der Seitenwand. Dort saß Annika und beobachtete die Szene.

»Deine größten Fans«, sagte sie.

»Offensichtlich. Ach, es tut gut, euch zu sehen. Ich musste mal rauskommen aus dem Laden. Du ahnst nicht, was bei uns los ist.« Ellen ließ sich auf einen freien Stuhl fallen.

»Erzähl mal«, forderte Annika Ellen auf, aber dazu kam sie nicht.

»Ich will Spaghetti mit Tomatensoße«, sagte Hanna. »Und eine große Sprite.«

»Ich auch«, sagte Elias. Er nahm eigentlich immer das, was seine große Schwester wollte.

Annika wählte einen Salatteller, und Ellen entschied sich für eine Lasagne. Bis das Essen kam, war kein ernsthaftes Gespräch zwischen ihr und Annika möglich. Hanna und Elias erzählten abwechselnd von der Schule, wobei keiner den anderen wirklich ausreden ließ. Ellen hörte einfach nur zu. Sie mochte die beiden sehr. Die Geschwister strahlten eine natürliche Fröhlichkeit aus, und ihre Welt war noch so überschaubar. Und bei ihrer Begeisterung konnte man alles andere fast vergessen.

»... und morgen machen wir einen großen Ausflug«, berichtete Hanna.

»Ja, alle zusammen«, bekräftigte Elias. »Die ganze Schule.«

»Ist ja toll«, sagte Ellen. »Wo soll es denn hingehen?«

»Mit einem Schiff auf den Wannsee.«

»Wow! So was haben wir früher nicht gemacht. Das wird bestimmt super.«

Als das Essen kam, wurde es etwas ruhiger. Ellen erzählte Annika von der Begegnung mit Kronen, wobei Annika immer wieder darum bemüht war, die Kleckserei mit der Tomatensoße in erträglichen Grenzen zu halten.

Als Nachtisch spendierte Ellen Hanna und Elias ein Pinocchio-Eis mit einer langen Waffel als Nase. Damit waren Hanna und Elias so sehr beschäftigt, dass Annika und Ellen zum ersten Mal mehr als nur drei Sätze am Stück miteinander sprechen konnten.

»Was ist, wenn du noch mehr ausziehen sollst?«

»Das will ich nicht. Auf keinen Fall.«

»Das hast du vorher auch nicht gewollt, aber er hat dich trotzdem gezwungen.«

»Ich weiß. Deshalb werde ich alles tun, um den Erpresser vorher zu fassen.«

Ellen wusste, dass die Erfolgschancen mehr als vage waren – und Annika wusste das auch.

»Und wenn du das einfach nicht so eng siehst?«

»Ich will mich nicht von allen Leuten angaffen lassen. Wann und wo ich mich nackt ausziehe, ist meine Privatsache.« Als Frau bei den SEKs hatte sie reichlich anzügliche Bemerkungen gehört. Sie hatte wenig Lust, jetzt auch noch in der Öffentlichkeit als Sexobjekt betrachtet zu werden. Wenn Stefan den Einsatz leitete, müsste sich der bestimmt nicht ausziehen.

In diesem Moment näherten sich zwei Teenager dem Tisch. Sie tuschelten miteinander. Vor dem Tisch blieben sie stehen.

»Sind Sie Ellen Faber?«, fragte der größere der beiden.

Ellen sah überrascht auf. Sie kannte weder den einen noch den anderen.

»Ja, die bin ich.«

»Könnten wir vielleicht ein Autogramm von Ihnen haben?«

Ellen sah zu Annika und dann wieder zu den Teenies zurück. Sie wusste nicht, was sie sagen sollte. Da holte der eine ein Heft heraus und hielt es Ellen vor die Nase. »Bitte schreiben Sie ›für Oliver‹.«

Ellen griff einfach nach dem Heft und dem Stift, den ihr der andere hinhielt. Das hätte sie nicht tun sollen. In diesem Moment wurde die Tür aufgerissen, und ein ganzer Pulk weiterer Teenager stürmte in das Lokal. Die beiden bei Ellen waren nur die Vorhut gewesen. In Sekundenschnelle drängelten sich gut ein Dutzend Jugendliche um den Tisch und schoben und riefen durcheinander und hielten Ellen Hefte, Ausdrucke aus dem Internet und ein Junge sogar eine Boxershorts hin. Ein Mädchen stand etwas abseits und filmte die Szene mit ihrem Handy.

Schließlich wusste Ellen sich nicht anders zu helfen und verließ fluchtartig das Lokal. Zu einem richtigen Abschied von Hanna und Elias reichte es nicht.

»Bist du jetzt berühmt?«, fragte Hanna noch in die Unruhe hinein. Ellen wusste nicht, was sie darauf antworten sollte. Sie wollte nur raus. Auf der Straße begann sie zu laufen.

29

Kurz bevor sie ihr Büro erreichte, klingelte Ellens Handy. Es war Sina. Das war ungewöhnlich.

»Ellen?«, flüsterte Sina.

»Ja? Klar bin ich das, wenn du mich auf meinem Handy anrufst.«

»Das kann man nie wissen. Ich will dich warnen.«

»Warnen? Wovor warnen?«

»Ich muss vorsichtig sein.« Sina redete hastig und so leise, dass Ellen sie kaum verstand. »Kronen war hier und hat mir verboten, mit dir zu reden. Er lässt dich suchen.«

»Was redest du da? Warum verbietet Kronen dir, mit mir zu reden?«

»Ich … Scheiße, ich muss Schluss machen.« Ein Knacksen signalisierte, dass die Verbindung unterbrochen war.

Ellen starrte ihr Handy an. Was sollte das denn? Klar, Kronen war im Moment nicht gut auf sie zu sprechen, aber das war kein Grund, dass er Sina den Kontakt zu ihr verbot. Es musste etwas Größeres sein, nur was?

Mit einem unguten Gefühl ging Ellen zu ihrem Büro. Als Erstes sah Ellen Direktor Brahe. Er stand steif am Fenster. Seine Schultern hingen herab. Kronen war auch da. Er saß hinter Ellens Schreibtisch und wühlte in der obersten Schublade.

»Was soll das, wenn ich fragen darf?«

Kronen sah Ellen scharf an. »Das werden Sie bald erfahren. Direktor Brahe, bringen Sie Kommissarin Faber in den Vernehmungsraum. Anschließend soll sich die KTU dieses Büro vornehmen – aber nicht Frau Ahuus. Ich möchte, dass jemand anderes das macht.«

»Ich will wissen, was hier los ist!« Ellen rührte sich nicht vom Fleck.

»Sie können sich später beschweren. Ich bin noch nicht fertig.« Kronen wandte sich wieder an Brahe. »Außerdem soll ein Team der KTU die Wohnung von Kommissarin Faber durchsuchen. Kommissar Daudert soll dieses Team begleiten. Ich will, dass er mir persönlich Bericht erstattet.«

Ellen sah Brahe an. Der wich ihrem Blick aus.

»Kommen Sie bitte mit«, sagte er mit brüchiger Stimme.

Ellen folgte ihm mechanisch. Zwei Beamte in Uniform warteten auf dem Gang. Als Brahe und Ellen das Büro verließen, folgten sie ihnen. Die beiden waren abgestellt, um eine Flucht zu verhindern, wurde Ellen mit einem Mal klar. Um zu verhindern, dass *sie* floh. Doch warum sollte sie fliehen wollen?

»Was soll das, Herr Brahe? Warum behandelt man mich wie einen Verbrecher?«

Brahe sah sie immer noch nicht an. »Der Polizeipräsident hat mir verboten, mit Ihnen darüber zu sprechen. Er will Sie selbst damit konfrontieren.«

»Womit konfrontieren?«

Brahe schüttelte den Kopf. »Sie sollen wissen, dass ich hinter Ihnen stehe, aber im Moment kann ich nichts tun. Der Polizeipräsident hat diese Sache zur Chefsache gemacht.«

Ellen spürte, wie schwer es Brahe fiel, so mit ihr zu sprechen. Deshalb bohrte sie nicht weiter nach. Kronen hatte Brahe verboten, Auskunft zu geben, und daran hielt er sich. Im Zweifelsfall besaßen die Wände Ohren, auch im LKA. Welche Sache hatte Kronen zur Chefsache gemacht? Sosehr Ellen nachdachte, ihr fiel nichts ein, was man ihr zum Vorwurf machen könnte. Um was es hier auch ging, es musste schwerwiegend sein und Kronen sehr aufgebracht haben. Sonst hätte er es nicht gewagt, Direktor Brahe zu brüskieren, die Leiterin der SpuSi einzuschüchtern und das Büro einer seiner Hauptkommissarinnen und ihre Privatwohnung durchsuchen zu lassen.

Ihre Wohnung! Ellen lief es heiß den Rücken hinunter. Stefan würde ihre Wohnung durchsuchen. Das war eine Katastrophe. Ellen wurde schlecht bei dem Gedanken, wo Stefan überall herumwühlen würde. Er würde die Situation schamlos ausnutzen. Dazu kannte sie ihn zu gut. Ihr Laptop fiel ihr ein – und es wurde ihr noch übler. Was da alles drauf war an persönlichen Bildern. Manches sehr persönlich und keinesfalls für andere Augen bestimmt, vor allem die intimen Bilder aus ihren Beziehungen, die sie gehabt hatte. Manche waren wirklich sehr offenherzig.

Natürlich hatte sie den Laptop mit einem Passwort gesichert. Sie war sogar so vorsichtig und änderte es jeden Monat. Trotzdem … Kein Mensch konnte sich ständig neue Passwörter merken. Sie hatte sich ein System aus Monatsnamen und einer Zahl ausgedacht. Stefan kannte dieses System aus der kurzen Zeit, in der er mit ihr zusammen war. Er hatte damals schon darüber gelästert. Sie hatte seitdem mehrfach das Passwort geändert – aber nicht ihr System. Dumm war Stefan nicht. Er würde ihr neues Passwort problemlos knacken, und dann hatte er freien Zugriff. Auf alles!

Brahe hielt ihr die Tür zum Vernehmungsraum auf. Die beiden Uniformierten hinter ihr ließen Ellen keine andere Wahl, als hineinzugehen. Sie kannte den Raum gut. Sehr gut sogar. Er war ungemütlich. Die Wände waren kahl und boten dem Auge keinerlei Ablenkung. Wie oft hatte sie schon an dem Tisch gesessen, der in der Mitte stand. Jetzt sollte sie wieder an ihm sitzen – auf der anderen Seite. Zögerlich ging Ellen um den Tisch herum. Diese Seite fühlte sich ganz anders an. Jetzt sah sie in die Kamera, die sonst hinter ihrem Rücken stand. Ellen warf einen Blick zu dem halb durchlässigen Spiegel an der Seitenwand. Sie wusste nicht, wer dahinter stand und sie beobachtete. Noch die kleinste ihrer Regungen würde man wahrnehmen, auf Video aufnehmen und später stundenlang analysieren. Schon wieder Kameras. Dieses Mal von ihren eigenen Kollegen.

30

Hajo Richter ist ein Schachspieler, der von oben auf das Spielbrett sieht und seine Figuren beobachtet. Eigentlich ist er mehr als ein Schachspieler. Die Figuren in seinem Spiel sind lebendig, haben einen eigenen Willen – und sind trotzdem Figuren, die er nach Gutdünken einsetzen kann. Es ist ein großartiges Gefühl.

Hajo weiß genau, wie es in Ellens Wohnung aussieht und was Stefan Daudert dort vorfinden wird. Daudert kennt er zwar nicht so gut wie Ellen, dafür ist der Typ bei Weitem nicht interessant genug. Aber Hajo kennt ihn doch gut genug, um genau zu wissen, was Daudert denkt und tun wird. Eine ganze Reihe von Fotos und Videos hat Hajo sich angesehen aus der Zeit, in der Ellen mit Daudert zusammen war.

Er lehnt sich in seinem Bürosessel zurück und schließt die Augen. Alles verläuft exakt so wie geplant. Einfach perfekt. Er hat der Polizei sein Spiel aufgezwungen und setzt nun die Figuren nach Belieben. Kein Computerspiel reicht an sein Spiel heran. Niemals. Das muss man einfach genießen. Bei allem sieht die Öffentlichkeit zu, die Technik funktioniert inzwischen reibungslos. Und Ellen, einst so stark und unangreifbar, sitzt in einem Vernehmungsraum. Ihr Rückhalt ist auf ein Mindestmaß zusammengeschrumpft. Wenn Daudert Ellens Geheimnisse aufdeckt und öffentlich macht, dann ist ihre Karriere beendet.

Eigentlich kann er zufrieden sein. Aber warum tauchen gerade jetzt die Bilder aus der Vergangenheit auf? Immer wieder sieht er die drei Jungs, die über Ellen herfallen wollten. Die Situation damals war der heutigen nicht unähnlich, viele gegen eine, wobei Ellen damals als Siegerin aus dem Kampf hervorging. Das ist der gravierende Unterschied zu heute. Heute kann sich Ellen nicht mit Schlägen und Tritten befreien und dann weglaufen. Heute sitzt sie fest – weil er sie festgesetzt hat. Ihr Gegner ist unerreichbar für Ellen. Sie weiß nicht einmal, mit wem sie es zu tun hat. Damals hat er sich dazwischengeworfen, um Ellen zu schützen. Und heute?

31

Stefan Daudert wurde jetzt noch übel, als er an Hassan Nabils Wohnungstür vorbeiging und an das dachte, was sich dahinter befand. Diese Gedanken wichen der Vorfreude, als er die letzten Stufen zu Ellens Wohnung hinaufstieg. Gab es ein deutlicheres Zeichen, dass er im LKA auf dem aufsteigenden Ast war? Er leitete die Durchsuchung von Ellens Wohnung, während sie im Vernehmungsraum in die Mangel genommen wurde. Warum wollte sie auch immer die Beste sein? Jahrelang hatte er auf den Moment gewartet, an dem er beweisen konnte, dass ihm die Leitung des LKA 632 gehörte. Er war sich immer sicher gewesen, dass dieser Tag kommen würde. Heute war dieser Tag. Jetzt musste er nur noch darauf achten, dass er keine groben Fehler beging.

Schon beim ersten Atemzug in Ellens Wohnung registrierte Daudert den Geruch von Alkohol. Er lächelte. Er würde genau darauf achten, dass dieses Detail im Bericht der KTU Erwähnung fand. Falls Ellen ein Alkoholproblem hatte, war ihm ihre Position so gut wie sicher.

»Ich lüfte mal, sonst wird man ja besoffen«, verkündete er laut, um auch jeden auf den Alkoholgeruch hinzuweisen.

Dann überließ er großzügig den Männern und Frauen der KTU das Feld. Er sollte schließlich nur beaufsichtigen. Als er sicher war, dass alle Kollegen in ihre Arbeit vertieft waren, zog Daudert sich leise in den Hausflur zurück. Auf seinem Handy änderte er die normale Einstellung in »Rufnummer unterdrücken«. Dann wählte er.

»Eberle«, meldete sich der Angerufene.

»Ich habe eine Information für Sie. Gerade wird die Wohnung von Hauptkommissarin Ellen Faber durchsucht.« Daudert beendete die Verbindung, ohne eine Antwort abzuwarten. Er war sicher, dass diese wenigen Worte ausreichen würden, Eberle in Gang zu setzen. Der Journalist hatte noch eine Rechnung mit Ellen offen.

Daudert kehrte wieder ins Wohnzimmer zurück und streifte sich ein Paar Einmal-Handschuhe über. Die Gelegenheit, ungestört in Ellens Wohnung herumzustöbern, kam nicht oft. Aus der Zeit ihrer kurzen Affäre wusste er, wo es möglicherweise Interessantes zu finden gab. Viel hatte sich nicht verändert, aber eine Sache interessierte ihn mächtig. Daudert ging zum Wäscheschrank. Ellen hatte gestern in der Zentrale etwas getragen, das er nie zuvor an ihr gesehen hatte. Der BH hatte ihren Busen so richtig schön hochgedrückt, und der String ließ ihre Beine viel länger erscheinen, als er sie in Erinnerung hatte. Er hätte nicht für möglich gehalten, dass Ellen so geil aussehen konnte. Vielleicht gab es noch mehr von diesen Sachen. Schon in der obersten Schublade wurde er fündig. Mit Kennerblick prüfte er die einzelnen Stücke. Es brauchte nicht viel Phantasie, sich Ellen darin vorzustellen. Zuletzt konnte er es doch nicht lassen, ein besonders knappes Teil hochzuhalten.

»Wenn das die neue Polizeiunterwäsche ist … Nicht schlecht.«

Die Kollegen der KTU verzogen keine Miene. Sie taten so, als hätten sie ihn überhört. Schade.

Nachdem Daudert mit Ellens Unterwäsche fertig war, fiel ihm ihr Computer ein. Natürlich hatte er ihn sofort beim Eintreten gesehen. Der ursprüngliche Plan war, ihn ins LKA mitzunehmen und ihn dort gründlich zu untersuchen. Nur hatte er dann nichts davon. Er würde höchstens einen trockenen Bericht der KTU erhalten. Wenn er etwas finden wollte, das ihm persönlich etwas nützen konnte, um Ellen beim Job auszubooten, dann musste er die Gelegenheit beim Schopf fassen. Entschlossen setzte Stefan sich vor den Laptop.

»Den sollten Sie besser dem Labor überlassen«, sagte Heiko Pawelczik, ein Kollege der KTU.

»Ich kenne das Passwort. Und falls wichtige Informationen auf dem Rechner sind, brauchen wir sie so schnell wie möglich.«

Pawelczik sah skeptisch zu, wie Daudert den Laptop startete. Daudert rekapitulierte Ellens Passwort-System. Nach zwei Fehlversuchen hatte er das Passwort gefunden. Pawelczik wandte sich wieder seiner Arbeit zu.

Stefan rieb sich die Hände. *Du bist eben zu einfach gestrickt, Mädchen. Mit mir kannst du es nicht aufnehmen. Dann wollen wir mal sehen, was du zu verbergen hast.*

Als Erstes klickte Daudert auf »Zuletzt angezeigte Dateien«. Es waren keine aufgeführt. Der Verlauf des Internetbrowsers war ebenfalls leer. Vielleicht hatte Ellen den Rechner ja so eingestellt, dass diese Daten bei jedem Herunterfahren des Rechners gelöscht wurden.

»Wenn du glaubst, du könntest mich mit diesen primitiven Einstellungen aufhalten, Mädchen, dann täuschst du dich«, murmelte er leise vor sich hin.

Daudert ließ sich über den Explorer den Inhalt der Festplatte anzeigen. Auf den ersten Blick erkannte er die üblichen Standardprogramme. Mehr aber auch nicht. Die Ordner »Eigene Dateien«, »Dokumente«, »Downloads« – alles leer.

»Das gibt es doch nicht«, knurrte er.

Pawelczik kam wieder zu ihm und sah ihm über die Schulter. »Sehen Sie mal in den Papierkorb«, riet er. »Die meisten Leute löschen ihre Dateien einfach nur und denken, sie wären dann weg.«

Daudert klickte auf den Papierkorb. Leer.

»Versuchen Sie es mal mit dem Menü ›Festplatte bereinigen‹«, sagte Pawelczik. »Das zeigt den Zustand der Festplatte an.«

Die grafische Anzeige teilte ihnen mit, dass es nichts zu bereinigen gab.

»Blank wie ein Kinderpopo«, brummte Pawelczik.

Stefan knallte den Deckel des Laptops zu. Er fühlte sich hintergangen. Jetzt mussten doch die Spezialisten der KTU ran – und er hatte nichts Interessantes abgreifen können. »Den bringe ich sofort zum LKA. Irgendetwas stimmt hier nicht. Wer seinen Rechner so aufräumt, hat etwas zu verbergen.«

Was Daudert nicht laut aussprach, war die Frage: Wieso hatte Ellen ihre Daten gelöscht? Sie hatte nichts von der Durchsuchung geahnt. Oder doch?

32

Polizeipräsident Kronen betrat den Vernehmungsraum. Er war allein. Ellen hatte keine Ahnung, wer wohl hinter dem Spiegel stand und sie beobachtete. Kronen schaltete die Kamera ein. Dann setzte er sich Ellen gegenüber und legte eine verschlossene Mappe auf den Tisch.

»Darf ich endlich erfahren, was gegen mich vorliegt und warum man mich so behandelt?«, fragte Ellen, kaum dass Kronen auf dem noch leeren Stuhl Platz genommen hatte.

»Ich stelle hier die Fragen, damit wir uns richtig verstehen«, entgegnete Kronen.

»Diese Informationen stehen mir zu.«

»Natürlich.«

»Ich kann einen Anwalt verlangen.«

»Wenn Sie meinen, dass Sie das nötig haben, bitte.«

»Fangen Sie an. Ich will erst wissen, worum es geht.«

Kronen legte eine durchsichtige Plastiktüte vor Ellen auf den Tisch. »Kennen Sie das hier?«

Ellen erkannte die beiden Handys aus dem Labor. Beide wiesen deutliche Kratzspuren auf, als ob jemand daran gearbeitet hätte. »Das sind die Handys, die Stefan Daudert bei seinem Einsatz entdeckt hat.«

»Woher kennen Sie die?«

»Aus der KTU. Ich habe sie dort bei der Untersuchung gesehen. Aber was haben die mit mir zu tun?«

Kronen ignorierte ihre Frage. »Wann haben Sie diese Handys das erste Mal gesehen?«

»Wie schon gesagt: in der KTU.«

»Und Sie haben die Dinger niemals in der Hand gehabt?«

»Natürlich nicht.«

Kronen beugte sich nach vorne und sah Ellen direkt in die Augen. »Sie lügen, Frau Hauptkommissarin. Wir haben auf den Handys Ihre Fingerabdrücke gefunden.«

Ellen zuckte zusammen. Es dauerte einen Moment, bis Ellen die Konsequenzen mit all ihren Auswirkungen verstand. »Das kann nicht sein«, sagte sie, und ihre Stimme klang leiser als beabsichtigt. Die Worte wollten irgendwie nicht aus ihrer Kehle kommen.

»Nein?«, fragte Kronen. Er beugte sich noch weiter vor. »Weil Sie denken, Sie hätten Ihre Spuren vollständig abgewischt?«

»Weil ich die Handys nie in der Hand gehabt habe. Deshalb denke ich, es kann nicht sein.«

Ellen konnte sich nicht vorstellen, dass Kronen bluffte. Trotz aller Abneigung war das zu abwegig.

»Die Handys sind sehr gut gereinigt worden. Das haben wir festgestellt. Aber nicht gut genug. Jeder macht mal einen Fehler.« Kronen lehnte sich wieder zurück, ohne Ellen auch nur eine Sekunde aus den Augen zu lassen.

Ellen sagte nichts.

»Ersparen Sie uns dieses Hin und Her«, sagte Kronen. »Geben Sie es einfach zu.«

»Es gibt nichts zuzugeben.«

Kronen bedachte Ellen mit einem Blick, der wohl mitleidig wirken sollte. »Die Auswertung von Fingerabdrücken ist kriminaltechnisch ausgereift. Da gibt es keine Fehler.« Kronen öffnete die Mappe und zog ein Blatt hervor.

»Sina Ahuus persönlich hat die Übereinstimmung der Fingerabdrücke bestätigt.« Mit einem triumphalen Ausdruck im Gesicht schob Kronen das Blatt vor Ellen.

Ellen hatte das Gefühl, als wäre gerade ein Blitz in ihr Gehirn eingeschlagen. Sie schloss die Augen. Ihre Fingerabdrücke auf den Handys. Sina machte keine Fehler. Trotzdem konnte es nicht sein. Oder doch? Sina hatte sie warnen wollen. Irgendetwas musste sein, aber was?

Ellen warf einen Blick auf das Blatt. Es zeigte in hoher Vergrößerung die Fingerabdruckspuren vom Handy und daneben einen Vergleichsabdruck von ihr selbst. Mit roten Kreisen waren die Übereinstimmungen gekennzeichnet. Darunter der Satz: *Übereinstimmung 99,9 Prozent*. Das Blatt trug Sinas Unterschrift. Was sollte sie jetzt noch sagen? »Ich bin eine Polizistin. Ich würde niemals …«

Kronen hob die Hand. »Lassen Sie diesen Quatsch. Woher kommen die meisten Brandstifter?«

Ellen sagte nichts. Sie kannte die Antwort.

»Aus der Feuerwehr«, beantwortete Kronen seine Frage selbst. Für ihn schien Ellens Schuld festzustehen.

»Und warum machen die das?« Kronen holte kurz Luft, dann redete er gleich weiter: »Richtig. Aus tausend Gründen: aus Frust, oder weil sie mal im Rampenlicht stehen wollen – als Helden und Retter. Ich muss schon sagen, Frau Faber, Sie haben sich erstklassig als Heldin in der Öffentlichkeit platziert. Sie haben es auf die Titelseite jeder wichtigen Zeitung gebracht und es sogar in jede wichtige Nachrichtensendung geschafft. Das ist schon eine Leistung.«

Ellens Stimmbänder weigerten sich, auch nur einen Laut zu produzieren. Kronen hatte ein unbestreitbares Indiz gegen sie in der Hand und ihr gerade ein passendes Motiv präsentiert. Sie wusste, dass es nicht stimmte, aber sie hatte kein Argument, das sie einbringen konnte.

»Wie soll ich diese Anschläge geplant und durchgeführt haben? Für so was habe ich nicht die nötigen Kenntnisse, geschweige denn die Zeit.«

»Man kann Helfer für alles finden, wenn man sich in der Szene auskennt. Durch Ihren Dienst kommen Sie mit einer Menge Leute in Kontakt, die all das können, was uns in diesem Fall die Ermittlungen so schwer macht. Mir war schon von Anfang an suspekt, wie perfekt der Erpresser auf alle unsere Schritte vorbereitet war. Es drängt sich geradezu auf, dass er von jemandem auf unserer Seite informiert wurde. Wer dieser Spitzel ist, kann ich mir zurzeit gut vorstellen. Wie Sie das im Einzelnen gemacht haben, finden wir schon noch heraus.«

An der Tür zum Vernehmungsraum klopfte es. Ein Beamter streckte seinen Kopf durch den Türspalt.

Kronen sah zu ihm hinüber. »Ich will nicht gestört werden. Sie sehen doch, dass ich mitten in einer Vernehmung bin.«

»Es ist sehr wichtig.«

Widerwillig stand Kronen auf und ging hinaus. Wenig später kam er zurück – in Begleitung von Stefan. Der hatte einen Laptop in der Hand.

Ihren Laptop.

Kronen lächelte siegessicher. »Ist das Ihr Laptop, Frau Faber?«

Ellen bestätigte es. Stefan legte den Laptop auf den Tisch.

»Dann berichten Sie, Herr Daudert.«

Ellen versuchte in Stefans Gesicht zu lesen. Es lag eine seltsame Mischung aus Zufriedenheit und Unzufriedenheit darin. Ansonsten wirkte er etwas steif, wie immer, wenn er dem Polizeipräsidenten gegenüberstand.

»Da gibt es nicht viel zu berichten. Alle relevanten Daten auf diesem Laptop sind professionell vernichtet worden.«

Ellen starrte auf ihren Laptop. Er war vollgepackt mit Fotos, Videos, Briefen und Unzähligem mehr. »Was soll das bedeuten: professionell vernichtet?«

»Erklären Sie Frau Faber, was die Spezialisten der KTU dazu sagen, Daudert. Obwohl sie das eigentlich selbst wissen müsste.«

»Die Daten sind nicht einfach nur gelöscht worden, wie es jeder normale PC-Nutzer macht. Dann könnten wir sie mit unseren Mitteln rekonstruieren. Die entsprechenden Stellen der Festplatte sind gelöscht worden, mit Datenmüll überschrieben, wieder gelöscht, wieder überschrieben, wieder gelöscht – so lange, bis eine Rekonstruktion absolut unmöglich ist. Das ist eindeutig das Werk eines Profis.«

Ellen konnte nicht glauben, was Stefan gerade gesagt hatte. Hatte er das alles arrangiert, um an ihre Stelle zu kommen? Als späte Rache dafür, dass sie mit ihm Schluss gemacht hatte? Es fiel ihr schwer, ihm so viel Niedertracht zuzutrauen. Andererseits, wenn er vor Kronen sagte, dass der Laptop professionell gelöscht worden war, musste es stimmen.

»Wollen Sie jetzt nicht gestehen, liebe Frau Faber?«

»Nein. Ich habe nichts zu gestehen. Ich habe keine Ahnung, was mit meinen Daten passiert ist.«

Kronen holte tief Luft. »Frau Faber, wie lange wollen Sie dieses Spiel noch mit uns spielen?« Er wandte sich an Stefan. »Herr Daudert, gibt es Anzeichen von Fremdeinwirkung auf dem Rechner?«

»Eindeutig nein«, kam Stefans Antwort wie aus der Pistole geschossen. »Es gibt weder Hinweise, dass das Passwort unrechtmäßig geknackt worden ist, noch Spuren eines Trojaners oder Ähnliches.«

»Frau Faber, nun hören Sie endlich auf, uns für dumm zu verkaufen. Wer sollte ein Interesse haben, Daten von Ihrem Laptop zu löschen, wenn nicht Sie selbst? Wie sollte jemand überhaupt an den Laptop kommen, außer Sie selbst? Wer löscht Daten auf diese spezielle Weise, wenn es sich nicht um heikle Informationen handelt? Unser Erpresser besitzt umfassende Computerkenntnisse. Kenntnisse, die man benötigt, um genau das zu tun, was Sie mit Ihrem Rechner getan haben. Geben Sie endlich zu, dass Sie mit diesem Kerl unter einer Decke stecken. Sie wissen, dass wir das früher oder später eindeutig beweisen werden.«

»Ich weiß nur, dass hier jede Menge Indizien präsentiert werden, die gegen mich sprechen, mit denen ich aber nichts zu tun habe. Ich habe keine Ahnung, was hier für ein Spiel gespielt wird, aber das werde ich noch herausfinden. Deshalb verlange ich jetzt einen Anwalt.«

Kronen stand auf. »Morgen können Sie Ihren Anwalt sprechen, wenn wir weitermachen. Frau Faber, Sie sind vorläufig festgenommen.«

Auf einen Wink von Kronen kamen die beiden Beamten vom Gang in den Vernehmungsraum und stellten sich rechts und links von Ellen auf.

»Bitte begleiten Sie Frau Faber in eine Zelle.«

33

Direktor Brahe verfolgte die ganze Vernehmung durch die halb transparente Scheibe. Eingreifen durfte er nicht. Der Polizeipräsident hatte ihn auf eine reine Beobachterposition verbannt. Er wusste, dass Brahe hinter Ellen stand und ihr vertraute. Ob Kronen vermutete, dass Brahe selbst in diese Sache verwickelt war oder Ellen zumindest deckte, das wusste er nicht. Auf jeden Fall war Kronen so weit gegangen, wie noch kein Polizeipräsident vor ihm. Brahe konnte sich nicht erinnern, dass ein Polizeipräsident jemals den Direktor des LKA beiseitegeschoben und selbst die Leitung von Ermittlungen übernommen hätte. Er konnte sich aber auch an keinen so verworrenen Fall wie diesen erinnern.

Als er hörte, mit welchen Indizien Ellen konfrontiert wurde, musste er sich setzen. Hatte er sich so in Ellen Faber getäuscht? Das wäre das erste Mal in seinem Leben. Vielleicht war er doch zu alt für diesen Job. Vielleicht hatte er keinen Blick mehr für seine Leute? War ihm die Menschenkenntnis verloren gegangen?

Brahe zweifelte nicht an den Untersuchungsergebnissen. Auf die KTU konnte man sich verlassen und ganz besonders auf Sina Ahuus. Sie gehörte zu den Besten. Wenn sie ein Ergebnis präsentierte, hatte es Hand und Fuß. Und weil es um Ellen ging, hatte sie sich mit Sicherheit besondere Mühe gegeben und alles doppelt kontrolliert. Vom Kopf her musste Brahe Kronen und seinen Schlussfolgerungen zustimmen, aber sein Gefühl wollte seinem Verstand nicht folgen. Außerdem konnte er sich beim besten Willen nicht vorstellen, dass Ellen solche Verbrechen aus Geltungssucht begehen würde. Das passte überhaupt nicht zu ihr.

Brahe war erleichtert, dass Kronen Ellen keine Handschellen anlegen ließ. Die Verhaftung war Demütigung genug. Eilig verließ Brahe den Beobachterraum. Er wollte unbedingt weg sein, wenn Kronen hereinkam. Automatisch ging er zuerst in Richtung Ausgang. Er war müde und ausgebrannt, jede Faser seines

Körpers wollte nach Hause. Die letzten Nächte waren kurz gewesen. Geschlafen hatte er nur sporadisch. Früher hätte er so etwas ausgehalten, aber jetzt nicht mehr.

Auf halbem Weg machte er halt. Er durfte noch nicht nach Hause. Nicht mit seinen Zweifeln. Ellen Faber saß in Untersuchungshaft. Und auch wenn er nichts verstand und noch weniger erklären konnte, vertraute er Ellen. Brahe bog in den Gang, der zur KTU führte. Vielleicht war Sina Ahuus noch da. Vielleicht konnte sie ihm etwas sagen, was seine Zweifel aus der Welt schaffte.

Brahe fand Sina im Labor am Lichtmikroskop. Normalerweise strahlte sie eine besondere Lebendigkeit aus, aber jetzt wirkten selbst ihre borstigen Stoppelhaare irgendwie kraftlos. Sie saß vor dem Monitor, tat aber nichts. Als Brahe sie anredete, zuckte Sina Ahuus zusammen.

»Herr Brahe, Sie sind's. Ich habe Sie gar nicht kommen gehört.«

»Der Polizeipräsident hat gerade Frau Faber festgenommen.«

»Das habe ich befürchtet. Nach unserer Entdeckung blieb ihm wohl nichts anderes übrig.«

»Sind Sie sich wirklich sicher?«, fragte Brahe, obwohl er die Antwort kannte.

»Leider. Sie können mir glauben, dass wir die Abdrücke zehnmal überprüft haben, bevor wir damit zu Kronen gegangen sind. Es gibt keinerlei Zweifel: Es sind Ellen Fabers Fingerabdrücke auf den Handys.«

Um die Aussage zu beweisen, lud Sina Ellens Originalfingerabdruck auf den Monitor und blendete die beiden gefundenen Teilabdrücke von den Handys darüber. »Die Abdrücke auf den Handys sind zwar verschmutzt, aber wir können mehr als ausreichend übereinstimmende Minutien identifizieren.« Selbst für Brahe als Nicht-Experten war die Übereinstimmung eindeutig.

»Ich kann es trotzdem nicht glauben«, sagte Brahe. »Könnten sie manipuliert sein?«

»Sie meinen, von jemand anderem künstlich auf den Handys aufgebracht?«

»Zum Beispiel.«

Sina zuckte die Schultern. »*Wie* die Abdrücke auf die Handys gekommen sind, kann ich nicht sagen. Ich kann nur feststellen, *dass* sie da sind und dass es Ellen Fabers Abdrücke sind.«

»Etwas muss falsch sein. Davon bin ich fest überzeugt.«

»Ich weiß auch nicht, was ich davon halten soll. Ich kenne Ellen Faber gut. Dass sie die Daten auf ihrem Laptop so professionell vernichtet haben soll, dass wir sie nicht mehr rekonstruieren können, ist unmöglich. Sie interessiert sich nicht für Computer.«

»Sie könnte ihre Kenntnisse geschickt vor uns verborgen haben. Oder einen Helfer gehabt haben, wie Kronen vermutet.«

»Auf dem Laptop sind nur die Fingerabdrücke von Ellen. Die meisten natürlich verwischt, weil Daudert daran gearbeitet hat. Genau wie Daudert könnte auch sonst jemand sich mit Handschuhen an dem Gerät zu schaffen gemacht haben. Das kann ich nicht ausschließen.«

»Aber Sie glauben es nicht?«, fragte Brahe.

»Nein.«

»Warum nicht?«

»Dafür kenne ich Ellen zu gut. So etwas passt nicht zu ihr, ganz und gar nicht. In diesem Fall ist alles anders als sonst. Der Erpresser passt in kein Schema. Er war uns immer einen Schritt voraus. Und diese Sache mit den Handys war kein Zufall. Sie war gründlich geplant. Fast so, als sollten wir die Abdrücke darauf finden.«

»Wir dürfen also nicht in unseren normalen Schemata denken«, überlegte Brahe laut. »Aber wie dann? Was könnte hier anders sein als sonst?«

Sina seufzte. »Wenn ich das wüsste, wären wir weiter. Ich würde mir die Abdrücke nochmals ansehen – auch wenn ich nicht weiß, wonach ich suchen soll. Aber dazu müsste ich die Handys wiederbekommen. Die sind bei Kronen.«

Brahe wiegte den Kopf hin und her. »Schwierig. Kronen wird die Handys nicht mehr für eine weitere Untersuchung herausrücken. Er glaubt, dass wir parteiisch sind.«

»Ohne die Handys kann ich nichts machen.« Sina deutete auf den Monitor. »Das Bild alleine hilft mir nicht weiter. Das habe ich schon nach allen Regeln der Kunst ausgewertet.«

»Ich besorge Ihnen die Handys. Ich weiß zwar noch nicht, wie, aber das sind wir Frau Faber schuldig.«

Es dauerte fast eine Stunde, bis Brahe wieder bei Sina erschien. Auf seinen Schläfen glänzten Schweißtropfen.

»Ich habe noch niemals etwas gestohlen«, sagte er, »und jetzt bestehle ich sogar den Polizeipräsidenten.« Er hielt Sina den Beutel mit den beiden Handys hin. »Wenn Kronen den Diebstahl entdeckt … Ich weiß nicht, was er dann mit mir macht.«

Sina nahm den Beutel entgegen. »Danke. Am besten legen Sie sich etwas hin. Es bringt nichts, wenn Sie morgen zusammenbrechen. Der Erpresser ist noch lange nicht mit uns fertig, fürchte ich.«

»Das befürchte ich auch.« Brahe warf Sina einen fast flehentlichen Blick zu. »Finden Sie etwas!«

Ellen saß auf einer Pritsche in einer kahlen Zelle. Sie wusste nicht, ob sich jemand um ihr Schicksal kümmerte. Kronen hatte jeglichen Kontakt zu anderen Personen ausdrücklich verboten. Er rechnete mit einem Helfer und wollte absolut sichergehen.

In Gedanken ging Ellen jeden ihrer Schritte minutiös durch. Sie analysierte und wendete jedes Wort und jede Tat hin und her. Tausend Mal. Sie fand keinen Ansatzpunkt. Es war zum Verrücktwerden. Am schwersten fiel ihr, dass sie zur Untätigkeit verdammt war. Sie musste sich darauf verlassen, dass andere die Vorwürfe gegen sie entkräfteten. Oder der Erpresser würde sie rehabilitieren, indem er ungehindert weitermachte. Würde er weitermachen? Bisher hatte er darauf bestanden, mit ihr, und nur mit ihr, zu verhandeln. Was würde geschehen, wenn Kronen dieses Anliegen verweigerte? Würde es einen neuen Anschlag geben? Mit Opfern? Wie würde Kronen reagieren, wenn der Erpresser den Druck erhöhte? Kronen würde davon ausgehen, dass der Erpresser Ellen auf diese Weise freipressen wollte. Und das Verhalten des Erpressers als weiteren Beweis für ihre Schuld sehen.

34

An diesem Morgen wurde Berlin wieder zu einer geteilten Stadt. Die Trennungslinie verlief zwischen den Zeitungslesern, die von der Verhaftung einer Verdächtigen gelesen hatten, und denen, die Radio hörten oder Fernsehen sahen und mehr wussten. Die Zeitungsleser waren entrüstet bis erleichtert, die anderen verwundert bis entsetzt.

Polizeipräsident Kronen gehörte vorerst noch zur ersten Gruppe. So früh wie heute hatte Kronen das LKA schon lange nicht mehr betreten. Gewöhnlich arbeitete er in seinem Büro am Platz der Luftbrücke und kam hauptsächlich bei besonderen Anlässen oder gelegentlichen Meetings. Wegen der besonderen Öffentlichkeit dieses außergewöhnlichen Falls hatte er die Fäden selbst in die Hand genommen – und konnte nach kürzester Zeit schon erste Erfolge verbuchen. Er war Politprofi genug, um so etwas nicht anbrennen zu lassen. Deshalb hatte er alles darangesetzt, gestern Abend noch eine Pressekonferenz zu organisieren. Darin hatte er persönlich verkündet, dass die Polizei eine Hauptverdächtige aus ihren eigenen Reihen in Gewahrsam genommen hatte. Weil er mit weiteren Helfern rechnete, hatte er keine Namen genannt. Heute Morgen wollte er die Früchte ernten. Das war ein zusätzlicher Grund, um so früh zu erscheinen.

Kronen ging geradewegs in Ellen Fabers Büro, das er kurzerhand für sich in Beschlag genommen hatte. Er wollte nah am Geschehen dran sein, zumal die Kommunikation mit dem Erpresser vom LKA aus erfolgen musste. Kronen war fest davon überzeugt, dass Ellen Faber dieses Büro nie wieder betreten würde. Da er sowieso schon in den Schränken und im Schreibtisch herumgestöbert hatte, kannte er sich einigermaßen aus. Fünf Minuten nach Kronen kam der Bote der Pressestelle mit den Zeitungen des heutigen Tages.

Voller Erwartung faltete Kronen die Titelseite auf – und hätte die Zeitung am liebsten sofort zerrissen. Schon wieder diese Frau. Es war zum Verrücktwerden. Bei den anderen Zeitungen war es das Gleiche. Er hatte fest damit gerechnet, ein Foto von sich auf den Titelseiten zu finden. Als er gestern auf der Pressekonferenz den Fahndungserfolg verkündete, waren die Kameras fast heiß gelaufen. Er hatte ganz bewusst keinen anderen Namen als seinen genannt. Fragen nach Hauptkommissarin Ellen Faber hatte er professionell abgeblockt. Niemand konnte überhaupt etwas von ihr wissen. Ihre offizielle Festnahme war nur einem kleinen Kreis bekannt, alle anderen wussten nur von einer Verhaftung, kannten aber keinen Namen – und jetzt prangten auf den Zeitungen Überschriften wie: »Bedroht diese Frau Berlin?« Darunter ein großes Foto von der Faber in ihrem sexy BH, ein Blickfang erster Güte. Und wo blieb er selbst und sein Verdienst? In einer Zeitung fand er sogar ein kleines Foto von Stefan Daudert, der als potenzieller Nachfolger von Ellen Faber gehandelt wurde. In diesem Zusammenhang berichtete ein gewisser Eberle sogar von der Wohnungsdurchsuchung. Woher wusste der das alles?

Kronen überflog die Artikel. Sein Name wurde immerhin erwähnt. Es wurde berichtet, wie er nach der Zeit der Stagnation erste Erfolge verkündete. Da standen seine Worte: »Ein oder mehrere Helfer werden noch gesucht, deshalb darf ich noch keine Namen nennen. Aber wir sind überzeugt, den Drahtzieher gefasst zu haben. Deshalb können unsere Mitbürgerinnen und -bürger beruhigt auf die Straße gehen. Unsere Stadt ist wieder sicher.«

So stand es da, aber die Faber machte die Schlagzeile, nicht er. Es wurde über ihre Motive spekuliert und wie sie es schaffen konnte, die ganze Stadt zum Narren zu halten. Sie habe so überzeugend gewirkt in ihrem Bemühen, die Anschläge zu verhindern.

»Habe ich nicht überzeugend gewirkt?« Kronen knallte die Zeitung auf den Schreibtisch und rief Brahe an.

»Direktor Brahe ist noch nicht im Haus«, sagte Brahes Sekretärin.

»Arbeitet denn niemand hier?«, blaffte Kronen. »Er soll sofort bei mir vorbeikommen, wenn er endlich mal auftaucht.«

Kronen kochte zehn Minuten in seinem Ärger. Dann trat Brahe ein, müde und ausgelaugt, aber das war Kronen egal.

»Sehen Sie sich das hier an!« Er deutete auf die Zeitungen, die ausgebreitet auf dem Schreibtisch lagen.

Brahe warf einen kurzen Blick darauf, ohne genauer hinzusehen. »Artikel über den Fahndungserfolg gestern. Was soll damit sein?«

»Wie kommen die Zeitungen an die Informationen, dass wir Ellen Faber verhaftet und ihre Wohnung durchsucht haben? Das wusste kaum jemand, und nach außen dringen durfte das auf gar keinen Fall. *Ich* habe sie ihnen nicht gegeben.«

»Ich auch nicht.«

»Jemand muss sie informiert haben.«

»Wir vermuten schon länger, dass gewisse Redaktionen eine Quelle im LKA haben«, sagte Brahe. Er sah an Kronen vorbei auf einen imaginären Punkt an der weißen Wand.

»Und das dulden Sie?«

»Wir hatten bisher keine konkreten Anhaltspunkte, und die durchgesickerten Informationen waren kaum relevant.«

»Das hier *ist* relevant. Finden Sie das Leck in Ihrer Truppe! Und schicken Sie mir Kommissar Daudert her. Ich will mit ihm das weitere Vorgehen abstimmen.«

»Ziemlich viel Presse«, meinte Stefan Daudert nach der üblichen Begrüßung.

»Kann man sagen.« Kronen hatte wenig Lust, das Thema Presse zu vertiefen. »Ich will mit Ihnen den weiteren Ablauf besprechen. Nachdem wir Frau Faber festgenommen haben, werden Sie die Koordination der Ermittlungen in dem Erpressungsfall übernehmen. In enger Abstimmung mit mir, natürlich. Dazu gehört auch die Kommunikation mit dem Erpresser – falls der sich nochmals meldet.«

»Selbstverständlich.«

»Wie stellen Sie sich die nächsten Schritte vor?«

Daudert hatte sich über diese Frage offensichtlich schon Gedanken gemacht. »Wir müssen in zwei Richtungen ermitteln: Zum einen müssen die Beweise gegen Frau Faber erhärtet werden. Zum anderen müssen wir den oder die Helfer aufdecken, die es zweifellos gibt.«

»Wie wollen Sie vorgehen?«

»Der Erpresser wird durch die Nachrichtenmeldungen nervös sein und Fehler machen. Dann werde ich …«

In diesem Moment wurde die Tür zum Büro aufgerissen. Ein uniformierter Beamter stürzte herein. »Herr Polizeipräsident, das sollten Sie sich unbedingt ansehen.«

»Was soll ich ansehen und wo?« Kronen war nicht erbaut über die Störung.

»Gleich startet ein Fernsehbeitrag von unserem Erpresser. Er ist gerade im Morgenfernsehen angekündigt worden. Am besten in der Einsatzzentrale. Beeilen Sie sich.«

Das Stichwort Fernsehbeitrag elektrisierte Kronen. So schnell er konnte, folgte er dem Beamten und rannte fast den Gang zur Zentrale hinunter. Daudert folgte ihm dichtauf.

Heftig atmend erreichte Kronen die Zentrale. Der Raum war voll. Es herrschte angespannte Stille. Alle standen im Halbkreis um den Fernsehmonitor herum. Direktor Brahe war auch schon da. Sie hatten nicht viel verpasst.

Der Sprecher beendete seine Anmoderation: »… und sehen Sie jetzt selbst den Beitrag, den wir vor wenigen Minuten über E-Mail erhalten haben. Er zeigt den Einsatz des SEK-Teams in dem verlassenen Fabrikgebäude.«

Kronen sah Daudert fragend an. Der wurde blass.

Zuerst sah man nicht viel: einen schmutzigen Raum von innen. Der Erpresser musste winzige Kameras im Gemäuer installiert haben, so klein, dass sie niemandem aufgefallen waren. Eine Kamera zeigte den Raum aus einer zweiten Perspektive: Eine Person war schemenhaft zu erkennen. Sie stand vor einem Fenster. Bei genauerem Hinsehen erkannte man, dass es eine Schaufensterpuppe war.

Kronen sah wieder zu Daudert und meinte, einen Schimmer von Grün in dessen Gesicht zu erkennen.

In dem Film brüllte jemand: »Zugriff!« Die Tür splitterte. Eine Stimme rief: »Polizei. Keine Bewegung!«

Man sah schwarz gekleidete Gestalten durch die zerstörte Tür in den Raum drängen. Sie trugen Waffen und durchsichtige Schilde. Es waren noch nicht alle im Raum, da sprühte aus mehreren

Richtungen gleichzeitig Schaum auf die Männer. Die Schilde und Visiere der Helme waren in Sekunden so beschmiert, dass keiner der Behelmten mehr etwas sehen konnte. Einer versuchte auszuweichen und rutschte auf dem glatt gewordenen Boden aus. Stimmen brüllten wild durcheinander. Jemand begann zu schießen. Ein anderer tat es ihm nach. Dann noch einer. Die Schaufensterpuppe wankte unter den Geschossen und fiel schließlich um. Dann wurde es still.

Die ganze Aktion hatte höchstens dreißig Sekunden gedauert, aber niemand in der Zentrale wagte auch nur ein Wort zu sagen.

Auf dem Bildschirm arbeitete sich ein Mann nach vorne durch, Stefan Daudert. Er selbst und sein Visier waren mit Schaum bedeckt. Daudert wischte darüber, verschmierte den Schaum aber nur. Entnervt zog er den Helm ab. »So eine Scheiße!«, brüllte Daudert in der Aufnahme laut. »So eine verdammte Scheiße.«

Die Männer stapften durch den Schaum und verteilten sich im Raum. Jetzt nahmen alle ihre Helme ab.

»Hier ist niemand«, sagte Daudert, »nur diese verdammte Puppe.« Er trat gegen die auf dem Boden liegende, durchlöcherte Schaufensterpuppe. Schaum flog auf. Ein Arm brach in Höhe des Ellenbogens ab.

Einer der Männer sah sich die Puppe genauer an. »Die sieht aus wie ein Sieb. Wenn das ein Mensch gewesen wäre ... Das sollte nicht an die große Glocke gehängt werden.«

Daudert zeigte auf den Mann. »Du und Gregor. Schnappt euch die Puppe und schafft sie hier raus. Aber lasst euch von niemandem sehen.«

Es wurde noch gezeigt, wie zwei Männer die Puppe durch den Schaum nach draußen schafften, aber das interessierte Kronen nicht mehr. Er sah Daudert an, der steif dastand und den Eindruck erweckte, als ob er sich gleich übergeben würde.

»Lasst euch von niemandem sehen«, wiederholte Kronen Dauderts Satz aus dem Film. »Jetzt sehen Millionen zu. Was sind Sie für ein Idiot, Daudert. Ich fasse es nicht.«

Daudert sagte keinen Ton.

»Abschalten!«, brüllte Kronen in die Zentrale. »Es reicht. Ich habe genug gesehen. Wenn ich mir die nächsten Schlagzeilen vorstelle … ›Polizei erschießt Schaufensterpuppe‹.« Er stellte sich direkt vor Stefan.

»Wissen Sie, was das ist, Daudert? Das ist keine Katastrophe, das ist der Super-GAU. Ihre Leute schießen um sich wie im Wilden Westen – auf eine Schaufensterpuppe. War die etwa bewaffnet, Daudert? Nein, war sie nicht. Das ist die Höhe! Und dann schaffen Sie die Puppe auch noch weg. Sie vernichten Beweismaterial. Das ist mehr als die Höhe! Aber nein, damit sind Sie immer noch nicht fertig. Sie lassen sich nicht nur dabei erwischen. Sie lassen sich sogar filmen dabei! Das ist der Gipfel der Dummheit. Und so einer will die Leitung des LKA 632 übernehmen? Sie können froh sein, wenn Sie ab morgen noch Parksünder aufschreiben dürfen.«

Stefan stand stocksteif da und ließ das Donnerwetter über sich ergehen. Was hätte er auch sagen sollen?

Da sagte Khalid mit seiner ruhigen, aber bestimmten Art: »Herr Polizeipräsident, der Erpresser hat gemailt, dass er sich bald melden wird.«

Kronen sah Khalid irritiert an.

»Es kann jeden Moment so weit sein«, meinte Khalid. »Wir können es uns nicht leisten, nicht mit ihm zu sprechen.«

Kronen benötigte einen Moment, um sich auf die neue Situation einzustellen. Wer sollte die Kommunikation mit dem Erpresser führen? Ellen Faber saß in ihrer Zelle, und Stefan Daudert, den er vor Kurzem dafür bestimmt hatte, hatte sich gerade selbst disqualifiziert.

»Sie könnten die Gelegenheit zu einer kleinen Ansprache nutzen«, schlug Khalid vor. »Wir werden einige Millionen Zuschauer haben. Eine Erklärung zu dem, was wir gerade gesehen haben, wäre sicher nicht schlecht.«

Kronen sah sich plötzlich im Mittelpunkt stehen. Alle blickten ihn erwartungsvoll an. Sonst war das normal, aber da war er darauf vorbereitet. Jetzt musste er improvisieren. »Ja, natürlich. Sie haben recht.«

Kronen räusperte sich und holte Luft. Doch bevor er ein Wort gesagt hatte, wurde er schon wieder gestört. Sina Ahuus kam in die Zentrale gestürmt.

»Herr Polizeipräsident, ich habe eine wichtige Entdeckung gemacht.« Dabei wedelte sie mit einem Laborbericht.

Kronen sah sich um. »Nicht jetzt, Sie stören.«

»Es ist sehr wichtig.«

Kronen knurrte nur: »Fassen Sie sich kurz.«

»Die Fingerabdrücke auf den Handys sind nicht von Ellen Faber. Sie ist unschuldig.« Sina Ahuus hatte einen roten Kopf und japste nach Luft. Sie musste gelaufen sein.

»Sie haben mir persönlich die Übereinstimmung bestätigt. Was soll das jetzt schon wieder?«

»Die Fingerabdrücke stimmen auch überein, aber sie sind nicht von Frau Faber.«

»Wollen Sie mich auf den Arm nehmen, Frau Ahuus? Das ist der falsche Zeitpunkt für Scherze.« Kronen wollte sich wieder von Sina Ahuus abwenden.

»Ich mache keine Scherze. Ich habe die ganze Nacht daran gearbeitet.«

Sie sah tatsächlich übermüdet aus, fast so, als würde sie bald zusammenbrechen. Sie trug noch ihren Laborkittel, auf dem vorne ein hässlicher Kaffeefleck zu sehen war.

»Das Grundmuster und die Minutien sind von Frau Faber, das ist richtig. Aber das Material, aus dem der Fingerabdruck besteht, ist von einem Schwein.«

Kronen verstand nicht auf Anhieb, was Sina sagen wollte. »Der Erpresser ist ein Schwein«, sagte er. »Das wissen wir alle.«

»Ich meine, das Fett des Fingerabdrucks ist tierisches Fett. Schweinefett.«

»Schweinefett? Wie soll ich das verstehen?«

»Erinnern Sie sich, wie vor Jahren der Fingerabdruck von Innenminister Schäuble veröffentlicht wurde. Man hatte ihn heimlich genommen, auf Folie kopiert, vervielfältigt und anschließend bundesweit verschickt.«

Kronen erinnerte sich schwach daran. »Was hat das mit uns zu tun?«

»Der Erpresser muss sich irgendwie einen Fingerabdruck von Ellen Faber besorgt haben. Dann hat er den Abdruck kopiert und mit Schweinefett nachgebildet. Diese Kopie hat er dann auf den

Handys angebracht. Die ganze Aktion mit den Handys war eine Falle. Nicht nur für Stefan Daudert, auch für Ellen Faber.«

Jetzt verstand Kronen, was Sina Ahuus meinte. Nicht nur die Fakten – auch die Konsequenzen. Sein Puls begann zu rasen. Wenn er noch einen Rest von diplomatischer Zurückhaltung besessen hatte, verschwand der jetzt endgültig.

»Was ist das für eine Scheiße?«, polterte Kronen los. »Da kommt ein Erpresser daher und lockt einfach so ein SEK-Team in eine Falle. Und sofort danach verarscht er auch die gesamte KTU. Bin ich denn nur noch von Dilettanten umgeben? Zuerst erschießt die Polizei eine Schaufensterpuppe, und dann fallen wir auf einen gefälschten Fingerabdruck rein. Ich sehe schon die Schlagzeilen: ›Polizei entdeckt Fingerabdruck eines Schweins.‹ Wenn das an die Öffentlichkeit kommt, lacht die ganze Welt über uns.«

»Herr Polizeipräsident«, sagte in diesem Moment Khalid.

»Ja, was ist?« Kronen fuhr herum.

»Das mit der Öffentlichkeit lässt sich nicht mehr vermeiden.«

»Warum?«

»Wir sind seit eben auf Sendung, weil der Erpresser in der Leitung ist.«

Kronen erstarrte in seiner Bewegung. »Das bedeutet … das bedeutet …«

»… dass die ganze Welt alles miterlebt hat«, sagte Khalid ruhig.

Bevor Kronen reagieren konnte, klang eine wohltönende, überaus freundliche Stimme aus dem Lautsprecher.

35

Niemand wollte mehr in der Mitte der Zentrale stehen. Jeder bemühte sich, so unauffällig wie möglich an den Rand zu kommen, aus dem Erfassungsbereich der Kameras hinaus. Unversehens stand Kronen alleine im Zentrum.

»Polizeipräsident Kronen, welche Ehre, Sie kennenzulernen.«

War es Ernst? War es Spott? Der emotionslosen Stimme konnte Kronen nichts entnehmen. Er sah sich irritiert um. In diese Situation hatte er nicht kommen wollen. Unvorbereitet und wütend erst recht nicht. »Wer sind Sie? Was wollen Sie?«, fragte er.

Aus den Lautsprechern klang das künstlich eingespielte Lachen. »Diese Fragen hatten wir schon. Wir wollen uns doch nicht wiederholen. Außerdem muss man sich hier Antworten verdienen, Herr Polizeipräsident.«

Kronen presste seine Kiefer zusammen.

»Ihrer Gesichtsfarbe nach zu urteilen, sind Sie sehr engagiert«, sagte die Stimme.

Noch schlimmer als die Worte war der zuvorkommende, freundliche Tonfall. Kronen spürte, wie er noch roter anlief.

»Es wäre sicher ein äußerst unterhaltsames Spektakel, wie Sie vor Wut platzen. Aber vorher möchte ich Ihnen von einem Erfolg berichten.«

»Ich höre«, presste Kronen hervor.

»Es ist Ihnen gelungen, durch Ihr geschicktes Vorgehen die Aufmerksamkeit der Bundesregierung auf sich zu ziehen. Die Sendung heute im Morgenfernsehen ist sehr interessiert aufgenommen worden. Aus sicheren Quellen ist mir bekannt, dass viele bedeutende Persönlichkeiten die Live-Übertragung mit Ihnen genießen.«

Mehrere Sekunden vergingen. Kronens Verstand weigerte sich zuerst, die Aussage zu verstehen, dann wurde ihm schwindelig. Er versuchte, sich unauffällig an einem Tisch festzuhalten. Die Bundesregierung und vielleicht auch die Kanzlerin sahen ihm zu.

»Wo ist eigentlich Frau Faber?«, fragte die Stimme.

»Sie ist nicht hier.«

»Das sehe ich. Aber warum ist sie nicht hier? Gibt es dafür noch einen Grund? Meinen kleinen Scherz mit dem Fingerabdruck haben Sie ja inzwischen aufgedeckt.«

Kronen war schon wieder knapp davor zu explodieren. Kaum hatte er sich wenigstens etwas unter Kontrolle, riss die nächste Provokation des Erpressers ein Loch in den Damm. Den »Scherz mit dem Fingerabdruck« fand Kronen überhaupt nicht witzig. Erst recht nicht, wenn die Kanzlerin sich fragte, was damit gemeint war, und Erkundigungen einzog.

»Wir lassen uns nicht provozieren«, sagte Kronen.

»Sie sehen aber anders aus«, kam es aus dem Monitor höchst freundlich zurück.

Es war erstaunlich, welche Kraft in so einem einfachen Satz lag. Kronen hatte das Gefühl, schon wieder einen Tiefschlag einstecken zu müssen.

»Da es keinen Grund mehr gibt, Frau Faber in eine Zelle zu sperren, möchte ich wieder mit ihr sprechen.«

Kronen sah auf den Monitor, der die Internetübertragung zeigte, also im Moment ihn, wie ihn die Zuschauer sahen. Es war ein anderes Bild, als es sonst das Fernsehen übertrug. Niemand hatte seine Stirn gepudert, die jetzt unangenehm glänzte.

»Nehmen Sie es nicht persönlich, Herr Polizeipräsident«, machte die Stimme weiter, »aber mit Kriminalhauptkommissarin Faber macht das Verhandeln einfach mehr Spaß.«

Kronen war jeglicher Sinn für Humor abhandengekommen. Seine Halsschlagader konnte man sogar auf dem Monitor erkennen. »Wir lassen uns nicht vorschreiben, wer verhandelt.« Es sollte selbstbewusst klingen, aber es klang eher verzweifelt, das konnte Kronen selbst hören.

»Oh, jetzt beeindrucken Sie mich sehr.« Das eingespielte Lachen erklang wieder.

Aber so leicht gab sich Kronen nicht geschlagen. »Stellen Sie Ihre Forderungen.«

»Ich fordere, mit Frau Faber zu sprechen.«

»Abgelehnt. Was wollen Sie?« Kronen straffte sich. Wenn er so redete, ging es ihm sofort besser.

»So standhaft? Das ist eines Polizeipräsidenten würdig. Dann wollen wir mal testen, wie standhaft Sie sind, wenn Sie wissen, dass Ihre Karriere nur noch dreihundert Sekunden dauert. Frau Faber kennt die Regeln ja inzwischen, aber ich bin sicher, Sie werden sie auch sehr schnell verstehen.«

Die Verbindung brach ab. Auf einem Monitor erschien eine Zahl: 300.

»Was soll das?«, fragte Kronen in den Raum.

Niemand gab einen Ton von sich. Schließlich sagte Khalid: »Das heißt, dass Sie noch dreihundert Sekunden Zeit haben.«

»Zeit wofür?« Eigentlich war Kronen die Antwort klar. Allerdings war es etwas vollkommen anderes, vor einem Monitor zu sitzen und zuzuschauen oder plötzlich selbst Entscheidungen treffen zu müssen – und das vor Millionen Zuschauern. Zusätzlich rumorten die Worte des Erpressers in Kronen, »dass Ihre Karriere nur noch dreihundert Sekunden dauert«. Was sollte das bedeuten?

Weil von Kronen nichts kam, sagte Khalid: »Die Forderung des Erpressers erfüllen, heißt, Frau Faber holen. Es sind nur noch zweihundertneunzig Sekunden.«

Kronen kam ins Schwitzen. »Und wenn ich das nicht tue?«

Auch die Antwort darauf war klar. *Dann geht eine Bombe hoch.* Kronen sah sich hilflos um. Der enorme Druck hatte seinen Kopf leer geblasen. Und der Druck stieg mit jeder neuen, immer kleiner werdenden Zahl, die auf dem Monitor erschien.

»Wir haben seine Forderung einmal ignoriert – und dann ist das Parkhaus gegenüber fast in die Luft geflogen. Wollen Sie, dass so etwas wieder passiert?«

Wollte er das? Natürlich nicht. Aber sollte er jetzt einfach nachgeben? Weich werden? Er als Polizeipräsident? Was gab das für ein Bild ab – vor der Öffentlichkeit und der Bundesregierung? Kronen verfluchte, dass er hier stand. Er verfluchte die Kameras, die auf ihn gerichtet waren.

Zweihundertachtzig.

Ich muss etwas tun. Aber was?

Die Zahlen wurden unerbittlich kleiner. Er sah zur Wand. Dort hing der Stadtplan von Berlin. Er war so vertraut, aber er half ihm nicht. Nichts und niemand half ihm.

Zweihundertsiebzig.

»Herr Polizeipräsident!« Khalid trat von einem Bein auf das andere.

»Verdammt, holen Sie Ellen Faber! Aber schnell.« Kronen lief hinaus auf den Flur. Er stürzte in den nächsten Waschraum und knallte vor Wut die Tür so hart zu, dass fast ein Spiegel von der Wand gefallen wäre. Mit der hohlen Hand warf er sich kaltes Wasser ins Gesicht. Er musste unbedingt seinen Blutdruck herunterbringen. So wie gerade durfte sich ein Polizeipräsident in der Öffentlichkeit nicht vorführen lassen. Was sollten die Leute von ihm denken?

Hoffentlich war Ellen Faber schon in der Zentrale. Nicht auszudenken, wenn sie zu spät kam. Kronen stellte sich die Bundeskanzlerin vor einem Monitor im Kanzleramt vor, wie sie hoffte, dass es keinen Anschlag geben würde. Der gute Ruf der Stadt stand auf dem Spiel. Nein, der gute Ruf Deutschlands. Und wenn etwas schiefging, würde sie ihm dafür die Schuld geben, weil er zu lange gezögert hatte. Kronen ging wieder auf den Gang und lugte durch die angelehnte Tür in die Zentrale. Die Zahlen auf dem Monitor näherten sich der Zwanzig. Daudert telefonierte hektisch, aber weil viele redeten, konnte Kronen nichts verstehen.

Da näherten sich schnelle Schritte. Ellen Faber kam angelaufen. Hinter ihr folgten die uniformierten Beamten.

»Sie müssen mit dem Erpresser reden. Schnell!«

»Was ist los? Warum …?« Ellen Faber war noch etwas außer Atem.

»Keine Zeit für Erklärungen. Der Erpresser will Sie sehen. Gehen Sie rein! Machen Sie schon. Über alles andere reden wir später.«

Ohne abzuwarten, schob Kronen Kommissarin Faber durch die Tür in die Zentrale. Er selbst zog sich sofort wieder zurück und beobachtete aus sicherer Entfernung.

Ellen hatte eben noch in der Zelle geschlafen, irgendwie im Halbschlaf gedöst, weil sie fast die ganze Nacht gegrübelt hatte. Und nun stand sie hier, ohne jegliche Erklärung. Auf dem Monitor liefen Zahlen gegen null.

Der Erpresser hat Kronen unter Druck gesetzt, und jetzt braucht Kronen mich.

Da meldete sich der Erpresser auch schon: »Frau Faber, wie schön, Sie wiederzusehen. Ich habe Sie vermisst.«

»Ich Sie nicht.« Ellen sah sich um. In einer Ecke stand Daudert mit verschlossenem Gesicht. Khalid stand wie immer hinter seinem Rechner. Sie nickte ihm zu.

»So kurz angebunden? Nun ja, ich kann verstehen, dass eine Nacht in einer Zelle ungemütlich ist.«

»Da war ich wegen Ihnen«, sagte Ellen.

»Wenn Ihre Kollegen die Spuren gründlicher untersucht hätten, wären Sie schneller draußen gewesen.«

»Sie haben uns eine Falle gestellt.«

Ein kurzes künstliches Lachen drang aus den Lautsprechern. »Was wäre das Leben ohne Herausforderungen?«

Der Erpresser hatte wirklich eine einmalige Gabe, jemanden auf die Palme zu bringen. Ellen spürte ihren Blutdruck schon wieder steigen. »Was wollen Sie heute?«

»Das nächste Level spielen.«

»Worauf warten Sie noch. Fangen Sie an.«

»So eilig? Wir sollten das Spiel genießen.«

»Ich genieße hier nichts.«

»Schade. Aber *ich* möchte es genießen. Deshalb denken Sie an unsere Regeln, gegen die Sie gerade verstoßen. Ihr Polizeipräsident möchte bestimmt nicht, dass ein Unglück geschieht. Und gönnen Sie sich einen Moment Pause, machen Sie sich frisch. Sie sehen abgespannt aus, und gegen einen schwachen Gegner zu spielen, ist langweilig. Wir sehen uns in zwei Stunden.«

Die Verbindung brach ab. Ellen stand in der Mitte des Raums. Sie atmete schwer und schloss die Augen. In Gedanken hörte sie wieder den Satz von Marina Wirtz: Jedes neue Level wird schwerer.

36

Sina kam auf Ellen zu und nahm sie kurz in den Arm. »Schön, dass du wieder da bist. Du hast uns sehr geholfen.«

Ellen schob einen Stuhl beiseite und setzte sich auf den Tisch. »Ich frage mich, warum ich mir das antue. Warum lasse ich das nicht andere machen?«

Sina setzte sich neben Ellen. »Du tust es für die Menschen da draußen. Und kein anderer kann diesen Job so gut wie du.«

»Danke für die netten Worte, Sina, aber es liegt wohl eher daran, dass der Erpresser unbedingt mit mir reden will und mit niemand anderem. Weiß der Teufel, warum. Vielleicht, weil er so leichtes Spiel mit mir hat? Er braucht nur drei Sätze zu sagen, und er hat mich auf hundertachtzig.«

»Nicht nur dich.« Sina warf einen vielsagenden Blick auf Kronen, der sich ihrem Tisch näherte. Er hatte sein Jackett ausgezogen. Unter seinen Achseln waren deutlich Schweißflecken zu sehen. Er wirkte nicht mehr so souverän wie sonst, wenn er auftrat.

»Gut, dass Sie so schnell gekommen sind, Frau Faber«, sagte Kronen.

»Ist meine Untersuchungshaft damit beendet, oder darf ich mich gleich wieder in meine Zelle zurückziehen?«

»Wir brauchen Sie hier in der Zentrale.«

»Das beantwortet meine Frage nicht. Sie haben mich mit Anschuldigungen überhäuft, und jetzt möchte ich eine Antwort.«

»Die Sache mit dem Fingerabdruck hat sich erledigt. Er war gefälscht.«

»Tut mir leid, die Sache mit dem Fingerabdruck«, sagte Sina zu Ellen. »Ich hätte früher draufkommen müssen.«

»Was ist denn damit? Bisher hat mir niemand etwas erklärt.«

»Das Muster ist mit deinem Abdruck identisch, aber das Material nicht. Die Linien bestehen nicht aus Schweiß und menschlichen Partikeln, sondern sind aus Schweinefett nachgebildet. Nur, so etwas untersuchen wir gewöhnlich nicht.«

»Schweinefett?« Ellen schüttelte den Kopf. »Auf was für abartige Ideen dieser Kerl kommt. Es ist ein Wunder, dass du es überhaupt entdeckt hast. Danke, Sina.« Ellen wandte sich wieder Kronen zu. »Und mein Laptop?«

»Darauf lässt sich nichts feststellen. Das wissen Sie doch.«

»Also reichen die Indizien nicht, um mich weiter in Untersuchungshaft schmoren zu lassen. Ich bedanke mich für Ihr Vertrauen, Herr Polizeipräsident«, sagte Ellen.

»Für Diskussionen haben wir jetzt keine Zeit«, sagte Kronen. »Der Erpresser hat uns nur zwei Stunden gegeben.«

»Ach. Was habe ich damit zu tun? Sie haben doch alle Kompetenzen an sich genommen.«

»Ich musste handeln. Der Fall ist extrem kritisch, und die Öffentlichkeit beobachtet uns.« Kronen schien sich bei dieser Antwort nicht wohlzufühlen. Er sah an Ellen vorbei auf die Tischplatte, obwohl es da gar nichts zu sehen gab.

Ellen hätte mit Leichtigkeit noch länger diskutieren können. Doch die Zeit lief ihnen tatsächlich weg. Von den zwei Stunden waren schon fast zehn Minuten vergangen, und sie hatten noch nicht die Spur eines Plans.

»Jemand soll mir ein paar frische Sachen von zu Hause holen.«

»Ich veranlasse das«, sagte Sina. »Aber danach muss ich ins Bett. Ich bin kaum noch zurechnungsfähig vor Müdigkeit.«

So ähnlich ging es auch Ellen. Vermutlich sah sie auch entsprechend aus. Für einen Blick in den Spiegel hatte die Zeit nicht gereicht, als sie von der Zelle zur Zentrale gerannt war. Aber sie fühlte sich überall verschwitzt an. Nicht ideal für einen Auftritt in der Öffentlichkeit. Wie gut, dass der Erpresser ihr zwei Stunden gegeben hatte. Die konnte sie wahrhaftig gebrauchen. Allerdings war kaum anzunehmen, dass er Ellen die Zeit wirklich zum Frischmachen gönnte. Er wollte seinen Spaß haben, was auch immer das dieses Mal hieß.

Bisher hatte er Ellen jedes Mal gezwungen, weiter zu gehen, als sie wollte. Wann war eine Grenze erreicht? Wäre sie bereit, ganz nackt vor den Kameras zu stehen? Konnte er sie so weit bringen? Und dann? Wäre dann Schluss, oder würde ihm noch mehr Abartiges einfallen? Etwas, das für sie bisher undenkbar war? An abartigen Ideen schien der Erpresser keinen Mangel zu leiden.

Kronen kam von einem kurzen Ausflug zum Kaffeeautomaten zurück. »Haben Sie eine Idee, was wir tun sollen, Frau Faber?«

Ellen sah Kronen an. Sie verkniff sich eine bösartige Bemerkung, die ihr auf der Zunge lag. »Wir haben bisher die Bombe am Anfang und die im Parkhaus. Dann haben wir zwei verhinderte Anschläge auf den Bus und die Disco.«

»Und auch noch die Falle für das SEK«, sagte Marina Wirtz, die sich gerade zusammen mit Khalid zu Kronen und Ellen gestellt hatte.

»Richtig«, sagte Ellen. »Das sind fünf Ereignisse. Da sollte es möglich sein, einen roten Faden oder irgendwelche Gemeinsamkeiten zu finden, die uns weiterhelfen.«

»Die Bomben werden immer per Handy gezündet«, sagte Khalid.

»Was soll uns das nützen?«, fragte Ellen.

»Wenn wir die Funkübertragung per Handy unterbinden, kann der Erpresser keine Bombe mehr zünden. Wenigstens bisher wäre das so gewesen. Einen Versuch ist es wert, finde ich. Wir würden Zeit gewinnen und ihn vielleicht verunsichern.«

»Wie soll das gehen? So schnell können wir keinen Störsender installieren, zumal wir nicht wissen, wo der nächste Anschlag stattfinden soll.«

»Die Betreiber der Handynetze müssen die Sendemasten abschalten.«

»Aber welche? Wenn wir den Ort der Bombe erfahren, bleibt uns nur extrem wenig Zeit. Wenn es so läuft wie bei den Kinos, können wir das gar nicht lokalisieren.«

»Die Handynetze in ganz Berlin müssen abgeschaltet werden. Die Provider müssen das so vorbereiten, dass sie auf unseren Anruf hin nur noch auf einen Knopf zu drücken brauchen.«

Kronen sah Khalid an, als wäre der ein Gespenst. »Ganz Berlin vom Handynetz nehmen? Das ist doch blanker Unsinn.«

»Technisch sollte das möglich sein.«

»Technisch, technisch. Berlin ist eine Millionenstadt. Berlin ist Hauptstadt. Wir können der Bundesregierung doch nicht die Telefone kappen.«

»Haben Sie eine bessere Idee?«, fragte Ellen.

Hatte Kronen nicht, aber einen weiteren Einwand. »Wie wollen Sie in der kurzen Zeit die Menschen vorwarnen?«

»Das können wir nicht«, antwortete Khalid. »Und das dürfen wir auch nicht, denn dann wäre der Erpresser genauso vorgewarnt.«

Kronen winkte ab. »Das gibt eine Panik. Das ist das Letzte, was wir brauchen können.«

»Glaube ich nicht«, sagte Ellen. »Es passiert öfter, dass man in ein Funkloch gerät oder dass an Silvester die Netze überlastet sind. Das bringt keinen um – aber eine Bombe schon.« Sie wandte sich direkt an Kronen. »Was sagen Sie, Herr Polizeipräsident, sollen wir die Handynetze abschalten?«

Kronen presste die Lippen zusammen. Ihm behagte diese Frage offensichtlich nicht. Wahrscheinlich stellte er sich halb Berlin in Panik vor und wie ihn dann von der Presse bis zur Bundesregierung alle verantwortlich machten.

»Warum fragen Sie mich das?«

»Sie sind der Ranghöchste«, sagte Ellen. Sie wusste, dass sie Kronen am Haken hatte – und hatte keine Lust, ihn ungeschoren davonkommen zu lassen. »Eine Entscheidung von solcher Tragweite steht nur Ihnen zu.«

Ellen sah, wie es in Kronen arbeitete, wie er nach einem Ausweg suchte.

»Sie sollten das jetzt entscheiden und alles Weitere veranlassen. Ich muss mich frisch machen, ich habe nämlich in zwei Stunden ein Date mit einem Mann, den ich nicht warten lassen darf.«

37

Als Ellen wieder in die Zentrale zurückkam, sah sie als Erstes Kronen, der schweißgebadet telefonierte. Er sprach aufgeregt und hektisch. So viel Stress hatte er schon lange nicht mehr gehabt. Geschah ihm ganz recht. Ellen wartete, bis er das Gespräch beendete.

»Ich melde mich wieder zurück, Herr Polizeipräsident. Haben Sie Anweisungen für das weitere Vorgehen?«

Kronen drehte sich abrupt um und warf Ellen einen finsteren Blick zu.

Ganz offensichtlich hatte er Ellen anfahren wollen, doch sein Mund ging nur auf und blieb dann so. Ellen tat, als wäre es vollkommen normal, mit BH und Slip in der Zentrale herumzulaufen. Sie hatte sich wieder für die offensive Variante entschieden. Sie wurde in etwas hineingedrängt, was sie so nicht wollte – aber sie hatte nicht vor, dadurch zur Marionette eines Erpressers oder eines Polizeipräsidenten zu werden. Außer Slip und BH trug sie nur noch ihre Ohrringe.

»Ist was?«, fragte sie.

Kronens Blick wanderte abrupt von Ellens Brust zu Ellens Augen. Sein Gesicht nahm genauso abrupt einen leichten Rotton an. Er räusperte sich.

»Ihr Auftreten ist gewöhnungsbedürftig«, brummte er. »Ging es nicht etwas dezenter?«

»Ich laufe nicht zum Vergnügen so herum. Das sollten Sie wissen. Und von zu Hause hat die Kollegin mir nur diese Wäsche gebracht.«

Wahrscheinlich hatte die Kollegin nicht lange überlegt und einfach in Ellens Wäscheschublade gegriffen, in der im Moment nur Annikas Auswahl lag. Deshalb trug Ellen jetzt rosa Seide.

Ellen hatte sich entschieden, die Tatsachen so zu akzeptieren, wie sie waren, und beschlossen, selbstbewusst aufzutreten. Wenn sie sich schon im Vorfeld einschüchtern ließ, hatte sie gegen den Erpresser überhaupt keine Chance.

»Dürfte ich jetzt bitte den Stand der Dinge erfahren. Wir haben nur noch wenige Minuten Zeit, bis der Erpresser sich meldet. Wenn ich verhandeln soll, will ich vorher alles wissen.«

Kronen mühte sich sichtlich, Ellen nur in die Augen zu sehen, doch sein Blick folgte immer wieder der Schwerkraft. Die Durchführung ihres Plans war nicht einfach gewesen, da man alle Netzbetreiber kontaktieren und jedes Mal bis zum richtigen Ansprechpartner vordringen musste. Dem musste man alles umständlich erklären, um ihn schließlich doch mit mehr oder weniger angedeuteter Gewalt zu zwingen, auf Kommando die Netze abzuschalten. Dabei hatten die Kollegen nicht vermeiden können, dass bei den Netzbetreibern mehr Mitarbeiter als beabsichtigt in die Aktion eingeweiht wurden. Von Geheimhaltung konnte man kaum noch ausgehen. Ein weiteres Problem war die Synchronisation. Sie konnten schließlich nicht alle Betreiber nacheinander anrufen. Auf ein Stichwort hin mussten alle gleichzeitig handeln. Kronen hatte entschieden, die Telefonverbindungen parallel aufrechtzuerhalten, damit keine Zeit mit Wählen oder belegten Leitungen verloren ging. In den umliegenden Büros saßen die Kollegen an ihren Telefonen und warteten auf ein Zeichen von Kronen. Jetzt kam es nur noch auf den Erpresser und Ellen an.

Es war so weit. Die Internetübertragung wurde aktiviert. Die Leute zogen sich aus dem Zentrum der Zentrale zurück. Nur Ellen blieb dort stehen, ihren Blick auf den Monitor vor sich gerichtet. Ellen wollte gar nicht mehr wissen, wie viele Menschen ihr da draußen im Moment zuschauten. Es waren auf jeden Fall zu viele. Warum saßen die Leute eigentlich vor ihren Bildschirmen? Wohl kaum aus reinem Interesse an der Arbeit der Polizei. Eher, um einem Verbrecher live zuzusehen, oder weil sie darauf warteten, dass Ellen sich weiter auszog.

Ellen richtete ihren BH. Sie würde alles in ihrer Macht Stehende tun, um ihn nicht auszuziehen. Sie hatten einen Plan – aber der Erpresser auch.

»Hallo, Frau Faber«, meldete sich der Erpresser. Es waren exakt zwei Stunden vergangen. Er hatte eine männliche Vorlesestimme gewählt. Ellen rechnete sowieso mit einem Mann auf der Gegenseite, und so fiel ein Verwirrungsfaktor weg.

»Hallo. Wie darf ich Sie eigentlich nennen?« Ellen hatte sich vorgenommen, im Gespräch mehr über den Erpresser herauszufinden.

»Netter Versuch. Sie wissen doch, dass es bei mir nichts umsonst gibt. Wie viel würden Sie denn für meinen Namen bezahlen?«

»Nichts. Sich beim Namen zu nennen, ist einfach ein Gebot der Höflichkeit.«

Ein kurzes Lachen erklang. »Ich glaube eher, dass Sie nicht bezahlen *wollen*. Ihre Währung wird langsam knapp. Sehr knapp, wenn ich Sie so ansehe.«

»Kommen Sie zur Sache«, sagte Ellen. Es reichte ihr, wenn unzählige Leute an den Bildschirmen sie in Wonderbra und Stringtanga sahen. Das musste jetzt nicht noch ausgewalzt werden.

»Oh, Ihre Währungsreserven gehören zur Sache. Schließlich sollen Sie damit bezahlen, wenn Sie dieses Level erfolgreich beenden wollen.«

»Noch haben Sie nicht gewonnen. Worum soll es heute gehen?«

»So voller Energie? Wunderbar. Ich liebe es, wenn Sie mit Elan kämpfen.«

»Warten Sie ab, ob Sie das am Ende auch noch lieben.«

»Machen Sie sich darum keine Sorgen. Ich gewinne immer.«

Ellen warf einen kurzen Blick zu Khalid. Der zuckte mit den Schultern. Offenbar war die Verbindung immer noch nicht zurückzuverfolgen. Das wäre auch zu einfach gewesen. Der Erpresser nutzte wie zuvor manipulierte Rechner im Ausland als Zwischenstationen. In diesem Stadium der Verhandlungen war Small Talk nur Zeitverschwendung. Wenn sie den Erpresser oder die Bombe endlich lokalisiert hätten, sah es anders aus.

»Fangen wir an«, sagte Ellen, »oder haben Sie etwa keinen Plan mehr?«

Auf dem Monitor erschien für alle gut sichtbar »120 + 2«.

Ellen atmete tief durch. So viele Menschen standen also auf dem Spiel. Sie hatte sich darauf eingestellt, dass der Erpresser den Einsatz erhöhte, trotzdem war es eine große Verantwortung. Ellen wusste aus Gesprächen mit Marina Wirtz vom Psychologischen Dienst, dass sie sich davor hüten musste, zu sehr an die vielen Schicksale zu denken, die hinter dieser blanken Zahl standen. Gerade um diese Menschen zu retten, musste Ellen mit einer gewissen Distanz herangehen.

Denk nicht an die Zahl. Gib einfach dein Bestes.

Aber etwas verwirrte sie doch. »Was soll diese Rechenaufgabe?«, fragte sie.

Eine Fanfare ertönte. »Gut aufgepasst. Ich dachte, auf diesem Level führen wir einen kleinen Bonus ein. Ich bin sicher, er wird Sie ganz besonders motivieren.«

Wieder wurde ein Lachen eingespielt, das dieses Mal klang wie von einem gemeinen Kobold.

Ellen hatte keine Idee, was die »+ 2« bedeuten sollten. Es konnte nur eine neue Teufelei des Erpressers sein. Die Schweißperlen auf ihrer Haut wuchsen. Trotz ihrer spärlichen Kleidung wurde Ellen warm.

»Was ist die Aufgabe für heute?«

Der Monitor teilte sich. Auf der rechten Hälfte war eine dunkle Linie auf hellbraunem Grund zu sehen. Die linke Hälfte zeigte einen weißen rechten Winkel.

»Was soll das?«

»Das sollen Sie herausfinden. Großzügig, wie ich bin, gebe ich Ihnen dazu volle tausend Sekunden.«

Ellen rechnete blitzschnell. Tausend Sekunden entsprachen etwas mehr als sechzehn Minuten. Das war eine Menge Zeit. Wahrscheinlich war die Aufgabe deshalb umso schwieriger. Die Bilder verschwanden, und die Ziffer Tausend erschien. Dann kamen die Bilder zurück, um wieder zu verschwinden.

999.

Die Bilder.

998.

Wieder die Bilder. Präzise wie ein Pulsschlag wechselten sich die Ziffern mit den Bildern ab.

»Wir brauchen Ideen. Los!«, sagte Ellen.

997.

»Der Ausschnitt wird mit jeder Einblendung größer«, sagte Khalid.

996.

Es knisterte in den Lautsprechern. »Sie haben einen klugen Mitarbeiter, Frau Faber. Das ist gut für Sie – und für den Bonus.«

Zum Teufel, was war der Bonus?

995.

»Je schneller Sie den Ort erraten, desto eher können Sie eingreifen.«

990.

»Die weißen Linien sind gerade. Irgendwas mit Technik.« Marina Wirtz machte einen so konzentrierten Eindruck, wie Ellen ihn noch nie an ihr gesehen hatte. »Die braune Linie sieht aus wie von einer Zeichnung.«

960.

»Da, noch ein Winkel«, rief Khalid.

»Das sind Fenster«, sagte Brahe. »Ausschnitte von zwei Fenstern mit einem weißen Balken in der Mitte.«

Jetzt stand Kronen auch bei ihnen. »Es gibt zehn Millionen Fenster in Berlin. Das bringt noch nichts«, sagte er, ohne den Blick vom Monitor zu nehmen.

942.

Jetzt sahen sie einen dicken blauen Streifen unter den Fenstern verlaufen.

»Komisches Haus«, sagte Stefan.

»Das ist kein Haus. Die Linie ist irgendwie gebogen«, sagte Kronen.

940.

Die braune Linie auf dem anderen Bild wurde länger. Sie war leicht geschwungen. Hierzu sagte niemand etwas. Alle konzentrierten sich auf die Fenster.

938.

»Da. Das ist Wasser unter dem blauen Streifen.« Khalid zeigte auf das Bild, obwohl alle es genauso sahen wie er.

936.

»Fenster über dem Wasser. Ein Restaurant an einem See?«, fragte Brahe.

»Kein Restaurant«, sagte Ellen. »Das ist ein Schiff.«

Jetzt, wo Ellen es ausgesprochen hatte, erkannten es alle.

»Die blauen Streifen. Das ist ein Schiff der Stern- und Kreisschifffahrt«, sagte Kronen. »Da bin ich ganz sicher. Das passt auch zu der Hundertzwanzig.«

Brahe hob unzufrieden die Hände hoch. »Aber welches Schiff? Die Stern- und Kreisschifffahrt hat über zwanzig Schiffe.«

930.

»Finden Sie es heraus«, sagte Kronen zu Brahe. Dann nickte er Ellen zu. »Ich muss mich um etwas anderes kümmern.« Kronen verschwand.

»Oooooh«, tönte es klagend aus den Lautsprechern.

Ellen sah die anderen fragend an. Was sollte das jetzt wieder?

»Ich glaube, Ihr Polizeipräsident begeht einen großen Fehler, Frau Faber. Einen sehr großen. Das ist überhaupt nicht gut für den Bonus. Wirklich ganz schlecht.«

Ellen überlief es heiß. »Welchen Fehler?«

»Zu glauben, dass immer alles genauso läuft wie bisher.«

In Ellen keimte ein Verdacht auf. Ihr wurde noch heißer. »Die Handyzündung«, flüsterte sie. Die Worte wollten kaum über ihre Lippen kommen.

Aus den Lautsprechern brandete Applaus. »Richtig! Sie haben es erfasst. Die Handyzündung. Die Kandidatin hat tausend Punkte.«

Ellen war schon durch die Tür im Flur. »Kronen!«, brüllte sie so laut sie konnte. »Nicht abschalten! Nicht abschalten!«

Kronen war nicht zu sehen. Er musste in einem der Büros stecken. Ellen rannte den Gang entlang und brüllte »Nicht abschalten!« in jedes Zimmer.

Ein Beamter war besonders schnell gewesen. »Ich habe die Order zum Abschalten der Handynetze gerade weitergegeben.«

»Die Handynetze dürfen auf keinen Fall abgeschaltet werden. Geben Sie das durch. Sofort!«

Kronen kam aus einer Tür. »Was soll das, zum Teufel? Wir haben alles vorbereitet.«

»Wir dürfen nicht abschalten. Der Erpresser weiß, dass wir die Handyzündung blockieren wollen.«

»Wie sollte er das wissen?«

»Keine Ahnung. Er weiß es jedenfalls. Wenn wir das Netz

abschalten, gibt es eine Katastrophe. Kommen Sie mit.« Ellen lief zurück in die Zentrale. Kronen folgte ihr widerwillig.

»Hören Sie mich?«, fragte Ellen, als sie wieder in der Zentrale waren.

»Ich höre Sie immer«, sagte der Erpresser.

»Die Bomben auf dem Schiff werden nicht über ein Handy gezündet«, sagte Ellen.

»Kluges Mädchen«, kam die Antwort aus den Lautsprechern. »Wiederholungen sind so langweilig. Ich liebe die Abwechslung. Da dachte ich, ich drehe die Zündung einfach um: Ich habe ein Handy, das ein permanentes Signal an das Handy auf dem Schiff sendet. Wenn der Empfang abbricht, geht es los ... Das ist doch mal etwas Neues.«

»So ein Arschloch«, sagte Stefan.

Auf dem Monitor erschienen die Zahlen »1:1«.

»Sie haben einen Erfolg verbucht«, sagte die immer freundliche Stimme des Erpressers. »Es steht unentschieden. Sie haben eine Katastrophe verhindert – aber ich habe Ihren Plan zerstört. Das einzig Dumme ist: Ihre Zeit läuft.«

860 pulsierte auf dem Monitor. Die Schweißtropfen auf Ellens Haut verbündeten sich zu kleinen Rinnsalen und liefen über ihren nackten Bauch. Was sollte, was konnte sie überhaupt noch tun?

»Wir müssen das Schiff erkennen. Wer erkennt das Schiff?« Ellen stellte sich hinter Khalid.

Khalid rief die Bilder der Flotte aus dem Internet auf. Das Menü war umständlich. Er musste jedes Schiff einzeln aufrufen und dann die Fensterausschnitte mit den Fenstern des Schiffes abgleichen.

848.

»Was zeigt das andere Bild?«, fragte Ellen. »Das dürfen wir nicht vergessen.«

Zu sehen war eine geschwungene Linie mit einigen Streifen darunter.

Ein Körper? Einige Sekunden vergingen, in denen der Ausschnitt stückweise wuchs.

844.

Jetzt war ein Auge zu erkennen.

»Das ist ein Tier«, sagte Marina Wirtz. »Es ist ein Tiger.«

»Was soll ein Tiger bedeuten? Vielleicht den Zoo?«, fragte Kronen.

»Es ist kein Foto. Es ist eine grobe Zeichnung. Das muss etwas anderes heißen«, sagte Marina Wirtz.

842.

»Sie sollten sich beeilen«, sagte die Stimme. »Oder haben Sie noch einen Joker?«

Der Erpresser spielte wieder Gelächter ein. »Sie haben keinen Joker? Das ist bedauerlich. Man sollte immer einen Joker haben, wenn man spielt. Ich habe jedenfalls einen, und den möchte ich jetzt ziehen, wenn Sie einverstanden sind – La Tigresa.«

Ellen hatte das Gefühl, einen elektrischen Schlag zu bekommen. La Tigresa. Jetzt erkannte sie das Bild. Es zeigte eine Tätowierung, einen Tiger im Sprung.

38

Letztes Jahr im Sommer. Mallorca. Ein blauer Pool verlockte zum Schwimmen. Meerblick vom Balkon. Mehrere Segelboote zogen vorbei. Ein Traum für vierzehn Tage.

Ellen hatte nicht zufällig einen Club-Urlaub gebucht. »Flirt-Faktor inbegriffen«, hatte im Prospekt gestanden. Dieser Satz hatte nicht unwesentlich dazu beigetragen, dass sie sich gerade für dieses Urlaubsziel entschieden hatte.

An einem der ersten Urlaubsabende fand sich Ellen in einer Gruppe von Gästen wieder, die munter schwatzend zu der Freifläche neben dem Pool trödelten. Sie ließ sich mit ihnen treiben. Überall hingen bunte Lampions, Stühle standen in mehreren Reihen im Halbkreis. Die Animateure gaben sich redlich Mühe, ihre Gäste zu unterhalten. Aus einem Stapel Karten mit Tiermotiven sollte jeder Gast eine auswählen. Ellen nahm einen Tiger. Indem man die Geräusche und Bewegungen des jeweiligen Tieres nachahmte, sollte man den Gegenpart finden, der das gleiche Tier gezogen hatte. Nach einem kurzen Einsatz als Tigerin, der hauptsächlich aus Beobachten bestand, hatte sie ihn gefunden, den Tiger. Ellen war angenehm überrascht. Ihr »Tiger« hatte schwarze Haare, noch schwärzere Augen und hieß Pablo. Er kam vom spanischen Festland, sagte er, aus Barcelona. Um sich auf seine Karriere als Hotelmanager vorzubereiten, hatte er ein Jahr in verschiedenen deutschen Hotels gearbeitet. Deshalb sprach er etwas Deutsch, gerade so viel, dass Ellen und er sich unterhalten konnten.

Die nächsten Tage waren ein Traum. Pablo zeigte Ellen Palma de Mallorca. Als Spanier fand er die Ecken und Lokale, die man als Tourist nicht entdeckte. Sie machten einen gemeinsamen Tauch-Ausflug. Ellen spürte, wie sehr sie sich nach so einer lockeren und unbeschwerten Atmosphäre gesehnt hatte. Es geschah fast von selbst, dass Pablo und Ellen sich näherkamen. Ellen wehrte sich nicht. Es tat so gut. Und sie mochte es, wenn Pablo sie »La Tigresa«, die Tigerin, nannte.

An diesem Abend versorgte Pablo Ellen mit Cocktails, vorzugsweise mit seinem »Pablo Spezial«. Sie hatte aufgegeben, nach dem Inhalt zu fragen. Pablo schwieg eisern, und eigentlich war es ihr auch egal, aus was der Cocktail gemixt war. Sie genoss einfach. Und reichlich. Später schlenderten sie Arm in Arm zur Animationsbühne. Pablo wollte sich gerne den Wet-T-Shirt-Wettbewerb ansehen.

»Willst du nicht auch mitmachen?«, fragte er scherzhaft.

Auf der Bühne vor so vielen Menschen? Mit einem nassen T-Shirt? Ohne etwas drunter? »Das ist nichts für mich«, wehrte sie ab.

»Du hast so eine wunderbare Figur.« Pablo zeichnete einen kurvigen Umriss in die Luft. »Ganz hervorragend, einfach umwerfend sexy.«

So etwas hörte Ellen viel zu selten. Trotzdem blieb sie standhaft. Pablo ging, um ihnen neue Cocktails zu holen. Der Wettbewerb begann. Der Animateur wollte noch mehr Frauen auf der Bühne sehen. Pablo kam zurück und reichte Ellen ihren vierten Spezial. Mit jedem Schluck schwand ihre Widerstandskraft, während Pablo ihr weiter schmeichelte und sie drängte, doch auf die Bühne zu gehen. Irgendwann stand er auf und nahm Ellen am Arm.

»Komm. Probier es einfach.«

Ellen ließ sich mitziehen. Ohne Pablos Arm hätte sie die Bühne wohl kaum erreicht. In der Reihe der Frauen konnte sie sich gerade noch aufrecht halten, ohne zu wanken. Dann spritzte der Animateur mit einem Schlauch kaltes Wasser auf die Oberteile der Frauen. Das kalte Wasser sorgte für einen Moment der Klarheit. Ellen spürte, wie ihr T-Shirt durchsichtig wurde und an ihr klebte. Sie sah die johlende Menge und die Blitzlichter der Kameras. Sollte sie weglaufen? Sie konnte sich das Gelächter der Zuschauer vorstellen. Und Pablo? Er würde sie wahrscheinlich nie mehr ansehen. Also blieb Ellen und machte wohl oder übel mit. Die ersten Frauen wurden herausgewählt und von der Bühne geschickt. Das Publikum buhte. Es kam neues Wasser. Sie mussten auf der Bühne hin- und herlaufen. Die Anzahl der Frauen auf der Bühne wurde immer kleiner. Ellen wäre liebend gerne ausgeschieden, aber sie kam Runde um Runde weiter.

Die letzten drei Frauen wurden mit Champagner bespritzt. Die Flüssigkeit prickelte, kribbelte und klebte auf Ellens Haut. Eine Flasche Champagner wurde ihr zum Trinken gereicht. Ellen nahm einen großen Schluck. Irgendwann stürmte Pablo auf Ellen zu.

»Du hast den zweiten Preis gemacht«, rief er. »Ich wusste es. Du bist sexyer als alle anderen.« Er drückte ihr noch ein Glas Champagner in die Hand.

»Ich kann nicht mehr.« Ellen lehnte sich an Pablo. Es war ihr egal, wie klebrig sie war.

»Doch, wir müssen auf deinen Preis anstoßen.«

Ellen trank. »Welchen Preis?«, murmelte sie.

»Der zweite Preis ist ein Tattoo nach freier Auswahl. Das Tattoo-Studio hier in der Anlage hat ihn gestiftet.« Pablo klang so begeistert, als hätte Ellen einen Sechser im Lotto gewonnen. »Das lassen wir sofort machen.«

»Ach, ich weiß nicht.« Ellen hatte noch nie darüber nachgedacht, ob sie gerne ein Tattoo hätte. Sie war weder dagegen noch dafür. Gegen die Energie von Pablo kam sie nicht an. Der steuerte zielstrebig auf das Studio zu.

Der Besitzer empfing Ellen und Pablo mit einem Wortschwall, von dem Ellen nichts verstand.

»Einen Tiger für die Tigerin«, hörte Ellen Pablo auf Spanisch sagen.

»Phantastisch«, sagte der Besitzer. »Und wohin?«

Pablo überlegte nicht lange. »Auf die Brust. Nicht wahr, La Tigresa? Mit deinen Brüsten hast du ihn dir erkämpft, und da gehört er hin.«

»Phantastisch«, sagte der Besitzer wieder. Er war selbst voll mit Tattoos und hatte unzählige Piercings in Ohren, Lippen, Augenbrauen.

Ellen war sich in ihrem Nebel nicht sicher, ob sie diesen Vorschlag phantastisch finden sollte. »Aber nur auf die Seite. Da, wo man es nicht so sieht«, murmelte sie.

»Na gut.« Pablo nickte dem Tätowierer zu.

Ellen zog ihr T-Shirt aus. Es zeigte ohnehin mehr, als es verbarg, und es klebte so eklig. Sie legte sich auf eine Liege, streckte die Arme über den Kopf aus, um dem Tätowierer Platz zu machen – und schlief ein.

Am nächsten Morgen war Pablo verschwunden. Zurück blieb ein verschorftes Tattoo, das sich später als energiegeladener, angriffslustiger Tiger im Sprung entpuppte. Eigentlich nicht schlecht, nur die Stelle, an der sich das Tattoo befand, war Ellen peinlich. Nun ja, viele würden es nicht zu sehen bekommen.

39

Das Tattoo brannte auf Ellens Haut, als wäre es eben erst gestochen worden.

764.

Ellen blickte zum Monitor. Das Tiger-Tattoo war jetzt gut zu erkennen. Noch war sie die Einzige, die es zu deuten wusste, aber das würde sich bald ändern. Der Bildausschnitt wurde mit jedem Pulsieren des Countdowns ein Stück größer. Noch war nur der Tiger zu sehen, bald würde man die Konturen einer Brust erkennen. Nicht irgendeiner Brust – ihrer Brust.

Etwas anderes schockierte Ellen weitaus mehr. Was war das für ein Foto? Sie kannte es nicht. Sie wusste überhaupt nicht, dass es von ihrem Aufenthalt im Tattoo-Studio Fotos gab. Nur Pablo konnte dieses Foto gemacht haben. War das eine Spur? Aber würde sich der Erpresser so dumm verraten? Und gab es etwa noch mehr Bilder von ihr, von denen sie selbst nichts wusste?

»Sie sehen blass aus, Frau Faber«, sagte die Stimme aus den Lautsprechern. »Ist Ihnen nicht gut?«

Ellen sagte nichts.

»Sie werden verlieren, Frau Faber. Zahlen Sie Ihren Preis. Sie haben doch schon Übung – La Tigresa.«

Er schien sehr genau zu wissen, wie sie an das Tattoo gekommen war. »Niemals.«

Lachen.

»Wir haben das Schiff«, rief Khalid. Das Lachen aus den Lautsprechern brach ab. »Es ist die MS Solar.«

»Lokalisieren!«, befahl Ellen.

»Schwierig«, sagte Khalid nach wenigen Augenblicken. »Die MS Solar fährt nicht nach Fahrplan. Sie ist auf einer Sonderfahrt.«

»Die Stern- und Kreisschifffahrt muss wissen, wo sie ist.«

»Wir versuchen bereits, jemanden zu erreichen, aber es ist immer besetzt.« Khalid deutete zu Stefan, der mit dem Telefon am Ohr Ellen zunickte.

Sie hatten noch 680 Sekunden, etwas mehr als elf Minuten. Ellen ging wieder in die Mitte der Zentrale.

»Der Tiger. Das ist ein Tattoo auf einer weiblichen Brust«, sagte Brahe.

»Wer soll das denn kapieren?«, sagte Kronen. In seiner Stimme schwang unverhohlener Ärger mit.

Noch war Ellen die Einzige, die etwas damit anfangen konnte, aber sie sagte nichts.

»Wir haben das Schiff«, rief Khalid.

»Wo?« Ein Hoffnungsschimmer glomm in Ellen auf.

»Auf dem Wannsee, in der Nähe von Schwanenwerder.«

Der Hoffnungsschimmer erlosch. Das Schiff war mitten auf dem Wannsee, dem größten See Berlins. Zehn Minuten würden niemals reichen, um das Schiff ans Ufer zu bringen und die Passagiere zu evakuieren.

Eine leichte und beschwingte Melodie kam aus den Lautsprechern. »Ich wusste, dass ich dieses Level gewinnen werde.«

Hatten sie jemals eine Chance gehabt? Eindeutig nein. Der Erpresser war über alle Maßen raffiniert. Es war schon fast unheimlich, wie er den ganzen Polizeiapparat manipulierte.

»Ich freue mich schon auf den Preis, den Sie zahlen werden. Ist es wirklich so schlimm, wenn die Welt Ihre perfekte Brust sehen wird?«, fragte die freundliche Stimme. »Vielleicht kann ich Ihnen ein bisschen helfen, damit es Ihnen leichter fällt. Wir können uns gerne das ganze Foto ansehen. Das wird den Zuschauern sicher gefallen.«

Brahe sah Ellen verständnislos an.

»Was hat das zu bedeuten?«, fragte Kronen.

Ellen stand wie versteinert. In wenigen Minuten würden sie sowieso alle fast nackt sehen. Warum sollte sie sich nicht jetzt ausziehen und die Sache zu Ende bringen? Oder gab es doch noch eine andere Lösung? Sie hatte noch 578 Sekunden, fast zehn Minuten.

»So unschlüssig? Das ist gar nicht Ihr Stil«, sagte die Stimme. »Dann möchte ich Ihre Motivation noch weiter anfachen.«

Die Software-Stimme klang unverändert freundlich, aber Ellen war es, als setze jemand ein spitzes Messer auf ihre Brust.

»Haben Sie den Bonus vergessen, um den wir spielen?«

Die »120 + 2« erschien auf dem Bildschirm.

Ellen hatte tatsächlich nicht mehr daran gedacht.

»Sie kennen die beiden sehr gut.«

Ein Foto von Hanna und Elias erschien, wie sie beide auf einem Spielplatz herumtobten. Ellen hatte Mühe, aufrecht stehen zu bleiben. Gestern beim Italiener – Hanna und Elias hatten von einem Ausflug auf dem Wannsee erzählt. Mit der Schule. Der Erpresser wusste davon. Die beiden waren auf dem Schiff, mit über hundert anderen Kindern – und zusammen mit einer Bombe.

Nein! Nicht Hanna und Elias.

Der Countdown zählte unbarmherzig weiter.

528.

In Zeitlupe öffnete Ellen ihren BH und ließ ihn achtlos auf den Boden gleiten. Bei 510 stoppte der Countdown. Aus den Lautsprechern klang Applaus wie bei der Verleihung des Fernsehpreises. Auf den Monitoren blitzte es, als ob tausend Fotografen ihre Kameras auf Ellen richteten.

40

Marina Wirtz war nicht leicht zu beeindrucken. Ihre Arbeit im Psychologischen Dienst des LKA hatte sie schon mit manchem konfrontiert, was andere zum Zusammenbruch getrieben hätte. Eine gewisse Distanz zu den Problemen und gewöhnlich auch zu den betroffenen Leuten war bei ihrem Beruf schon aus professionellen Gründen erforderlich. Bei Ellen Faber fiel ihr diese Distanz relativ leicht, weil die beiden Frauen grundverschieden waren. Sie begegneten sich nur dann, wenn die Dienstvorschriften es forderten.

Marina war während der Kommunikation mit dem Erpresser wie schon die vorigen Male in der Zentrale anwesend. Normalerweise hätte sie sogar die Verhandlungen geführt. Ihre psychologische Ausbildung schloss Verhandlungsführung im Krisenfall ein, aber dieses Mal war alles anders. Sie war auf die Zuschauerrolle beschränkt, weil der Erpresser auf Ellen als Verhandlungspartner bestand. Aber für eine spätere Auswertung war es wichtig, dass sie so nahe wie möglich am Geschehen war. Wobei – in diesem speziellen Fall hätte man fast auf ihre Anwesenheit verzichten können. Marina war darauf geschult, Körpersprache zu deuten. Auch kleinste Nuancen im Tonfall entgingen ihr nicht. Beides war sogar wichtiger als die gesprochenen Worte, wenn es darum ging, sich ein Bild des Gegenübers zu machen und dessen wahre Motive und Schwachstellen zu erkennen. In dieser Woche fühlte Marina sich hilflos wie nie zuvor. Ihr ganzer psychologischer Werkzeugkasten war ihr aus der Hand geschlagen worden. Es gab nur Worte, die von einer Software vorgelesen wurden, keine verräterische Körpersprache, keine menschliche Stimme. Marina fühlte sich, als ob man ihr Augen und Ohren genommen hätte. Sie versuchte, trotzdem etwas herauszufinden, doch sie kam genauso wenig voran wie ihre Kollegen der Spurensicherung, die weder Fingerabdrücke noch andere Spuren an den Tatorten fanden.

Als routinierte Psychologin war Marina in der Lage, die eigene Hilflosigkeit perfekt zu überspielen. Aber als Ellen jetzt in der

Mitte der Zentrale stand, nackt bis auf ihren Slip, da hätte Marina um nichts in der Welt mit ihr tauschen wollen. Die Raffinesse, mit der der Erpresser Ellen vorführte und alle ihre Pläne zerstörte, ließ Marina trotz der sommerlichen Temperaturen frösteln. Alle Kollegen sahen Ellen an. Daudert starrte unverhohlen auf ihre nackte Brust. Ellen rührte sich nicht. Da ging Marina zu Ellen, hob den BH vom Boden auf und zog sie am Arm zur Tür hinaus.

»Kommen Sie. Ich bringe Sie hier raus.«

Ellen ging ein paar Schritte mit, dann wandte sie sich zur Zentrale um. »Aber es muss doch hier weitergehen.«

»Das machen schon die Kollegen. Sie haben genug für heute geleistet.« Marina hielt Ellen den BH hin.

Während Ellen den BH wieder anzog, holte Marina die restliche Kleidung von Ellen aus der Zentrale. Ellen zog sich noch auf dem Flur an. Dann ging Marina zielstrebig voran in die Tiefgarage.

»Ich glaube, Sie können einen Kaffee vertragen. Aber nicht hier. Ein Ortswechsel würde Ihnen guttun. Ich kenne ein kleines Café nicht weit von hier.«

Ellen folgte Marina wortlos.

Marina steuerte ihren Audi A4 die Rampe zur Ausfahrt hoch. »Ducken Sie sich«, sagte Marina.

Jetzt sah Ellen auch die beiden Reporter, die seitlich auf dem Bürgersteig standen und die Ausfahrt im Blick hielten, die Kameras schussbereit.

»Mist«, sagte Ellen, rutschte ganz tief in den Sitz und zog den Kopf ein. Jetzt war es von Vorteil, dass sie klein war. Die Reporter zuckten kurz mit ihren Kameras, aber entspannten sich sofort wieder. Sie konnten nur Marina sehen, und die war nicht relevant für sie.

41

»Sie sind nicht zum ersten Mal hier?« Ellen folgte Marina, die zielstrebig auf den Eingang des unscheinbaren Hauses zuging. Nur ein kleines Schild neben der Tür deutete auf ein Café hin. Sie gingen hinab in den Keller und kamen in einen gemütlich eingerichteten Raum mit nur sechs Tischen. Außer einem Pärchen, das sich angeregt unterhielt, gab es nur noch eine Bedienung, die Marina freundlich begrüßte.

»Jeder braucht gelegentlich einen Rückzugspunkt.« Marina setzte sich an den Tisch, der am weitesten von dem Pärchen entfernt war.

»Dann nehmen Sie sicher nicht oft jemanden aus dem LKA mit hierhin.«

»Sie sind die Erste.«

»Danke – fürs Herausholen aus dem LKA und dass Sie mich mit an Ihren sicheren Ort genommen haben.«

Die Bedienung brachte den bestellten Cappuccino. Ellen nahm schweigend einen Schluck. Sie dachte an Hanna und Elias. Wie mochte es den beiden wohl gehen?

»Ich muss sehr oft aus beruflichen Gründen Fragen stellen«, begann Marina. »Da ist es gar nicht leicht, wenn man es persönlich will.«

»Fragen Sie doch einfach.«

»Ich würde gerne wissen, wie es Ihnen geht.«

Das war doch eine typische Psychologenfrage. »Wirklich nicht beruflich?« Ellen rührte in ihrem Cappuccino.

»Nein.«

»Okay, aber dann antworten Sie auch ehrlich, wenn ich etwas frage.«

Marina nickte.

Ellen zögerte kurz. »Ich fühle mich, als hätte man mich in einen riesigen Mixer geworfen«, sagte sie dann leise. »Wenn ich einen Plan habe, wird er zerrissen. Wenn ich mir vornehme, etwas auf keinen Fall zu tun, dann werde ich dazu gezwungen. Und wie es weitergehen soll, weiß ich auch nicht. Reicht Ihnen das?«

»Das reicht. Und was wollen Sie von mir wissen?«

Ellen ließ ihren Blick durch den Raum schweifen. An den Wänden hingen Fotos aus dem Spreewald. Sie strahlten Ruhe und Frieden aus, genau, was Ellen brauchte.

»Warum Sie mich da rausgeholt haben.« Ellen war sich immer noch unsicher, ob die Wirtz sie nicht doch psychologisch sezieren wollte.

»Weil ich es abscheulich finde, wie man mit Ihnen umgeht, wie man Sie auseinandernimmt und Sie bloßstellt – und wie es manchen noch Spaß macht, Ihnen dabei zuzusehen.«

Ellen nippte an ihrer Tasse. »Ich habe mich dafür entschieden, diesen Weg zu gehen – auch mit dem Risiko, dass er nicht funktioniert. Jetzt geht es eben schief, und ich muss bezahlen. Wir sind dem Erpresser keinen Millimeter näher gekommen und haben nichts erreicht.«

»Ich sehe das anders. Sie haben unzähligen Menschen das Leben gerettet. Sie haben in diesen wenigen Tagen mehr erreicht, als die meisten Polizisten in einem ganzen Leben erreichen. Das kann man nicht als Schiefgehen bezeichnen.«

»Das ist nicht genug. Wir müssen diesen Verbrecher fassen.«

»Das liegt nicht an Ihnen. Sie haben mehr gegeben, als die meisten tun würden. Wollen Sie sich wirklich noch weiter von ihm herausfordern lassen?«

»Habe ich denn eine andere Wahl?«

»Sie sind ein freier Mensch – und deshalb haben Sie die Wahl. Niemand kann Sie zwingen, sich vor laufenden Kameras auszuziehen. Das gehört nicht zu Ihrer Job-Beschreibung.«

Ellen stützte ihre Ellenbogen auf den Tisch und hielt die warme Tasse mit beiden Händen fest. Sie sah einen Moment zu, wie sich der Schaum auf dem Kaffee bewegte. Dabei dachte sie wieder an Hanna und Elias. In Gedanken sah sie das Schiff vor sich, wie es sich durch die Bombe in einen Feuerball verwandelte. So etwas durfte nicht passieren. »Als Kommissarin mit Verantwortungsbewusstsein kann ich nicht anders als weitermachen.«

Marina Wirtz beugte sich vor, nahe zu Ellen hin. »Sie haben keine Chance. Der Erpresser ist Ihnen immer einen Schritt voraus. Er *will* sie überhaupt nicht gewinnen lassen.«

»Das weiß ich, aber ich gebe nicht auf. Niemals. Und irgendwann werde ich diesen Kerl kriegen.«

»Wenn das Ihre Entscheidung ist, dann müssen Sie diesen Weg gehen, aber einen Rat sollten Sie annehmen. Gehen Sie heute nicht mehr ins LKA und schlafen Sie nicht zu Hause.«

»Warum das?«

»Ich möchte vermeiden, dass Sie in endlosen Diskussionen mit Kronen und Daudert Ihre Kräfte verbrennen. Und bei Ihrer Wohnung warten nur die Paparazzi auf Sie. Das Spießrutenlaufen mit der Presse können Sie sich sparen. An Ihrer Stelle würde ich auch morgen keine Zeitung lesen.«

Ellen dachte an den aufdringlichen Eberle. Aber die anderen waren nicht besser. Die Reporter schienen sich grenzenlos zu vermehren und standen anscheinend überall, wo sie sich eine kleine Chance auf ein Bild oder Wort von ihr erhofften. »Nein, danke. Das brauche ich tatsächlich nicht.« Ellen überlegte einen Moment. »Ich könnte bei meiner Schwester schlafen. Das würde mir guttun.«

»Ich bringe Sie gerne hin.«

»Vorher muss ich aber mit Direktor Brahe sprechen. Er muss etwas wissen.« Ellen wollte seine Nummer wählen, aber der Akku ihres Handys war mal wieder leer. Marina Wirtz reichte Ellen ihr Handy.

»Direktor Brahe? Das Foto mit dem Tiger-Tattoo. Es ist in meinem letzten Urlaub aufgenommen worden, aber nicht von mir. Das kann nur ein Mann gemacht haben, der sich Pablo genannt hat. Ich kann mir nicht vorstellen, was er mit der Erpressung zu tun haben sollte, aber ich möchte Sie bitten, dieser Spur nachzugehen. Wir brauchen die Gästeliste des Hotels.« Ellen gab Brahe den Namen des Hotels und die Zeit durch.

Ellen gab Marina Wirtz das Handy zurück. »Danke.«

»Keine Ursache. Übrigens – wenn Sie nichts dagegen haben – nennen Sie mich Marina. Wir können uns gerne duzen. Es ist mir eine Ehre, mit so einer Kollegin zusammenzuarbeiten.«

Ellen musste schmunzeln. Das hörte sich jetzt wirklich nicht mehr professionell distanziert an.

Im Treppenhaus von Annikas Haus kamen Ellen die Kinder schon entgegengestürmt.

»Ellen, Ellen, du glaubst nicht, was uns passiert ist. Wir haben ganz viel Polizei gesehen.«

Bis alle oben an der Wohnung angekommen waren, kam Ellen nicht zu Wort. Die beiden redeten ununterbrochen und vor allem gleichzeitig. Ellen hätte auch kein Wort über die Lippen gebracht.

Als die Tür hinter ihnen ins Schloss fiel, nahm Ellen Hanna und Elias in ihre Arme.

Elias bemerkte eine Träne, die an Ellens Wange herunterlief. »Warum weinst du?«, fragte er.

»Weil ich mich so freue, euch zu sehen.«

Elias legte den Kopf schief. Dann sagte er: »Komisch. Wir lachen immer, wenn wir uns freuen.«

»Ja«, sagte Ellen. »Tut das. Lacht, so viel ihr könnt.«

Sie stand aus der Hocke auf und nahm Annika, die still dagestanden und die Szene beobachtet hatte, in den Arm. Annika standen auch Tränen in den Augen.

»Danke. Du hast ihnen das Leben gerettet.«

Die Kinder veranstalteten ein Wettrennen ins Wohnzimmer, und Hanna hielt Elias lachend am Arm fest, als er auf dem glatten Boden fast ausgerutscht wäre. Ellen schaute ihnen nach. »Etwas Besseres kann man doch nicht tun, als solchen Kindern das Leben zu retten.«

»Trotzdem danke. Ich weiß nicht, was ich getan hätte, wenn den beiden etwas zugestoßen wäre.« Annika sah aus, als ob sie schon länger geweint hätte. Ihr Make-up war total verschmiert, und ihre Haare hingen wirr.

»Daran denken wir lieber nicht.«

Im Wohnzimmer überboten sich Hanna und Elias in ihren Erzählungen, was sie erlebt hatten. Meistens redeten beide gleichzeitig. Für sie war das ganze Erlebnis ein großes Abenteuer auf dem Schiff gewesen. Mit der Zeit ergab sich für Ellen ein Bild der tatsächlichen Ereignisse. Kaum hatte Ellen ihren BH ausgezogen, war die Besatzung der MS Solar informiert worden, und das Schiff hatte mit Volldampf die nächste Landungsmöglichkeit angesteuert, begleitet von mehreren Hubschraubern. Nach und nach waren Boote der Wasserschutzpolizei dazugestoßen. An Land hatte es von Kranken- und Polizeiwagen gewimmelt, wie die Kinder begeistert erzählten.

»Hanna und Elias haben von der Gefahr nichts mitbekommen«, berichtete Annika leise. »Bevor das Schiff anlegte, war ich schon da. Ich war sofort losgefahren, als im Radio die Meldung kam, dass es der Erpresser dieses Mal auf ein Schiff abgesehen hat. Als die Kinder gesund an Land waren, sind wir sofort nach Hause gefahren. Ich wollte nur noch weg von der Bombe.«

Wie gut, wenn man vor der Gefahr davonlaufen konnte. Ellen selbst durfte es nicht. »Mach doch mal den Fernseher an«, bat sie.

Auf allen Kanälen gab es überall Sondersendungen zu den Ereignissen. Die Umgebung des Schiffs war weiträumig abgesperrt worden, weil die Sprengstoffexperten der Polizei noch bei der Arbeit waren. Die übliche Vorgehensweise mit dem Roboter eignete sich nicht für Einsätze auf einem Schiff. Dort war es ähnlich wie in der Disco zu eng. Da sich für die Kameras am Wannsee nichts Nennenswertes ereignete, wurden in der Sondersendung die wichtigsten Ereignisse für die neu zugeschalteten Zuschauer wiederholt.

»Das bist ja du, Ellen«, rief Hanna. Sie unterbrach ihr Spiel, rannte zum Fernseher und zeigte auf Ellen, die mitten in der Zentrale des LKA stand.

Ellen wurde bewusst, was gleich passieren würde. Hanna und Elias sollten sie auf keinen Fall nackt im Fernsehen sehen. »Schalte aus, bitte«, sagte sie.

Annika griff nach der Fernbedienung und drückte einen Knopf. Sofort wurde der Fernseher schwarz.

»Schade«, sagte Hanna. »Ich wollte doch Ellen sehen.«

»Ellen ist hier bei uns«, sagte Annika. »Das ist doch viel besser als im Fernsehen. Und jetzt sieh mal nach, was Elias macht.« Den hörte man im Kinderzimmer mit irgendwas rascheln.

»Das war nicht leicht für dich«, sagte Annika.

»Nein. Und wenn ich daran denke, dass ganz Berlin mich so gesehen hat, möchte ich nicht mehr aus dem Haus gehen.«

Ellen dachte an Marinas Rat, morgen keine Zeitung zu lesen. Sie konnte sich lebhaft vorstellen, welche Bilder auf den Titelseiten stehen würden.

Ellen würde morgen keine Zeitung ansehen. Das stand fest.

42

»Zum LKA, bitte.« Ellen setzte sich neben den schwergewichtigen Taxifahrer. Es wurde gerade erst hell. Annika und die Kinder hatten noch geschlafen, als Ellen gegangen war.

»Zum LKA? Das geht nicht. Da ist heute Morgen alles gesperrt.«

»Das kann nicht sein. Sind Sie sicher?«

Der Taxifahrer grunzte. »Es kam schon dreimal im Radio. Meine Kollegen haben es auch per Funk durchgegeben.«

Was war denn da los? Jetzt musste Ellen erst recht hin. Zu blöd, dass ihr Akku gestern den Geist aufgegeben hatte. Den Taxifahrer wollte sie nicht um sein Handy bitten. »Ich muss unbedingt ins LKA. Bringen Sie mich so nah ran wie möglich.«

Der Taxifahrer sah sich seine potenzielle Kundin genauer an. »Sie sind doch die Kommissarin mit dem Tiger auf der Brust, die immer im Fernsehen ist. Und im Internet.« Er sah so intensiv auf Ellens Brust, als wolle er den Tiger durch den Stoff erkennen.

Zuerst wollte Ellen leugnen. Doch vielleicht fuhr der Taxifahrer sie ja zum LKA, wenn er verstand, dass sie die Kommissarin war. »Ja, die bin ich«, sagte sie, »und das ist der Grund, weshalb ich dringend zum LKA muss.«

»Wow, ist ja irre. Wieder die Welt retten, was? Wenn ich das meinen Kollegen erzähle.«

»Erzählen können Sie später. Jetzt muss ich wirklich dringend zum LKA.«

»Wird gemacht. Ich will der Polizei ja helfen, diesen Bombenleger zu kriegen.«

Das Taxi fuhr los, und der Verkehr wurde bald dichter. Das hinderte den Taxifahrer nicht daran, sein Handy aus der Hosentasche zu fummeln. Ellen fragte sich schon, was er damit wollte, wo er doch Funk hatte. Erst als er das Ding auf sie richtete, begriff sie. Er wollte sie fotografieren.

»Damit meine Kollegen glauben, wen ich heute gefahren habe«, sagte er und machte zur Sicherheit gleich mehrere Fotos. Ellen überlegte, ob sie das Handy nehmen und aus dem Fenster werfen sollte. Sie entschied sich, die Fotografiererei zu ignorieren, und bemühte sich, so desinteressiert wie möglich auszusehen. Einfach war das nicht, denn der Taxifahrer wich einige Male erst im letzten Moment der Kollision mit einem anderen Fahrzeug aus.

»Jetzt reicht es. Wenn Sie nicht sofort vernünftig fahren, beschlagnahme ich Ihr Handy.«

Der Fahrer steckte das Ding blitzschnell in seine Hosentasche zurück.

Auf der Dudenstraße drängte sich der Verkehr auf beiden Fahrspuren im Schritttempo. Das war ungewöhnlich für diese Tageszeit. Verkehr herrschte in Berlin immer, aber so dicht so früh morgens noch nicht. Am Platz der Luftbrücke war Schluss. Auf der rechten Spur standen einige Fahrer neben ihren Autos und schimpften. Sie wollten auf den Tempelhofer Damm, konnten aber nicht. Ellen stieg aus und bezahlte die Fahrt.

Die Menschenmenge machte bald sogar ein Vorankommen als Fußgänger schwierig. Nur wenige schienen auf dem Weg zur Arbeit zu sein. Die meisten waren Schaulustige. Ellen war zu klein, um über die Menge hinwegsehen zu können. Am Rand entdeckte sie einen Polizisten in Uniform und kämpfte sich zu ihm vor.

Ellen kannte den Uniformierten nicht, der sie anscheinend sehr wohl. Kaum hatte er Ellen bemerkt, sprach er hastig etwas in sein Funkgerät. Dabei ließ er Ellen nicht aus den Augen. Ellen hatte kaum Zeit, ihm eine Frage zu stellen, da tauchten wie aus dem Nichts fünf Männer auf. Vier waren groß und bullig, ihre Gesichter hart und abweisend. Sie trugen dunkle Anzüge, aber Ellen erkannte trotzdem Waffen unter den Jacketts. Ausgebildete Sicherheitsleute. Der fünfte Mann, offensichtlich der Chef der Truppe, war weniger bullig, aber kein bisschen sympathischer. Seine Halbglatze glänzte in der Sonne.

»Da sind Sie ja, Frau Faber«, sagte der Mann ohne Begrüßung und ohne sich vorzustellen. »Wir warten schon sehr dringend auf Sie. Wo waren Sie?«

»Ich wüsste nicht, was Sie das jetzt angeht. Wer sind Sie überhaupt?«

»Ich bin vom BKA und mich geht in diesem Fall alles etwas an.« Der Mann hielt Ellen einen Ausweis vor die Nase.

»Burgsmüller«, las Ellen, da war der Ausweis schon wieder weg.

»Ich dachte, *ich* habe die Verantwortung in diesem Fall«, sagte Ellen. »Was hat das BKA damit zu tun?«

»Dann müssen Sie umdenken. Seit gestern Abend habe ich die Verantwortung, aber das haben Sie gar nicht mitbekommen, weil Sie einfach verschwunden sind.« Burgsmüllers Gesicht zeigte keinerlei Regung. Es wirkte, als ob es gar nicht wüsste, was Lächeln ist. Sein Blick war so kompromisslos wie seine Stimme.

Hier war offensichtlich jeglicher Protest erfolglos, also sagte Ellen nichts.

»Bitte begleiten Sie uns ins LKA.« Burgsmüller nickte seinen vier Männern zu, die die Schaulustigen zurückhielten.

Ellen hatte keine andere Wahl, als der Aufforderung Folge zu leisten. Auf ein Kopfnicken von Burgsmüller hin nahmen die vier Beamten sie in ihre Mitte und drängten durch die Menge. Sie stießen dabei die Leute ziemlich brutal zur Seite. Wenn der Begriff »Bulle« für Polizisten gerechtfertigt war, dann bei diesen vier.

Hinter der Absperrung kamen sie schneller voran. Ellen sah zahlreiche Kamera-Objektive auf sich gerichtet. Wahrscheinlich waren die Bilder umgehend in der ganzen Welt im Fernsehen zu sehen. Was die Menschen wohl denken mochten, wenn Hauptkommissarin Ellen Faber so ins LKA geführt wurde? Ellen wusste ja selbst nicht, was sie denken sollte. Sie versuchte, etwas aus Burgsmüller herauszubekommen, doch der tat, als würde er ihre Fragen überhaupt nicht registrieren.

Die Männer brachten Ellen auf direktem Weg in den Vernehmungsraum. Die unangenehmen Erinnerungen an die Vernehmung durch Kronen waren noch frisch. Ob man wieder irgendwelche fingierten Beweise gegen sie entdeckt hatte? Burgsmüller hatte einen braunen Umschlag in der Hand.

»Wo waren Sie gestern Abend?«, fragte Burgsmüller, nachdem er die Kamera eingeschaltet hatte.

»Wenn das eine Vernehmung werden soll, werden Sie mich jetzt über den Grund aufklären«, sagte Ellen. »Vorher werde ich nicht mit Ihnen sprechen. Und wenn es keine Vernehmung ist, dann schalten Sie die Kamera ab.«

Burgsmüller sah Ellen durchdringend an. Ellen hielt seinem Blick stand.

»Ich dokumentiere immer alles. Man weiß vorher nie, welche Kleinigkeit später von Bedeutung sein kann. Aber weil wir hier keine Vernehmung haben, sondern ein Gespräch unter Kollegen …« Der BKAler schaltete die Kamera wieder ab. Ellen sah ihm an, dass er es widerstrebend tat.

»Gestern Abend war ich bei meiner Schwester«, sagte Ellen ruhig. Vom Treffen mit Marina Wirtz musste dieser Kerl nichts wissen. Ellen hatte nicht vor, mehr als nötig preiszugeben.

»Warum haben Sie dort übernachtet?«

»Das tue ich gelegentlich. Wir haben ein gutes Verhältnis zueinander.«

»Könnte gestern Abend das hier der Grund für Ihren Besuch bei Ihrer Schwester gewesen sein?« Burgsmüller zog zwei Fotos von Hanna und Elias aus dem Umschlag und schob sie über den Tisch. Ellen warf einen kurzen Blick darauf. Es waren schöne Fotos, die die Kinder beim Spielen in einem Park zeigten.

Burgsmüller beugte sich vor und tippte auf die Fotos. »Das sind die Bilder, die der Erpresser gestern über den Monitor hat laufen lassen. Ihre Nichte Hanna Faber und Ihr Neffe Elias Faber. Sie werfen einige Fragen auf.«

»Sie werden mir diese Fragen mit Sicherheit gleich stellen.«

Burgsmüller zog die Bilder wieder zu sich heran. »Wir fragen uns, wie der Erpresser an diese Bilder kommt. Was meinen Sie?«

»Wenn er sie nicht von meiner Schwester hat, kann er sie nur von meinem Laptop gestohlen haben. Vielleicht ist er in ihn eingedrungen, ohne dass ich das bemerkt habe.«

»Das ist natürlich nur eine Vermutung.«

»Mehr kann ich Ihnen nicht bieten.«

Burgsmüller lehnte sich zurück. »Das ist sehr wenig. Und wir können auch im Nachhinein nichts mehr herausfinden, weil Ihr Laptop professionell gereinigt worden ist. Alle Beweise sind weg. Zurück bleiben Vermutungen. So etwas gefällt mir nicht.«

Ellen zuckte mit den Schultern. »Mir auch nicht.«

»Er hat noch mehr private Fotos von Ihnen.« Jetzt schob Burgsmüller das Foto über den Tisch, das Ellens nackten Oberkörper zeigte. Das Tiger-Tattoo war gut sichtbar.

Ellen schob die Aufnahme zurück. »Ich weiß, wie ich aussehe.«

»Das nehme ich an. Viel interessanter ist die Frage, woher der Erpresser das weiß.«

»Das kann ich Ihnen leider nicht sagen.«

»Sie werden verstehen, dass ich es seltsam finde, wenn Sie nicht wissen, wer intime Fotos von Ihnen besitzt.«

»Das verstehe ich. Es ändert aber nichts daran, dass ich das Foto selbst zum ersten Mal gesehen habe. Ich habe einen Verdacht, wer das Foto geschossen haben könnte, und habe Direktor Brahe gestern noch informiert. Ich hatte noch keine Gelegenheit, ihn nach Ergebnissen zu fragen.«

»Aber ich.« Burgsmüller zog eine Liste aus seinem Umschlag und legte sie auf den Tisch. »Das ist die Gästeliste Ihres Hotels. Wir werden uns selbstverständlich darum kümmern.« Burgsmüller ließ seinen Blick auf der Liste ruhen. »Aber ehrlich gesagt, verspreche ich mir wenig davon. International nach einem Mann zu suchen, von dem Sie nicht mal den Namen kennen, ist wenig erfolgversprechend. Es sei denn, Sie hätten ein Foto.«

»Da muss ich passsen. Meine Fotos sind alle auf meinem Laptop – gewesen.«

»Wie schön, wenn man etwas hat, auf das man alles schieben kann. Müssen wir mit weiteren Überraschungen rechnen?«

Das hatte Ellen sich auch schon gefragt. Sie hoffte sehr, dass es keine weiteren Überraschungen gab, konnte aber nichts ausschließen. Sie achtete darauf, Burgsmüllers Blick nicht auszuweichen. Das hätte er sofort als Eingeständnis gewertet, dass sie etwas zu verbergen hätte.

»Ich kann Ihnen nicht voraussagen, welche Informationen der Erpresser noch aus meinem Privatleben hat und was er damit tun wird.«

»Sie haben nicht zufällig Sicherheitskopien von Ihrem Laptop?«

»Nein.«

»Woher habe ich gewusst, dass diese Antwort kommt?« Burgsmüller verzog den Mund zu einem spöttischen Grinsen. »Sie sollten sich nicht zu sicher sein, weil wir keine Beweise haben, Frau Hauptkommissarin.«

»Sie haben nicht deshalb keine Beweise, weil ich sie zu gut vernichtet hätte, Sie haben keine Beweise, weil es nichts zu beweisen gibt. Außer dass ich meine Verantwortung als Polizistin wahrnehme, habe ich nichts mit diesem Fall zu tun.«

Burgsmüller seufzte. »Was meinen Sie, wie oft ich schon solche Unschuldsbeteuerungen gehört habe? Es ist offensichtlich, dass der Erpresser Informationen hat, die niemand außer Ihnen besitzt. Da gehen bei mir die Alarmglocken los. Weiter ist offensichtlich, dass er immer genau über unsere nächsten Schritte Bescheid weiß. Woher, frage ich mich, hat er diese Informationen? Besitzen Sie ein Handy?«

»Natürlich habe ich ein Handy. Wollen Sie mir unterstellen, dass ich den Erpresser informiere? Besorgen Sie sich einen Verbindungsnachweis, dann sehen Sie, wen ich angerufen habe.«

»Den haben wir schon. Wie erwartet ohne Ergebnis. Vielleicht haben Sie ja zwei Handys.«

»Ich habe nur dieses eine.« Ellen zog ihr Handy aus der Hosentasche und knallte es auf den Tisch. Sie hatte sich auch schon gefragt, woher der Erpresser seine Informationen hatte. Andererseits war er es, der den Ablauf bis in Detail hinein bestimmte. Sie konnte sich nicht vorstellen, dass es irgendjemanden im LKA gab, der ihm Informationen zuspielte. Dass Burgsmüller ihr so etwas zutraute, ärgerte sie.

Burgsmüller griff nach dem Handy. »Der Akku ist leer«, stellte er fest.

»Ich konnte es bei meiner Schwester nicht aufladen, und in mein Büro bin ich heute ja noch nicht gekommen.«

»Ist der Akku schon lange leer?«

»Seitdem ich gestern ins LKA gekommen bin, habe ich das Handy nicht mehr benutzt. Ich habe keine Ahnung, wann er genau ausgefallen ist.«

»Sie haben oft keine Ahnung.«

»Ich bin halt nicht so schlau wie Sie.«

»Oh, manchmal sind Sie sehr schlau.« Burgsmüller deutete mit dem Zeigefinger in ihr Gesicht. »Gestern, zum Beispiel, da ist Ihnen ganz plötzlich eingefallen, dass der Plan zum Abschalten der Handynetze nicht durchgeführt werden darf.«

»Ja, weil der Erpresser den Zündmechanismus umgekehrt hatte.«

»Woher wussten Sie das?«

»Das habe ich mir nach seinen Antworten gedacht. Und später hat es der Erpresser bestätigt.«

»So, Sie haben sich das gedacht – und daraufhin das verabredete Vorhaben gestoppt, obwohl es der Polizeipräsident persönlich eingeleitet hatte.«

»Ich musste das tun. Die Menschen auf dem Boot waren in Gefahr.«

»Niemand war in Gefahr«, sagte Burgsmüller laut und klopfte dabei leicht auf die Fotos von Hanna und Elias. »Hätten Sie die Handynetze wie geplant abgeschaltet, wären die Leute sicher gewesen. Die Zündung war wie immer auf einen Handyimpuls gepolt. Doch *Sie* haben die Abschaltung verhindert.«

»Die Umkehrung der Zündung war ein Bluff?« Ellen lehnte sich zurück. Das war tatsächlich eine Überraschung. Im ersten Moment wusste sie nicht, was sie darauf sagen sollte. Der Erpresser hatte sie böse hereingelegt, und jetzt wurde sie schon wieder verdächtigt, ein falsches Spiel zu spielen.

»Das konnte ich nicht ahnen. Alles, was der Erpresser gesagt hat, deutete darauf hin, dass die Bombe hochgeht, wenn wir alle Handys lahmlegen.«

»Wie auch immer, Sie werden verstehen, dass Sie so viel Anlass zu Misstrauen geben, dass Sie ziemlich weit oben auf der Liste verdächtiger Personen stehen. Nicht als Täterin, das ist klar. Aber irgendeine besondere Rolle spielen Sie in diesem Fall. Glauben Sie mir: Ich werde herausfinden, was Sie mit diesem Bomber zu tun haben.«

»Sie werden gar nichts herausfinden, weil es nichts herauszufinden gibt.«

»Sie sollten etwas kooperativer sein.«

»Zu Kooperation gehören zwei. Wenn Sie Beweise gegen mich

haben, dann sagen Sie es. Wenn Sie keine haben, dann behandeln Sie mich auch wie eine Kollegin. Sonst können Sie Kooperation vergessen.«

Burgsmüller stand auf, ging zur Spiegelwand und schaute hinein. Ellen sah, wie es in ihm arbeitete. Er war es mit Sicherheit nicht gewohnt, dass ihm jemand so viel Widerstand leistete. Das BKA konnte den Fall an sich ziehen, keine Frage. Aber was nützte ihm das, wenn der Erpresser auf einem Kontakt zu Ellen bestand? Was passierte, wenn man ihm diesen Kontakt verweigerte, hatten sie bereits erfahren. So verrückt es war: Die Forderung des Erpressers war Ellens bestes Druckmittel. Vielleicht sogar ihr einziges.

Burgsmüller kam wieder zu Ellen zurück. »Also gut. Beenden wir das hier. Das ändert aber nichts daran, dass ich die Leitung in diesem Fall habe und Sie tun werden, was ich sage. Habe ich mich klar ausgedrückt?«

»Haben Sie.«

»Folgen Sie mir.« Burgsmüller schlug den Weg in Richtung der Einsatzzentrale ein. Unterwegs begegneten ihnen immer wieder Beamte, die Ellen nicht kannte.

»Wer sind diese Leute?«

»BKA, Verfassungsschutz, Terroristenabwehr.«

Jetzt wurde offenbar ganz großes Geschütz aufgefahren. Kein Wunder, nachdem die Regierung auf den Fall aufmerksam geworden war. Irgendwie konnte Ellen das sogar verstehen. Dieser Fall war eben nicht normal, von der ersten Minute an war nichts daran normal gewesen.

Burgsmüller trat in die Ersatzzentrale, die bisher nur eine Rolle am Rande gespielt hatte. Entgegen dem ursprünglichen Plan hatte man sie bisher kaum benötigt. Das hatte sich über Nacht vollkommen geändert. Ellen erkannte sie kaum wieder. Dicht an dicht standen Computer, deren Bedeutung Ellen nicht erfassen konnte. Das ganze Equipment stammte aus dem BKA. Noch mehr Menschen drängten sich in den Lücken dazwischen. Ellen kannte kaum einen. Nicht einmal Direktor Brahe war zu sehen. Burgsmüller traute wohl nur seinen eigenen Leuten und den eigenen

Computern. In einer Ecke stand Kronen und beobachtete das Treiben. Als er Burgsmüller und Ellen entdeckte, kam er direkt auf sie zu.

»Hallo, Herr Burgsmüller. Haben Sie Frau Faber tatsächlich aufgetrieben?« Ellen würdigte er keines Blickes.

»Guten Tag, Herr Polizeipräsident«, grüßte Ellen betont freundlich.

Kronen grummelte etwas Unverständliches.

»Frau Faber wird uns für die weitere Kommunikation mit dem Erpresser zur Verfügung stehen«, erklärte Burgsmüller. »Aber heute wird es anders laufen als sonst.«

»Wie wird es anders laufen?«, fragte Ellen. »Wenn ich reagieren soll, muss ich wissen, was Sie geplant haben.«

»Das werden Sie erst in dem Moment erfahren, in dem es nötig ist, und keine Minute früher. So können wir jegliches Informationsleck ausschließen. Wir werden Sie verkabeln. Sie bekommen Kopfhörer, und dann werden Sie genau das sagen, was ich Ihnen vorgebe.«

»Ich habe keine Lust, Ihre Marionette zu sein und mich von Ihnen fernsteuern zu lassen.«

»Für eine Diskussion haben wir keine Zeit. Der Erpresser wird sich in einer Viertelstunde melden. Tun Sie einfach, was ich Ihnen sage.« Burgsmüller winkte eine Beamtin herbei. »Bereiten Sie Frau Faber vor.«

Dieser Typ glaubte tatsächlich, dass sie selbst all ihre Pläne an den Erpresser verraten hatte. Ellen kam nicht dazu, zu protestieren. Schon war die Beamtin da und bugsierte sie mit sanftem Druck in einen Nebenraum. Die Beamtin war gut zehn Jahre älter als Ellen und deutlich fülliger. Das Bemerkenswerteste war ihr auffällig breiter Mund, aber im Gegensatz zu Burgsmüller konnte sie lächeln.

»Was geht hier vor?«, fragte Ellen.

»Das sehen Sie doch. Das BKA hat den Fall übernommen.«

»Das weiß ich. Aber was plant das BKA?«

Ellen hatte Glück. Die Beamtin war nicht so abweisend wie Burgsmüller, allerdings auch nicht wirklich gut informiert.

»Seit gestern Abend ist hier die Hölle los«, erklärte die Frau.

»Die Bundesregierung hat Angst um das Außenministertreffen. Die ganze Welt sieht uns auf die Finger.«

Ellen hatte davon gehört, sich aber nicht weiter darüber informiert. In Berlin trafen sich dauernd irgendwelche Politiker.

»Deshalb der Menschenauflauf da draußen?« Ellen zog ihr T-Shirt aus.

Die Frau nickte. »Wir haben immer mehr internationale Presse hier, die sich auch für unseren Fall interessiert. Deshalb haben wir abgesperrt. Und wo das Fernsehen ist und wo abgesperrt wird, da laufen die Leute hin. So ist das eben.«

»Ich glaube nicht an eine politische Motivation des Erpressers.« Ellen war sich ziemlich sicher, dass es dem Erpresser um etwas ganz anderes ging als das Außenministertreffen. Aber um was?

Die Beamtin zuckte mit den Schultern. Einer Schachtel entnahm sie ein Kabel mit einem Empfänger an der einen und einem Ohrhörer an der anderen Seite. »Das entscheiden die Herren da oben. Einige Regierungen haben jedenfalls gedroht, das Ministertreffen platzen zu lassen. Und die bisherigen Ergebnisse des LKA sind nicht zufriedenstellend.«

Das konnte Ellen nicht leugnen. Aber ob das BKA mehr erreichen würde? »Burgsmüller macht einen Fehler. Es geht nicht um Politik. So wird er dem Erpresser nicht beikommen.«

»Das ist nicht mein Problem. Mein Job ist es, Sie zu verkabeln. Und jetzt halten Sie endlich still.«

Ellen widerstrebte es zutiefst, sich für eine Sache einspannen zu lassen, die sie für falsch hielt.

Die Beamtin drückte den winzigen Lautsprecher in Ellens Ohr.

»Halten Sie mal Ihre Haare hoch«, bat sie.

Ellen tat es. Normalerweise bekam man einen Empfänger hinten am Hosenbund befestigt, der dann mit einem Mikro verbunden wurde, das auf dem Brustbein klebte. Dafür war das Kabel aber viel zu kurz, und ein Mikro sah Ellen gar nicht.

»Wo ist das Mikro?«, fragte Ellen.

»Ein Mikro brauchen Sie nicht, weil wir sowieso alles hören. Entscheidend ist, dass *Sie* uns hören.«

Burgsmüller wollte sie wirklich nur als Sprachrohr benutzen. Sie hatte keine Zeit gehabt, sich freiwillig für diese Rolle zu entscheiden. Er hatte sie ihr aufgezwungen. Je länger Ellen darüber nachdachte, desto weniger konnte sie sich damit anfreunden. Möglicherweise musste sie Dinge sagen, die sie nicht sagen wollte. Aber vor aller Welt würde es so aussehen, als hätte *sie* es gesagt. Und alle Welt würde *sie* für das Ergebnis verantwortlich machen. *Ihr* Foto würde dann in der Presse erscheinen. Von Burgsmüller wusste niemand etwas.

Die Frau machte sich an Ellens Nacken zu schaffen.

»Was machen Sie denn da?«, fragte Ellen.

»Ich klebe den Empfänger an. Unter den Haaren ist die einzige Stelle, wo man ihn nicht sehen kann.«

»Unter den Haaren?«

»Wo sonst? Sie müssen sich ja gleich wieder ausziehen.«

»Scheiße«, brummte Ellen. Sie ließ die Haare fallen und sah die Beamtin wütend an. »Jetzt soll ich da gleich im Slip rausmarschieren, mich vor Burgsmüller präsentieren und von ihm kommandieren lassen.«

Die Frau machte einfach weiter und prüfte, ob der Empfänger gut genug fixiert war.

»Machen wir eine Empfangsprobe.« Die Frau ging ein paar Schritte von Ellen weg und sprach in ein kleines Ansteckmikrofon.

In Ellens Ohr ertönte: »Eins, zwei, eins, zwei. Verstehen Sie mich?«

»Ja«, knirschte Ellen.

Ellen zog sich das Shirt wieder über. Sie hatte nicht vor, zur Unterhaltung der BKA-Leute fast nackt herumzulaufen.

Ellen hatte gehofft, dass sie in die Ersatzzentrale zu einer Besprechung gingen, doch sie hatte sich getäuscht. Die Beamtin führte sie sofort in die Zentrale mit den Kameras. Ellen bemerkte einige Klebestreifen auf dem Boden, die sie nicht deuten konnte. Anscheinend hielt man es nicht für nötig, sie in die Pläne einzuweihen. Sie sollte nur noch als Aushängeschild von Burgsmüller fungieren, weil der Erpresser ausschließlich mit ihr reden wollte.

Eine halbe Stunde stand Ellen untätig herum. Ihre einzige Gesellschaft war die Frau, die sie verkabelt hatte. Sie wich keinen Zentimeter von ihrer Seite. Ellen zweifelte keine Sekunde daran, dass sie zu ihrer Bewachung da war. Burgsmüller traute ihr nicht.

Aus dem Gang näherten sich Stimmen. In wenigen Minuten füllte sich der Raum.

Ellen hielt nach bekannten Gesichtern Ausschau. Außer Polizeipräsident Kronen kannte sie niemanden. Wo war Sina, wo war Stefan? Burgsmüller war offenbar extrem misstrauisch gegen jeden, der nicht zu seinem eigenen Team gehörte. Die Leute verteilten sich so im Raum, dass sie alle hinter einem der Klebestreifen standen. Alles war offenbar vorher arrangiert worden, selbst die Position der einzelnen Beamten im Raum, wie auf einer Theaterbühne.

Dann entdeckte Ellen, dass man die Kameras geringfügig verstellt hatte. Burgsmüller hatte den Raum vermessen lassen und tote Winkel geschaffen. Von da aus konnten seine Leute Ellen beobachten, ohne dass der Erpresser sie sehen konnte. *Mich stellen sie auf den Präsentierteller, und sie selbst verstecken sich.*

Burgsmüller trat neben sie. Er überprüfte, ob man sie in ihrer jetzigen Position über die Kamera am Bildschirm gut sehen konnte.

»Was haben Sie vor?«, fragte Ellen.

»Das erfahren Sie früh genug. Konzentrieren Sie sich ganz auf die Kommunikation mit dem Erpresser – und sagen Sie das, was ich Ihnen vorgebe.«

»Ich werde nichts sagen, was ich nicht verantworten kann.«

»Wir haben noch weniger Zeit für eine Diskussion als vorhin. Der Erpresser kann sich jeden Moment melden. Bereiten Sie sich bitte darauf vor.«

»Wie soll ich mich vorbereiten? Sie haben mich in nichts eingeweiht.«

»Es geht nicht um unsere Pläne, es geht um die Regeln des Erpressers, und die kennen Sie. Also ziehen Sie sich aus.«

Ellen zögerte. Bisher hatte sie es freiwillig getan. Jetzt wurde ihr im Prinzip befohlen, sich vor der versammelten Mannschaft des BKA nackt bis auf den Slip auszuziehen.

»Nun machen Sie schon«, sagte Burgsmüller. »Die ganze Welt hat Sie schon in Großformat gesehen.«

»Ich bin kein Showgirl zur Unterhaltung Ihrer Leute. Sie sollen die Zentrale verlassen.«

»Wir brauchen …«

»Sie brauchen gar nichts«, sagte Ellen. »Die Technik funktioniert, und alles andere können Ihre Leute aus der Ersatzzentrale verfolgen.«

Burgsmüller sah auf die Uhr. Die Zeit lief unerbittlich auf den Moment zu, den der Erpresser genannt hatte. »Raus!«, ordnete Burgsmüller an.

Einige der BKAler murrten, aber dann war die Zentrale schnell leer. Nur Burgsmüller und Ellen waren noch da.

»Ich bleibe«, sagte Burgsmüller. »Ich trage die Verantwortung und führe die Verhandlung.«

Ellen wollte es nicht auf die Spitze treiben. Sie hatte einiges erreicht, aber ein Risiko für Unschuldige wollte sie nicht. Ellen zog sich bis auf ihren Slip aus. Burgsmüller las Papiere durch, vielleicht seine Vorbereitung für die Verhandlung. Er beachtete Ellen nicht, was ihr sehr recht war.

Ein Piepton signalisierte, dass der Erpresser die Verbindung aufgenommen hatte. »Willkommen zum letzten Level«, sagte er. Er sprach wieder mit der weiblichen Stimme.

»Nehmen Sie die männliche Stimme«, forderte Ellen. »Sie sind ein Mann.«

Burgsmüller wirkte plötzlich noch angespannter als vorher. Er stand schräg vor Ellen in einer Ecke, in der ihn der Erpresser nicht sehen konnte. Sie ignorierte sein »Was soll das?« in ihrem Ohr. Tatsächlich schaltete der Erpresser um.

»Oho, so selbstbewusst heute? Das gefällt mir. Sie werden viel Selbstbewusstsein brauchen.«

Burgsmüller beruhigte sich etwas. »Ab jetzt keine weiteren Eskapaden mehr«, flüsterte er in Ellens Ohr.

Ellen hatte Schwierigkeiten, gleichzeitig auf den Erpresser *und* Burgsmüller zu achten.

»Etwas ist anders heute«, sagte die Stimme des Erpressers, der Ellens Irritation offenbar spürte. »Das gefällt mir nicht.«

Verflucht. Wenn er etwas merkte, war alles umsonst. Ellen schaute zum Monitor, der zeigte, was der Erpresser sah und mit ihm die Öffentlichkeit.

»Sie werden doch nicht heimlich Unterstützung bekommen? Nehmen Sie die Arme in die Höhe und drehen Sie sich um die eigene Achse. Ich will sehen, ob Sie sauber sind.«

Ellen tat wie verlangt. Gleichzeitig hob sie ihr Kinn, damit ihre Haare auch ganz bestimmt den Empfänger in ihrem Nacken bedeckten. So drehte sie sich langsam und präsentierte sich dem Erpresser – und nicht nur ihm.

»Sieht gut aus«, sagte der Erpresser. »Und das dürfen Sie ruhig als ein Kompliment verstehen. Sie werden demnächst mit Sicherheit Angebote diverser Magazine erhalten.«

Ellen nahm die Arme wieder herunter. Dabei hielt sie dem Erpresser den gestreckten Mittelfinger in die Kamera.

»Lassen Sie diese Eigenmächtigkeiten!«, tönte Burgsmüller in ihrem Ohrhörer.

Lachen kam aus den Lautsprechern. »Ich will nur sichergehen, dass Sie kein falsches Spiel treiben.«

»Wenn hier einer ein falsches Spiel treibt, dann sind Sie es. Sie haben uns mit der Handyzündung belogen.«

»Verdammt noch mal. Sie sollen nur sagen, was ich Ihnen vorgebe.« Burgsmüller ballte eine Hand zur Faust. Er sprach viel zu laut.

Leider konnte Ellen ihn nicht leiser stellen.

»Wie kann ich nur die Polizei belügen?«, sagte der Erpresser. »Das hat bestimmt Folgen. Wenn Sie mich erwischen, bekomme ich lebenslänglich für Erpressung – und noch zwei Wochen länger, weil ich Sie belogen habe.«

Das Lachen steigerte sich zu einem ohrenbetäubenden diabolischen Gelächter. Eine Gänsehaut kroch über Ellens Rücken. Burgsmüller sagte wieder etwas, aber sie konnte es wegen dem Krach nicht richtig verstehen. Was sollte sie tun? Sie konnte Burgsmüller schlecht um Wiederholung bitten.

»Worum soll es heute gehen?«, stellte Ellen die fast schon übliche Frage.

Statt einer Antwort zeigte der Monitor mit einem Mal dunkle

Wolken, die sich bedrohlich auftürmten. Blitze zuckten. Aus den Lautsprechern kam dumpfes Grollen.

Der Erpresser schien ein Faible für bedeutungsschwangeren Kitsch zu haben. Ellen kam sich tatsächlich vor wie in der Szenerie eines Computerspiels. Nur dass es hier nicht um bloße Punktgewinne ging.

»Im letzten Level geht es immer nur um eins«, sagte die Stimme leise. Sie klang jetzt nicht mehr unverbindlich freundlich, sondern lauernd und bedrohlich. Sie hätte gut zu einem Dämon in einem Spiel gepasst. »Es geht um den Endgegner.«

Bei dem letzten Wort kam ein explosionsartiger Knall aus dem Lautsprecher. Ellen fuhr unwillkürlich zusammen. »Was soll das heißen?«

Die Dämonenstimme lachte herausfordernd. »Es geht um alles oder nichts. Sie wollen meine Identität – ich will Ihre Seele.«

In der Zentrale wurde es vollkommen still. Die Stimme war verstummt. Selbst Burgsmüller schwieg. Damit hatte niemand gerechnet. Es war wieder eine neue Situation. Nichts, worauf man sich hätte vorbereiten können. Ellen wurde eines klar: Auf diesem Level ging es um keinen Anschlag. Es gab keine Bombe. Es ging ausschließlich darum, ob sie den Erpresser fassen konnten oder nicht.

Jetzt kapierte auch Burgsmüller. Ellen erkannte es an seinen Augen.

»Was meinen Sie mit *Ich will Ihre Seele*?«

»Bezahlen Sie! Ziehen Sie sich vor aller Welt aus. Opfern Sie den letzten Rest Ihres Privatlebens vor der Öffentlichkeit. Gehen Sie so weit, wie Sie nie gehen wollten. Oder Sie werden nie erfahren, wer ich bin.«

Die dunklen Wolken auf dem Monitor wurden fast schwarz. Glühende Lava-Fontänen spritzten auf. Darüber wurde eine Sechzig eingeblendet. Der Countdown begann.

Die ersten zehn Sekunden verstrichen.

»Ziehen Sie Ihren Slip aus«, sagte Burgsmüller.

Ellen rührte sich nicht.

Vierzig.

»Ziehen Sie sich endlich aus. Sie riskieren, dass der Kerl uns durch die Lappen geht«, flüsterte Burgsmüller in Ellens Ohr.

Ellen begriff, dass sie Burgsmüller völlig egal war. Er wollte den Erpresser fassen. Sie war einfach ein Mittel zum Zweck. Und wenn der Zweck es erforderte, wurde dieses Mittel eben verheizt. Burgsmüller musste nicht damit leben, vor allen Menschen nackt dagestanden zu haben und per Film und Fotos herumgereicht zu werden.

Sie war keine Marionette, weder die eines Erpressers noch die eines Vorgesetzten. Um Menschenleben zu retten, war sie zu allem bereit, aber nicht, um den Forderungen eines Burgsmüller, Kronen oder sonst wem zu entsprechen.

Und ob der Erpresser wirklich seine Identität preisgeben würde, war mehr als zweifelhaft. Er hatte sie oft genug böse hereingelegt.

Dreißig.

Ellen sah zu Burgsmüller. Der machte mit den Händen Zeichen, sie solle ihren Slip ausziehen.

Zwanzig.

»Bezahlen Sie!«, forderte die Stimme erneut.

Fünfzehn.

»Nein«, sagte Ellen ruhig. »Ich werde nicht bezahlen. Ich verkaufe meine Seele nicht.«

Burgsmüller machte einen Schritt nach vorn, auf Ellen zu. Fast wäre er dabei über die Markierung getreten, doch er konnte sich gerade noch zurückhalten.

»Sie können den Preis selber bezahlen, Burgsmüller. Wenn Sie den Mut dazu haben«, sagte Ellen. Sie griff in ihren Nacken, riss mit einem kräftigen Ruck das Klebeband samt Empfänger los und warf es Burgsmüller vor die Füße. Der wurde bleich.

Aus dem Lautsprecher gellte eine ohrenbetäubende Explosion. Auf dem Monitor erschien eine Schrift aus Flammen:

GAME OVER! You lose.

Dann war kein Ton mehr zu hören. Die Schrift erlosch. Die Internetverbindung wurde gekappt. Die Monitore wurden schwarz.

Ellen hielt den Atem an. Ging doch eine Bombe hoch? Gab es andere Schreckensmeldungen?

»Fuck!«, schrie Burgsmüller und rannte hinaus. In der Ersatzzentrale brüllte er immer noch so laut, dass Ellen ihn hören konnte. Er trieb seine Leute an. Gab es Statusmeldungen aus der Stadt? Der Lärmpegel in der Ersatzzentrale änderte sich nicht. Ellen wartete fünf Minuten. Von nirgendwo schienen Katastrophenmeldungen einzutreffen. Es war vorbei.

43

Das lange Bad hatte gutgetan. Burgsmüller war so mit seinen Leuten beschäftigt gewesen, er hatte gar nicht bemerkt, dass Ellen gegangen war. Während sie sich die Haare trocken rubbelte, warf sie einen Blick auf ihren Dienstplan, der an ihrer Pinnwand in der Küche hing. Eine gnädige Fügung hatte ihr für morgen einen freien Tag beschert. Leider war kaum damit zu rechnen, dass Kronen oder Burgsmüller Rücksicht darauf nehmen würden. Die akute Gefahr war anscheinend gebannt, aber damit gingen die Ermittlungen erst richtig los. Burgsmüller würde in den nächsten Wochen Ellens Leben minutiös auseinandernehmen und das Unterste nach oben kehren. Er hatte ihr deutlich zu verstehen gegeben, dass sie auf seiner Liste der Hauptverdächtigen einen prominenten Platz einnahm. Und sie würde nichts tun können, um sich gegen die Anschuldigungen zu wehren.

Ellen strich mit der Hand über die glatte Oberfläche ihres Laptops, den sie aus ihrem Büro mitgenommen hatte. Ob Burgsmüller ihn schon vermisste? Offiziell galt der Rechner wahrscheinlich noch als Beweismaterial. Doch es waren keine relevanten Daten mehr drauf. Außerdem war er schon nach allen Regeln der Kunst untersucht worden. Aber was war eigentlich damit geschehen?

Als Ellen den Rechner anschaltete, waren alle Standardprogramme da, aber keine Dokumente, keine Bilder, nichts Individuelles. Sie startete den Internetbrowser. Statt des üblichen Eröffnungsbildschirms zeigte der Monitor nur drei Worte:

Hallo, La Tigresa.

Ellen rieb sich die Augen und sah nochmals hin. Die Worte standen tatsächlich da.

Ellen fuhr mit der Maus über die Schrift. Es war ein Link. Ellen klickte. Eine Frage erschien:

Sind Sie zufrieden?

Darunter die Worte »Ja« und »Nein« jeweils zum Anklicken.

Ellen ging in die Küche. Die Rotweinflasche war leer. Mist. Wieder zurück beim Laptop wartete der immer noch auf eine

Eingabe. Sie könnte den Rechner einfach ausschalten und die Internetverbindung trennen. Vielleicht war der Spuk dann vorbei. Oder sie konnte Burgsmüller anrufen. Aber wollte sie das wirklich? Zu viele offene Fragen bohrten in ihr. Außerdem war das vielleicht die Chance, eine Spur zum Erpresser aufzunehmen.

Sie klickte auf *Nein.* Ein Ja hätte der Kerl ihr sowieso nicht abgenommen.

Warum nicht?, erschien und darunter ein Eingabefeld.

Wer sind Sie?, tippte Ellen.

Sie haben den Preis für diese Information nicht bezahlt.

Ich werde mich nie vor Ihnen ausziehen.

Das haben Sie schon.

Bevor Ellen etwas erwidern konnte, zeigte der Monitor ein Bild. Das Bild zeigte sie selbst. Splitternackt. Sie kam gerade aus ihrem Bad. In der Hand hielt sie lose ein Handtuch.

Verdammt! Das konnte doch nicht sein. Das durfte nicht sein. Woher …? Die Webcam! Oben über dem Monitor. Der Erpresser musste sie manipuliert und sie dadurch beobachtet haben.

Hat er mich schon länger beobachtet? Hat er meinen Laptop gelöscht? Und vorher alles angesehen?

Ellen holte ein paar Mal tief Luft. Dann nahm sie ein Pflaster und klebte die millimeterkleine Kamera an ihrem Laptop zu.

Zu spät, erschien auf dem Monitor.

Dann wurden in rascher Folge alte Bilder aus ihrem verborgenen Ordner eingeblendet. Manche zeigten sie zusammen mit Stefan, manche mit anderen, früheren Partnern. Auf manchen war sie allein. Keines der Bilder sollte jemals an die Öffentlichkeit kommen. Zuletzt kam ein kurzer Film, wie sie durch die Wohnung lief. Genauer gesagt: wie sie durch die Wohnung gelaufen war. Am Sonntagabend, dem letzten Tag, an dem ihr Leben noch normal war. Der Film stoppte, als Ellen ein Rotweinglas nahm.

Wollen wir zusammen anstoßen? Nur wir beide?

Das Eingabefeld wartete auf ihre Antwort. Gab es irgendetwas, das dieser Kerl nicht von ihr wusste? Was, wenn er diese ganzen Bilder an die Öffentlichkeit brachte?

Den Gedanken, ihre Kollegen einzuschalten, verwarf Ellen sofort wieder. Zum einen waren die Erfolgsaussichten gering, zum anderen besaß sie weder Vertrauen zu Burgsmüller noch zu Kronen. An denen kam sie zurzeit aber nicht vorbei. Das war also keine Option. Wenn sie etwas herausfinden wollte, dann musste sie es allein schaffen.

Wo kann ich Sie treffen?

Die Antwort kam so selbstverständlich, als hätte der Erpresser mit nichts anderem gerechnet. *Um fünf Uhr liegt an der Rezeption der Pension Berlin ein Umschlag für Sie bereit.*

P.S.: Wenn Sie ab jetzt telefonieren oder sonst eine Nachricht hinterlassen, wird unser Treffen nie stattfinden. Sie wissen, dass ich sehr aufmerksam bin. Schlafen Sie gut.

Der Eröffnungsbildschirm des Browsers erschien, als ob es die Unterhaltung nie gegeben hätte.

44

Vor der Pension Berlin an der U-Bahn Schönhauser Allee war kaum ein Mensch auf der Straße zu sehen.

Punkt fünf Uhr ging Ellen zur Rezeption. Sie brauchte kein Wort zu sagen. Der Mann hinter dem Tresen war schon älter. Er hatte silbergraues, lichtes Haar. Er erkannte sie sofort. »Sie sind Frau Faber?«, fragte er.

Ellen nickte, und sofort schob er ihr einen Umschlag hin.

»Wer hat Ihnen diesen Umschlag gegeben?« Ellen erwartete kaum, dass ihr die Antwort weiterhelfen würde, aber versuchen wollte sie es wenigstens.

»Ein Junge hat ihn vor ungefähr einer Stunde hier abgegeben. Er steckte in einem größeren Umschlag, der an die Pension adressiert war.«

»Was war noch darin?«

Der Portier zögerte, doch dann sagte er leise: »Eine Anweisung, Ihnen diesen Umschlag zu geben, und etwas Geld.«

So ähnlich hatte Ellen sich das gedacht. Keine Hinweise auf den Absender. Keine Spuren. Sie riss den Umschlag auf. Darin war ein Schlüssel von einem Schließfach auf dem Flughafen Tegel und ein Zettel: *»Beeilen Sie sich! Sie haben wenig Zeit.«*

Ellen überlegte nicht lange. »Rufen Sie ein Taxi. Schnell!«

Sie kamen gut voran. So früh morgens waren die Straßen noch nicht verstopft. Auch am Flughafen Tegel hielt sich der Betrieb in Grenzen. Es starteten hauptsächlich Flieger nach Mallorca und Ankara. Die Stoßzeit für Geschäftsleute begann erst in zwei Stunden.

Ellen lief so schnell wie möglich zu den Schließfächern. Dort fand sie wieder einen Umschlag. Er enthielt einhundert Euro – und ein Ticket nach Mallorca mit dem nächsten Flieger von Air Berlin. Dazu noch ein kleinerer Umschlag *Am Ziel zu öffnen.* Zeit, sich diesen Umschlag auch noch anzuschauen, hatte sie keine. Die Boarding-Time lief in acht Minuten ab.

Ellen hetzte durch den Flughafen. An der Sicherheitsschleuse stand eine Schlange Urlauber. Ihr Polizeiausweis half ihr bis direkt vor die Schleuse, aber durch musste auch sie.

Wenig später saß Ellen im Flugzeug. Ohne Gepäck. Eigentlich ohne alles. Nicht einmal frische Unterwäsche hatte sie dabei. Der Erpresser verstand sein Handwerk. Es war ziemlich genial, wie er dafür sorgte, dass sie tatsächlich unbewaffnet zu ihm kam. Indem er sie durch die Sicherheitsschleuse am Flughafen schickte, ließ er sie durch Experten auf Waffen hin abchecken.

Der Mann war absolut effektiv. Und das nur durch geschicktes Timing, kluge Vorbereitung und zum Preis eines Billigflug-Tickets. Ellen war unbewaffnet und ganz auf sich gestellt. Dieser Erpresser war mit normalen Kategorien nicht zu fassen. Er spielte in einer eigenen Liga.

Ellen sah sich um. War er etwa mit ihr im Flieger? Die Möglichkeit bestand, denn er musste auch nach Mallorca fliegen, wenn er sich mit ihr treffen wollte. Allerdings gingen um diese Jahreszeit sehr viele Flüge nach Mallorca. Und der Erpresser musste nicht einmal von Berlin geflogen sein.

In ihrer Nähe sah niemand so aus, wie sie sich den Erpresser vorstellte. Ellen ging im Flieger ganz nach vorne zu einer Stewardess. Sie bat um eine Kopfschmerztablette, wobei sie unauffällig ihren Polizeiausweis zeigte. Jetzt hatte sie die volle Aufmerksamkeit der Stewardess.

»Ich bin Kriminalhauptkommissarin Ellen Faber und leite das LKA 632 in Berlin. Ich bin in wichtigen Ermittlungen unterwegs. Ihr Kapitän muss das LKA informieren. Direktor Brahe muss unbedingt wissen, dass ich in diesem Flieger bin. Hauptkommissarin Ellen Faber. Haben Sie das verstanden und werden Sie das veranlassen?«

Die Stewardess nickte und sah verstohlen zu den Passagieren hin.

»Gut«, sagte Ellen, »und jetzt geben Sie mir die Kopfschmerztablette.«

Ellen steckte die Tablette ein. Der Erpresser hatte sie gewarnt, eine Nachricht zu hinterlassen, aber dieses Mal hatte er sicher nichts davon mitbekommen. Im Flugzeug in zehntausend Metern Höhe gab es keine Möglichkeit zu irgendeiner elektronischen Überwachung, was es auf der Erde fast immer gab.

Ellen ging durch den Mittelgang nach hinten, wobei sie unauffällig die Fluggäste in Augenschein nahm. Die meisten waren Urlauberfamilien mit Kindern oder Pärchen. Damit schieden sie aus. Dann gab es noch zwei Cliquen Jugendlicher, die sich lautstark und schon etwas angeheitert unterhielten. Die kamen ebenfalls nicht in Frage.

Der einzige potenzielle Kandidat war ein einzeln fliegender Mann in der vorletzten Reihe. Mittleres Alter. Er trug ein unpassendes buntes Hawaii-Hemd und sah gelangweilt aus dem Fenster. Er war der wahrscheinlichste Kandidat unter den Passagieren. Neben ihm waren sogar zwei Plätze frei. Ellen setzte sich neben den Mann.

»Kennen wir uns nicht?«, fragte sie leise.

Der Mann drehte den Kopf und musterte Ellen. »Ich wüsste nicht.« Dann hellte sich sein Gesicht auf. »Doch. Doch, ich kenne Sie.«

Wollte der Erpresser ihr so einfach seine Identität preisgeben? Ellen spannte ihre Muskeln.

»Sie sind Frau Faber, habe ich recht? Diese Frau, die in der letzten Zeit immer im Fernsehen ist. Die Polizistin, die vor den Kameras einen Striptease hinlegt.«

Mist. So hatte Ellen sich das nicht vorgestellt. »Nein, das bin ich nicht«, sagte sie knapp.

Eilig ging sie zu ihrem Platz zurück.

Als Erstes sah Ellen nur strahlenden Sonnenschein. In Palma de Mallorca war es zwar heißer als in Berlin, aber durch das nahe Meer war die Luft frischer. Es war ein seltsames Gefühl, aus dem Flieger zu steigen und, ohne am Gepäckband zu warten, direkt den Ausgang anzusteuern. In der Hand hielt Ellen den Zettel, der in dem zweiten Umschlag gewesen war. Sie hatte ihn natürlich noch im Flugzeug aufgemacht. Er enthielt eine Adresse. Sonst nichts. Damit marschierte sie nun auf den Taxistand zu und zeigte einem Fahrer den Zettel. Der sagte »Si, Señora«, und wartete, bis sie eingestiegen war. Dann fuhr er los.

Sollte sie jetzt eine Nachricht an Annika schicken? Der Akku ihres Handys reichte noch für eine halbe Stunde. Dann war er wieder alle. Was, wenn der Erpresser etwas davon mitbekam, so wie er anscheinend immer alles in ihrem Leben mitbekam? Ellen sah sich in dem Taxi um. Überwachungskameras gab es hier mit Sicherheit nicht. Die einzige Möglichkeit war, dass der Erpresser ihr Handy abhörte.

Bei diesem Gedanken wurde Ellen heiß. Hatte der Erpresser vielleicht schon länger nicht nur ihre Wohnung per Webcam beobachtet, sondern auch ihr Handy abgehört? Das würde vieles erklären. Natürlich. Deshalb war er immer im Voraus über ihre Planungen informiert. Zum Teufel, warum war sie nicht früher darauf gekommen? Dieser Kerl hatte sie und die anderen im LKA dermaßen unter Druck gesetzt, dass keiner auf diesen Gedanken gekommen war. Noch einmal würde sie nicht auf ihn hereinfallen. Ein Anruf bei Annika war jetzt nicht mehr drin. Wie gut, dass sie nicht von ihrem Handy aus beim LKA angerufen hatte.

Sie ließen Ortschaft um Ortschaft hinter sich. Mallorca war erstaunlich groß. Das war Ellen nicht so bewusst gewesen. Wenn sie hier gewesen war, hatte sie sich nur am Meer aufgehalten, um so richtig zu entspannen. Das Land war flach. Immer wieder zogen Olivenhaine vorbei, die Silhouette der Berge kam näher. Wo sie genau war, konnte Ellen nicht feststellen. Die grobe Richtung war Nordosten, ins Innere der Insel. Weg von den Touristenzentren.

In einem geradezu winzigen Ort hielt der Fahrer an. Er deutete auf ein Café, das einzige am Platz. Ellen stieg aus. Die umliegenden Häuser waren alle zwei oder drei Stockwerke hoch und ließen keinerlei Luxus erkennen. Der Putz war an einigen Stellen abgebröckelt, was aber niemanden zu stören schien. Im Erdgeschoss mancher Häuser befanden sich die üblichen Dorfläden, Kundschaft war nicht zu sehen. Vor dem einzigen Café saßen einige Männer im Schatten einer Palme, alles Einheimische. Die Männer taxierten Ellen mit unverhohlener Neugier. Touristen gab es hier wohl nicht oft. Ellen bestellte einen Cappuccino und setzte sich an einen freien Tisch unter der zweiten Palme. Es geschah – nichts.

Der zweite Cappuccino ging zur Neige. Immer noch nichts. Die Männer waren gegangen. Sollte Ellen das Café auch verlassen? Sich draußen in der Hitze in dem Dörfchen umsehen? Wieder kam ein Taxi. Der Fahrer parkte neben dem Café. Er blickte sich um und kam dann direkt auf Ellen zu.

»Ellen Faber?«, fragte er, was er von einem Zettel ablas.

»Ja.«

»Mitkommen.«

Das klang ruppig, aber der Mann lächelte dabei. Ellen stieg ein und fand schnell heraus, dass der Fahrer kein einziges Wort Deutsch konnte. Zu Ellens Leidwesen war das Englisch des Fahrers nur unwesentlich besser als sein Deutsch. Oder zumindest tat er so. Alle ihre Fragen nach dem Ziel der Fahrt beantwortete er mit einer wedelnden Handbewegung.

Es ging in die Berge hinein. Die Landschaft hätte idyllisch sein können. Rechts und links der Straße wuchsen Zitronen- und Orangenbäume. Zwischen den Blättern hingen leuchtende Früchte, die Luft duftete aromatisch, aber dafür hatte Ellen heute keinen Sinn. Die Straßen wurden immer schmaler, zuletzt fuhren sie auf einem staubigen Weg, der sich an einem Hang entlangwand. Ellen hatte nicht geahnt, dass es auf Mallorca solch einsame Ecken gab.

Vor einer winzigen Finca war die Fahrt zu Ende. Ellen stieg aus. Ehe sie sich versah, war das Taxi in einer Staubwolke verschwunden.

45

Die Finca schmiegte sich eng an eine Felswand. Es war keine dieser schönen Touristen-Fincas, die Ellen aus Urlaubsprospekten kannte. Sie wirkte eher wie ein gemauerter Schuhkarton. Zwei Fenster rechts und links neben einer ausgebleichten Holztür. Davor eine winzige Veranda mit einer Bank. Keine Blumen, kein Schmuck, nichts. Neben dem Gebäude wuchsen große Oleanderbüsche. Nirgends war ein Mensch zu sehen. Der Weg, den sie gekommen war, endete vor dem Haus. Offenbar gab es keine Nachbarn.

Ellen ging langsam zur Finca. Das Sirren der Insekten in der Hitze war das einzige Geräusch.

Die Tür war nicht verschlossen. Ellen öffnete sie einen Spalt und sah in den Raum. Vielleicht wartete der Erpresser drinnen auf sie. Ob er bewaffnet war?

Er ist kein Killer. So gut glaubte sie den Erpresser inzwischen zu kennen. Ein eiskalter Killer wäre anders vorgegangen. Ihr Erpresser war eher ein eiskalter Spieler.

Im Raum standen eine Sitzecke, eine Kommode und ein Tisch. Der Kamin an der einen Wand wirkte, als wäre er noch nie benutzt worden. Es gab zwei Türen, von denen die linke in eine winzige Küche führte. Zwei Kochplatten und ein Kühlschrank waren die einzigen Anzeichen, dass Ellen sich in der Nähe der Zivilisation befand. Auch hier war niemand. Blieb noch die zweite Tür. Dahinter lag das Schlafzimmer. Die Einrichtung war genauso spärlich wie im Rest der Finca und beschränkte sich auf ein Bett, einen Nachttisch und einen Sessel.

Nur ein Detail passte nicht hierhin. An der Kopfseite des Bettes lagen Handschellen. Wie magisch angezogen, ging Ellen zu den Handschellen, um sie näher zu untersuchen. Sie waren an der Wand befestigt.

Mit einem deutlich hörbaren Klack fiel die Tür ins Schloss. Ellen stürzte zurück und sprang mit voller Wucht gegen das Türblatt. Das Schloss knarzte laut – aber sonst tat sich nichts. Ellens Schulter schmerzte. Sie rüttelte an der Klinke. Verschlossen. Sie lief zum Fenster. Es war von außen durch ein Gitter gegen Einbrecher geschützt – und somit auch gegen Ausbrecher.

»Scheiße!«

Sie saß in der Falle. Mit Gewalt kam sie hier nicht weiter. »Ich will hier raus!«, sagte sie laut.

»Das weiß ich«, kam es von der anderen Seite der Tür. »Sonst noch was?«

»Sie haben mir ein Treffen versprochen. Ich will Sie sehen.«

»Nur zu meinen Bedingungen.«

»Von Bedingungen war keine Rede.«

»Nein? Ich habe die Spielregeln nie aufgehoben. Sie kennen den Preis für das letzte Level. Ziehen Sie sich aus.«

»Was sollen die Handschellen?«

»Das ist meine kleine Lebensversicherung, damit Sie mir nicht an die Gurgel springen. Deshalb werden Sie die Handschellen anlegen.«

Ellen blieb die Spucke weg. »Sie glauben doch nicht im Ernst, dass ich mich für Sie ausziehe und dann noch freiwillig an ein Bett fessele.«

»Doch. Ich habe sogar nicht den geringsten Zweifel, dass Sie genau das tun werden.«

Es war direkt atemberaubend, mit welcher Selbstverständlichkeit der Erpresser Unmögliches von ihr verlangte. »Wie wollen Sie mich zwingen? Wollen Sie mich verhungern lassen?«

»Ein interessanter Gedanke. Aber nein. Mir liegt etwas daran, dass Sie das freiwillig tun.«

»Warum sollte ich? Niemand, der seinen Verstand beieinanderhat, würde sich freiwillig vor einem Fremden Fesseln anlegen. Warum sollte ich es tun?«

»Weil Sie mir begegnen wollen. Weil Sie immer noch hoffen, dass Sie mich zu fassen kriegen. Eine ganze Menge Gründe. Außerdem sind Sie anders als fast alle anderen Menschen. Die meisten würden jetzt vor Angst vergehen – Sie haben keine Angst.«

Ellen begann in dem Zimmer hin und her zu laufen. »Und wenn ich es nicht tue? Was machen Sie dann?«

»Dann verschwinde ich, gebe einem Taxifahrer den Schlüssel

zur Finca, der Sie dann wieder abholt. Mich werden Sie allerdings niemals treffen. Ganz einfach.«

»Dann haben Sie verloren. Sie haben Ihr Ziel nicht erreicht und alles war umsonst.«

»Es wäre tatsächlich bedauerlich, aber das würde ich in Kauf nehmen. Mein Sicherheitsbedürfnis ist größer als meine Eitelkeit.«

Er drohte ihr tatsächlich keine Gewalt an. Doch Ellen überraschte eines noch mehr: Sie glaubte ihm. Sie wusste, dass er es ganz genauso machen würde, wie er gesagt hatte. Die entscheidende Frage war: Was wollte sie?

Ellen kannte sich gut genug. Sie wusste, sie würde niemals zufrieden sein, wenn sie die Spur, die sie jetzt aufgenommen hatte, fallen ließ. Sie war dem Erpresser bis nach Mallorca gefolgt, da wollte sie nicht ohne ein Ergebnis zurückkehren.

»Das ist schon wieder Erpressung«, sagte Ellen laut gegen die Tür.

Auf der anderen Seite war ein leises Lachen zu hören. »Das gehört zu meinem Beruf. Das wissen Sie doch.«

Ellen fand keine Lösung für ihr Dilemma. Sie ging noch einmal im Zimmer herum und suchte nach einer Möglichkeit, wie sie doch hier herauskommen konnte. Es gab keine.

Der Erpresser meldete sich wieder. »Damit das Ganze nicht so lange dauert, sporne ich Ihre Entscheidungsfreude mit einem bewährten Mittel an. Wir geben uns noch exakt fünf Minuten, dann reise ich ab.«

Ellen trat vor Wut gegen die Tür. Auf der anderen Seite blieb es still. Und das würde sich auch nicht ändern. So gut kannte sie den Erpresser inzwischen. Wenn sie nicht auf seine Forderung einging, würde er sie hier sitzen lassen, ohne dass sie auch nur einen Blick auf ihn hatte werfen können.

Bei diesem Gedanken hielt Ellen inne. *Ich habe seine Stimme gehört.*

Es war das erste Mal, dass der Erpresser etwas von sich preisgegeben hatte. Der Erpresser war ein Mann. Selbst diese simple Tatsache war in Berlin eine bloße Vermutung gewesen. Jetzt stand die Tatsache fest. Aber Ellen wollte mehr. Sie wollte diesen Kerl in die Finger kriegen, seine Haarfarbe, seine Gestalt, sein Gesicht sehen.

Ihr blieben fünf Minuten für eine Entscheidung. Ellen sah auf ihre Uhr. Eine Minute war schon um.

Ein Gefühl beherrschte sie: der unbändige Wunsch, herauszufinden, wer hinter all dem stand. Wer war zu solchen Erpressungen in der Lage? Wer war so gerissen, dass er die gesamte Berliner Polizei an der Nase herumführte? Wer schaffte es, sie selbst so zu manipulieren, dass sie ständig Dinge tat, die sie eigentlich nicht tun wollte? Wer war der Kerl, der so in ihre Privatsphäre eingebrochen war und ihr Privates vor den Augen der Welt offengelegt hatte?

»Ich gehe auf Ihre Forderung ein«, sagte Ellen, kurz bevor die Zeit ablief.

Sie zog ihre Kleidungsstücke aus, warf sie auf den Sessel und legte sich auf das Bett. Mit den Fingern erspürte sie das Metall der Handschellen und das Schloss. Ellen holte tief Luft. Dann machten die Handschellen »klick«.

46

Hajo wirft einen kurzen Blick durch das Fenster. Ellen hat sich die Handschellen so angelegt, wie er es sich vorgestellt hat. Er prüft den Sitz seiner Maske. Kein Haar darf herausschauen und kein Stück Haut, nichts, was eine Spur hinterlassen könnte. Vorsicht ist die oberste Regel. Immer. Das langärmlige schwarze Shirt und die Handschuhe sitzen perfekt. Es wird heiß werden, aber um nicht erkannt zu werden, ist ihm kein Preis zu hoch. Deshalb darf Ellen auch nicht den Schimmer einer Ahnung bekommen, dass er sie von früher kennt.

Jetzt kann er zu ihr gehen und mit ihr in einem Zimmer sein. Nicht nur virtuell, sondern körperlich. So nah wie noch nie. Er spürt eine Aufregung in sich wie schon lange nicht mehr. Er fühlt sich lebendiger als sonst.

Hajo öffnet die Tür. Zentimeter um Zentimeter gibt sie den Blick auf Ellen frei. Sie sieht ihn genauso gespannt an wie er sie. Er tritt ins Zimmer, ans Fußende des Bettes. Da liegt sie, vollkommen nackt und hilflos und trotzdem wild und unbezähmbar. Ihre Augen sprühen vor Energie. Wäre sie nicht gefesselt, würde sie ihn anspringen wie der Tiger auf ihrer Brust.

Hajo vermisst jeden Quadratzentimeter ihrer Haut mit seinem Blick. Absolut nichts bleibt ihm verborgen. Die wenigen blauen Flecken von ihrem Sturz am Montag sind kaum noch zu sehen. Er hat sich nie Sorgen gemacht, dass ihr dabei ernsthaft etwas passieren würde. Dafür ist sie einfach zu gut.

Ellen rührt sich. Sie zerrt an ihren Handschellen und funkelt ihn an.

Ahnt sie eigentlich, wie schön sie ist?

»Können Sie nicht reden? Oder hat es Ihnen die Sprache verschlagen?«, sagt sie. Typisch Ellen, frech und unbeugsam.

»Der Gentleman genießt und schweigt.«

»Gentleman?«, fragt Ellen. »Dass ich nicht lache. Sie sind ein Verbrecher.«

»Was sich durchaus nicht ausschließt.«

»Ziehen Sie Ihre Maske aus. Ich bin nicht von Berlin hierhergekommen und habe mich an ein Bett gefesselt, um mit einem Phantom zu sprechen.«

»Ihnen steht nicht zu, mich zu erkennen.«

»So haben wir nicht gewettet.« Wieder zerrt Ellen an den Handschellen.

»Wir haben überhaupt nicht gewettet. Ich wette nie. Ich spiele. Das ist ein großer Unterschied. Und Sie haben das Spiel verloren. Das sollten Sie nicht vergessen. Im Übrigen habe ich nie versprochen, dass Sie mich sehen werden. Ich habe Ihnen ein Treffen angeboten, mehr nicht. Und dieses Angebot löse ich gerade ein.«

»Und was soll das Ganze, wo Sie schon der Sieger sind und ich verloren habe?«

»Ich gönne uns eine kleine Verlängerung des Spiels in privater Atmosphäre. Ich habe lange für diesen Sieg gearbeitet. Nun möchte ich ihn genießen.«

»Und was habe ich davon?«

»Das liegt an Ihnen. Übrigens finde ich, dass wir uns duzen sollten. Wenn man sich eine einsame Finca teilt und dann auch noch nackt auf einem Bett liegt, ist das normal. Oder findest du nicht, Ellen?«

»Ich duze mich nicht mit einem Erpresser.«

»Na ja, kommt vielleicht noch.«

Hajo verlässt das Zimmer, greift nach der Sporttasche und geht wieder zurück. Ellen verfolgt aufmerksam jede seiner Bewegungen. Als er das Stativ aufbaut, zerrt sie wieder an ihren Handschellen. Hajo schraubt die Videokamera auf das Stativ.

»Ich lasse mich so nicht von Ihnen filmen.«

Er justiert die Kamera so, dass sie Ellen schräg von der Seite her aufnimmt. Das ergibt die besten Bilder.

»Bei allen unseren Gesprächen waren Kameras dabei«, sagt er gleichmütig, während er die Aufnahme startet. »Ich habe nicht vor, diese Tradition zu ändern. Übrigens besitze ich schon einen wunderschönen Film, wie du dich ganz freiwillig und ohne Bedrohung selbst ans Bett fesselst. Du wirst niemals argumentieren können, ich hätte dich mit Gewalt in diese Lage gebracht. Ich könnte mit kleinen Filmchen von deinem Laptop belegen, dass du so was öfter machst.« Er deutet auf einen Mauervorsprung nahe der Decke, auf dem eine kleine Schachtel liegt. In der Schachtel ist ein Loch, durch das man ein winziges Objektiv erkennen kann.

Die Handschellen knacken, als Ellen wieder daran zerrt, aber sie bewegen sich keinen Millimeter.

»Lass diesen Unsinn. Du tust dir nur weh. Die Handschellen sind an der Wand befestigt.«

Wieder reißt Ellen. Das Metall schneidet in ihre Haut.

Hajo schüttelt den Kopf. »Wenn du es nicht lassen kannst ... Die Rückwand der Finca ist der Fels. Ich glaube kaum, dass du den Berg wegziehen wirst.«

Ellen lässt das Zerren sein. Er hat sie wohl überzeugt. Es hat tatsächlich keinen Zweck.

»Schalten Sie die Kamera aus«, sagt Ellen deutlich leiser als zuvor. Ihre Brust hebt und senkt sich bei jedem Atemzug. »Sie tun das gegen meinen Willen. Haben Sie keinen Respekt vor meiner Intimsphäre?«

Hajo setzt sich neben Ellen auf die Bettkante. »Vor mir hast du schon lange keine Intimsphäre mehr. Es gibt nichts, was ich nicht von dir wüsste, und keine Situation, von der ich nicht eine Aufnahme hätte.«

Ellen zerrt ein letztes Mal an der Kette. »Sie haben meinen Laptop ausspioniert, richtig?«

Hajo nickt. »Ich habe alle deine Fotos und Filme gesehen. Ich habe deine Chats belauscht. Auch die, die du mit Decknamen geführt hast. ›Fesselfee‹ gefällt mir von all deinen Pseudonymen am besten.« Er lacht. »Das finde ich besonders passend. Ich kenne deine Gedanken, auch die, die du niemals öffentlich aussprechen würdest. Ich habe mir den Film angesehen, auf dem du Koks nimmst und dann Sex hast. Ich konnte zuerst kaum glauben, wie du da abgehst. Der reine Wahnsinn.«

Ellen schließt die Augen.

Hajo redet in lockerem Plauderton. »Ich habe alle deine Passwörter und deine PIN-Nummern. Ich weiß deinen Kontostand und einiges mehr. Schön sind auch die vielen Aufnahmen, wie du durch deine Wohnung läufst. Du hast eine wunderbare Art, dich zu bewegen. Es macht Spaß, dir dabei zuzusehen. Deine Webcam hat wirklich eine hervorragende Qualität. Ich konnte sogar die Sorte deines Lieblings-Rotweins erkennen.« Er zieht eine Flasche mit zwei Gläsern aus der Tasche. »Ein Pasión de Bobal von 2009. Das ist doch richtig?«

Ellen wirft einen kurzen Blick auf das Etikett und nickt stumm.

47

Ellen lag nicht nur körperlich nackt vor ihrem Erpresser. Auch ihre Vergangenheit und Geheimnisse, ihre Gefühle und Gedanken kannte er. Sie war mehr als nur nackt – aber dafür gab es kein Wort mehr. Und das alles, weil er in ihren Computer eingebrochen war? Ihr Laptop war für sie das Tor zur Welt gewesen, das Tor, durch das sie anonym schreiten konnte, ohne Polizistin und korrekte Beamtin zu sein. Ohne Ellen Faber zu sein. Ein anonymer Fremder hatte dieses Tor genutzt und ihr Leben durchleuchtet. Sie hatte alle ihre Geheimnisse verloren. Ellen sah zu der Kamera auf dem Mauervorsprung. Und in diesem Moment kamen weitere intime Bilder dazu.

»Haben Sie keinerlei Skrupel? Keinerlei Respekt?«

»Habe ich etwas anderes getan, als das, was die Polizei und der Staat gerne tun möchten?«

»Das hier ist etwas anderes.«

»Findest du? Warum hattest du dann Sorge, dass deine Kollegen deinen Laptop untersuchen? Dein Kollege Daudert repräsentiert doch den Staat.«

Ellen presste ihre Lippen zusammen. Auch der Erpresser schwieg. Er stellte die Weingläser auf den Nachttisch neben Ellens Kopf. Sie roch seinen Körper, nur leicht übertönt von einem frischen Deo. Er musste höllisch schwitzen unter seiner Maske und mit langen Ärmeln und Handschuhen. Sie selbst schwitzte, obwohl sie nackt war.

»*Sie* haben die Daten von meinem Laptop gelöscht, richtig?«, fragte Ellen.

»Ich habe mir erlaubt, dein Privatleben vor deinen Kollegen zu schützen. Ich will mit dir spielen. Ich will dich nicht vernichten. Es gibt übrigens viel mehr Bilder von dir, als du denkst.«

»Das Bild mit dem Tattoo«, sagte Ellen. »Wo haben Sie das her?«

»Das hat mir Pablo zur Verfügung gestellt. Nicht ganz freiwillig, versteht sich.«

»Was wissen Sie von Pablo?«

»Viel mehr, als du denkst. Und sehr viel mehr, als dir gefallen wird.«

»Ich will es wissen. Alles.«

Der Erpresser wiegte den Kopf. »Ach, weißt du, ich finde dein ›Sie‹ so unpersönlich. Das ist gar nicht geeignet, um Geheimnisse auszutauschen.«

Sturheit brachte sie nicht weiter. Vielleicht konnte sie ihm mehr entlocken, wenn sie wirklich persönlicher wurde. Ellen seufzte. »Also gut. Wenn es dir so viel bedeutet.« Sie drehte sich auf die Seite und wandte sich ihm dadurch zu. »Was kannst du mir von Pablo erzählen?«

»Leider nichts Gutes. Als ich Bilder von dir und Pablo auf deinem Laptop gesehen habe, bin ich neugierig geworden. Den kannte ich noch nicht. Ich habe ihn schnell ausfindig gemacht und war ziemlich enttäuscht von ihm. Es gibt da einen sehr unerquicklichen Film, wie er über dich hergefallen ist, als du betrunken warst. Du musst wirklich viele von Pablos Spezial-Drinks intus gehabt haben, um nichts zu merken, nicht einmal danach. Willst du vielleicht das Rezept haben?«

Das wollte Ellen nicht. Sie schloss die Augen. Pablo hatte sie vergewaltigt und dabei gefilmt.

»Ich kann dich trösten«, sagte der Erpresser mit einer Stimme, die erstaunlich warm klang, aber auch so, als ob er nicht mit vielen Menschen reden würde. »Du bist nicht die Einzige, die auf ihn hereingefallen ist. Pablo besitzt eine ganze Sammlung solcher Filme. Das ist anscheinend seine Masche. Er hat sogar vorgehabt, Geld damit zu verdienen. Er hat die Filme zum Verkauf vorbereitet.«

Das wurde ja immer schlimmer. Hatten eigentlich alle Leute beschlossen, sie sexuell zu vermarkten?

Der Erpresser rückte näher und streichelte über ihren Arm. Ellen ließ es geschehen. Sie versuchte, das Gehörte zu verarbeiten und die Konsequenzen abzuschätzen. Konnte sie die Veröffentlichung der Bilder rechtzeitig verhindern? Die Chancen standen schlecht. Sobald Pablo sie verkauft hatte, war es zu spät. »Sag mir, wie ich diesen Pablo erwische.«

Der Erpresser strich ihren Arm entlang. »Mach dir darum keine Sorgen. Ich habe mir erlaubt, Richter zu spielen.«

Er betonte das Wort »Richter« so seltsam, aber wichtiger war zu erfahren, was er mit Pablo getan hatte. »Was hast du gemacht?«

»Ich habe ihn bestraft. Ich habe seinen Laptop gelöscht. Ich befürchte, dabei sind einige sehr wichtige Daten verloren gegangen.« Der Erpresser lachte. »Und seine externe Festplatte mit den Sicherheitskopien hat sich einen bösen Virus eingehandelt. Jedes Mal, wenn er darauf zugreifen will, wird sein Laptop wieder gelöscht.«

Ellen sah den Erpresser an. Wegen der Maske konnte sie nur die Augen erkennen. Sie sahen nicht unfreundlich aus. Wer war dieser Mann? Wenn sie es richtig einschätzte, hatte er ihr einen großen Dienst erwiesen. Andererseits … Ein Verdacht keimte in ihr auf. »Vor dem Löschen hast du Kopien gemacht.«

Der Mann lachte wieder. »Du kennst mich wirklich schon erstaunlich gut. Natürlich habe ich Kopien gemacht. Bilder von dir, die du selbst nicht kennst, sind ein großer Schatz für mich. Sie zu besitzen, ist ein wunderbares Gefühl.«

Ellen sah hoch zur Decke. Sie wusste nicht, ob sie weinen oder lachen sollte, den Mann verfluchen oder sich bedanken. Er wusste mehr über sie als sie selbst. Doch immerhin war das Problem mit Pablos Filmen gelöst. Blieb nur noch das eigentliche Problem, das in Form eines maskierten Mannes auf ihrer Bettkante saß. Sie musste mehr über ihn herausfinden.

»Du hast auch mein Handy abgehört?«, fragte Ellen. Sie wollte eine Bestätigung, obwohl sie die Antwort schon wusste.

»Natürlich. Sonst hätte ich mich nicht auf eure Pläne vorbereiten können.«

Ellen schüttelte den Kopf. So war es also gewesen. Über ihr eigenes Handy hatte sich der Erpresser mit allen Informationen versorgt und ihre eigenen Pläne zum Scheitern gebracht.

»Mach dir kein schlechtes Gewissen deswegen«, sagte der Erpresser. »Ich stehe auch noch mit einigen deiner Kollegen in Verbindung. Wenn man die Telefonnummer kennt, ist das nicht besonders schwierig.«

»Und die hast du aus meinem Handyspeicher.«

»Richtig.«

»Gibt es irgendwas, das du nicht gehört hast?«, fragte Ellen.

»Bei dem letzten Level war ich etwas unsicher.« Der Erpresser zuckte mit den Schultern. »Die Akkus, weißt du, die sind der Schwachpunkt. Ansonsten ist es sehr komfortabel, per Handy rund um die Uhr bei dir zu sein. Aber kommen wir endlich zu angenehmeren Dingen. Ich hatte vorgeschlagen, dass wir einen Wein zusammen trinken. Ich finde, das sollten wir jetzt tun.«

Ellen hatte die Kameras nicht vergessen. Die Objektive starrten sie an wie böse Augen. »Ich lasse mich nicht von dir zum Deppen machen, während du alles ins Internet überträgst.«

»Ich übertrage nichts ins Internet.«

»Und wozu sind die Kameras dann da? Für dein Familienalbum?«

»Sie sind meine zweite Lebensversicherung. Die Handschellen bewahren mich davor, dass du mich jetzt überwältigst. Die Kameras bewahren mich davor, dass du das in Zukunft tust. Ich kann enge Zellen nicht leiden.«

»Ich dachte, du hinterlässt keine Spuren.«

»Tue ich auch nicht. Trotzdem: *Nobody is perfect.* Du bist eine hervorragende Polizistin. Vielleicht findest du ja doch etwas, wenn unser Treffen vorbei ist. Und dann machst du Jagd auf mich. Das willst du doch, oder? Mich erledigen. Deshalb solltest du eins wissen: Für den Fall, dass du mich wider Erwarten fassen solltest, werden diese Bilder im Internet auftauchen. Dein Sex auf Koks, dein benebelter Sex mit Pablo, deine Chats als Fesselfee, und nicht zu vergessen, deine beliebten Fesselspielchen.« Der Erpresser deutete auf die Kameras. »Ein ganz aktuelles haben wir in bester HD-Video-Qualität. Ich bin sicher, dass Direktor Brahe und Polizeipräsident Kronen diese Bilder höchst faszinierend finden werden – wenn sie die zu sehen bekommen. Und das liegt ganz bei dir. Ich lege keinen Wert darauf, sie anderen zu zeigen.«

»Diese Bilder sind meine Privatsache.«

»Selbstverständlich. Millionen von Menschen werden sich diese Bilder ansehen, ganz privat natürlich, alle deine Kollegen eingeschlossen.«

»Wie lange willst du dieses Spiel treiben?«

»Das Internet vergisst nie. Ich bin gespannt, wie du mit diesem Zwiespalt umgehst. Du willst mich unbedingt fassen – und auf keinen Fall darfst du zulassen, dass man mich fasst.«

»Warum ich?«

»Ein Spiel macht umso mehr Spaß, je besser der Gegner ist.«

»Mir macht so was keinen Spaß. Kannst du nicht normale Spiele spielen, wie andere Menschen auch?«

Der Maskierte machte eine Handbewegung, als ob er eine lästige Fliege verscheuchen wollte. »Ich habe Hunderte von Spielen gespielt. Was hat man am Ende davon? Eine Gratulation am Bildschirm. Manchmal ein virtuelles Feuerwerk. Das sind alles nur langweilige Gimmicks. Und wenn man verliert, bekommt man ein neues Leben oder fängt noch mal von vorne an. Wo ist da der Nervenkitzel? Wo ist das Risiko? Und wo sind die wirklichen Gegner? Alles nur virtuell. Das ist keine Herausforderung für mich. Ich will einen echten Gegner. Jemanden, der kämpft, weil er etwas zu verlieren hat. Ich will die ultimative Herausforderung – und dann will ich gewinnen. Und alle Leute sollen es sehen. Ich will nicht in einer belanglosen Tabelle mit leblosen Punktzahlen verewigt werden. Ich will Stadtgespräch sein. Man soll in den Nachrichten über mich sprechen – auf der ganzen Welt.«

»Und für all das brauchst du mich?«

»Du repräsentierst den größten Gegner, den man haben kann: die Polizei mit all ihren Möglichkeiten, den Staat mit seiner ganzen Macht. Ich habe ihn angegriffen – vor den Augen der ganzen Welt. Und ich habe gewonnen.« Mit einem Mal veränderte sich seine Stimme. Hatte er gerade gesprochen wie bei einem Vortrag, klang er jetzt irgendwie echter, persönlicher. »Aber das Allerbeste ist: Ich habe dich als Preis. Die schöne, wilde, unbesiegbare Kriminalhauptkommissarin Ellen Faber hat sich für mich nackt an ein Bett gefesselt. Es gäbe sehr viele Männer, die liebend gerne mit mir tauschen würden – aber nur ich bin hier mit dir.«

Bei diesen Worten strich der Erpresser wieder mit seiner behandschuhten Hand über ihren Arm und dann auch ihr Bein entlang. Ellen überlegte, ob sie es wegziehen sollte. Aber es gab Schlimmeres als diese Berührungen. Er hatte sie bisher nicht unsittlich berührt, obwohl das sehr einfach wäre. Pablo hätte es wahrscheinlich längst getan. Trotzdem, dieser Mann war und blieb ein Verbrecher. Sie wusste immer noch zu wenig.

»Und wenn ich im letzten Level deine Bedingungen erfüllt hätte? Was hättest du dann getan?«, fragte sie leise.

Durch den schmalen Schlitz am Mund sah Ellen, wie der Erpresser lächelte. »Ich war mir sehr sicher, dass du das letzte Level nicht zu Ende spielen würdest. Du tust alles, um Menschenleben zu retten. Ich weiß aber auch, wo deine Grenze ist. Wenn es nicht mehr um Menschenleben geht, lässt du dich von nichts und niemandem zu etwas zwingen. Umso größer war die Herausforderung für mich, ob ich dich dazu bringen kann, dass du das tun *willst*, wozu dich niemand zwingen könnte.«

»Das hast du geschafft. Und was kommt jetzt? Willst du mich umbringen? Über mich herfallen?«

Der Mann lachte unter der Maske auf. »Was denkst du von mir? Ich heiße nicht Pablo. Ich bin kein Gewalttäter. Ich werde mich nicht an einer wehrlosen Frau vergehen.«

»Kein Gewalttäter. Dass ich nicht lache. Du hast Hunderte von Menschen bedroht, Frauen und hilflose Kinder.«

»Niemand ist ernsthaft zu Schaden gekommen.«

»Weil ich immer auf deine Forderungen eingegangen bin.«

»Es wäre auch sonst niemandem etwas passiert.«

Ellen starrte den Erpresser an. »Was soll das heißen?«

Der Mann fuhr mit seinem Handschuh von ihrem Bein wieder hoch zu ihrem Arm. »Es wäre niemandem etwas passiert. Ich hatte nie vor, jemandem zu schaden – außer der Polizei.«

»Und was hättest du gemacht, wenn ich nicht auf deine Forderungen eingegangen wäre?«

»Dann hätte ich mein Spiel als verloren betrachtet und aufgehört.« Er griff zu der Flasche Wein, öffnete sie und goss seelenruhig Wein in die Gläser.

»Es war … Es war alles umsonst, was ich gemacht habe?« Hätte sie nicht auf dem Bett gelegen, wäre Ellen schwindelig geworden. Sie hatte umsonst gekämpft. Sie hatte sich umsonst vor aller Welt bloßgestellt. Und dabei hätte sie die ganze Zeit nur aus dem Spiel aussteigen müssen?

»So darfst du das nicht sehen. Du hast hervorragend gekämpft. Genau so, wie ich es mir vorgestellt habe.«

»Ich habe mich wegen dir vor aller Welt zum Idioten gemacht.«

Der Erpresser stellte die Weinflasche neben die Gläser auf dem Nachttisch. »Das stimmt nicht.« Seine Stimme war leise. »In den Augen der Welt hast du unzähligen Menschen das Leben gerettet. Du bist eine Heldin. Ich habe dich dazu gemacht. Du bist jetzt berühmt.«

»Das ist deine Phantasie, nicht meine. Ich wollte nie berühmt werden. Und nun kann ich mich in der Öffentlichkeit nicht mehr unerkannt bewegen. Wie soll ich da als Polizistin arbeiten?«

»Warst du mit deinem Leben zufrieden? Ich habe meine Zweifel daran. Immer allein, mit einer Flasche Rotwein am Abend vor dem Computer.«

»Mein Leben ist meine Sache. Das geht dich gar nichts an.«

Der Erpresser grinste. »Ich hab's mir trotzdem angesehen.«

Ellen konnte nicht anders. Sie verpasste dem Mann einen kräftigen Tritt in die Seite. Er stieß einen dumpfen Schmerzlaut aus und krümmte sich.

»So fühlt es sich an, wenn im *real life* Schläge ausgetauscht werden«, sagte Ellen. »Ich hätte dir auch das Genick brechen können.«

Der Mann japste unter der Maske nach Luft. »Ich weiß«, war gepresst seine Stimme zu hören. »Aber ich weiß auch, dass du das nicht tun würdest.«

»Du glaubst wohl, du weißt alles über mich. Bist du vielleicht ein Hellseher?«

Er stand auf und ging auf und ab, wobei er sich die Seite rieb. »Ich entwickle Computerspiele. Ein guter Game-Entwickler muss die möglichen Handlungen der Spieler voraussehen, sonst wird das Spiel Murks. Dazu gehört eine ganze Menge Psychologie.«

»Und was sagt deine Psychologie, wie es jetzt weitergeht? Willst du mich bis ans Ende aller Tage hier festhalten?«

»Wo denkst du hin? Zuerst werden wir Wein trinken, dann werde ich dir den Schlüssel für die Handschellen geben und gehen.«

»Warum schließt du nicht zuerst die Handschellen auf?«

Der Mann nahm die beiden Weingläser vom Nachttisch und setzte sich wieder neben Ellen, dieses Mal weiter oben, fast in Höhe ihrer Brust. »Du solltest intelligentere Fragen stellen.«

»Wenn ich mich weigere, würdest du sicher einen Weg finden, mich zum Trinken zu erpressen?«

»Sicher.«

Ellen wollte sich gar nicht mehr weigern. Sie hatte Durst. Es war heiß in dem Schlafzimmer. »Also gut. Gib mir Wein.« Ellen drehte sich wieder auf den Rücken.

»Sehr schön.« Der Erpresser hob ein Glas. »Auf meinen Sieg – und unser weiteres Leben.« Vorsichtig brachte er ein Glas an Ellens Mund, sodass sie daraus nippen konnte.

Ellen hatte damit zu kämpfen, sich nicht zu verschlucken. Im Liegen Wein zu trinken, war nicht einfach. Einige Tropfen liefen am Glas entlang und landeten auf ihrem Brustbein. Ehe sie sich versah, goss der Mann nach und hielt das Glas wieder an ihre Lippen. Sie konnte kein Wort sagen, bis auch dieses Glas leer war. Der Wein tat gut. In der Hitze und so ausgetrocknet, wie sie war, setzte seine Wirkung sofort ein.

»Und jetzt?«, fragte Ellen.

»Jetzt bekommst du den Schlüssel.«

»Hast du keine Angst, dass ich dich verfolge?«

»Nein.«

Der Mann ging aus dem Zimmer und kam wenig später mit einem Gegenstand zurück. Er hatte ein Tuch darum gewickelt, sodass Ellen nicht erkennen konnte, was es war. Das Teil war nicht groß, denn es lag auf seiner flachen Hand, und schwer konnte es auch nicht sein. Mit einer schnellen Bewegung nahm der Mann das Tuch ab und legte den Gegenstand auf Ellens Bauch. Sie schrie auf.

Der Unterschied zwischen ihrer überhitzten Haut und dem Eisblock war so extrem – der Erpresser hätte auch eine glühende Kohle auf sie legen können.

Erst beim zweiten Hinsehen erkannte Ellen, dass der Eisblock etwas enthielt: Mitten in dem bläulich schillernden Würfel befand sich ein Schlüssel.

»Wenn der Schlüssel aufgetaut ist, kannst du die Handschellen selbst öffnen.«

»Willst du mich solange hier liegen lassen?«

»Entspann dich. Nach dieser Woche kannst du etwas Ruhe gebrauchen.« Der Mann stand auf.

»Und wenn ich nicht will, dass du gehst?«

Er sah sie durch die Maskenschlitze lange an. Er schien über etwas nachzudenken. Wurde er unsicher? Einen Moment lang glaubte Ellen, er würde sich wieder setzen, dann ging ein Ruck durch ihn. Er richtete sich gerade auf.

»Dann ändert das nichts«, sagte er mit fester Stimme. »Bleiben ist gegen die Regeln.«

Zuerst packte er die Weingläser und die Flasche, dann die Kameras ein. Zum Schluss drückte er Ellen den Eisblock mit dem Schlüssel in die Hand.

»In der Küche ist noch eine Flasche Wein. Mach dir einen schönen Abend. Du wirst ungestört sein.«

Der Mann nickte ihr kurz zu und verschwand durch die Tür. Wenig später hörte Ellen draußen das Geräusch eines Motorrollers. Wahrscheinlich hatte er ihn zwischen den Oleanderbüschen versteckt. Das Brummen wurde leiser, bis nichts mehr zu hören war.

Der Mann war weg. Sie war ihm begegnet, dem Mann, der hinter der anonymen Software-Stimme steckte und der ihr Leben durcheinandergebracht hatte. Sie hatte Antworten bekommen – und doch war alles ganz anders gelaufen, als sie erhofft hatte.

Der Eisblock wurde nur langsam kleiner. Ellen bewegte ihn in ihrer Hand, um den Prozess zu beschleunigen. Dabei achtete sie peinlich genau darauf, dass er ihr nicht aus der Hand rutschte. Ein kleines Rinnsal Wasser floss ihren Unterarm entlang. Endlich ertastete sie ein winziges Stück Metall, die Spitze des Schlüssels. Ellen rieb kräftiger. Fünf Minuten später war der Bart des Schlüssels frei.

Endlich war es so weit. Ellen hielt den Schlüssel ohne Eis in der Hand. Nach einiger Fummelei gelang es ihr, die Handschellen zu öffnen. Sie erhob sich langsam und rieb ihre schmerzenden Handgelenke. Wie versprochen stand in der Küche eine zweite Flasche Rotwein. Daneben lag ein Baguette. Im Kühlschrank befand sich ein Päckchen Käse.

Dieser Mann war der seltsamste Erpresser, dem sie jemals begegnet war.

Ellen zog sich an und ging nach draußen vor die Finca. Dieses Mal war sie sicher, wirklich unbeobachtet zu sein. Die Strahlen der Abendsonne schienen auf ihre Haut. Die Luft war nicht mehr so drückend heiß. In der Ferne schimmerte das Meer.

Sie sah den staubigen Weg entlang. Keine Spur, nichts. Diese Runde war an den Erpresser gegangen.

Wir werden uns wiedersehen. Das schwöre ich dir.

Danksagung

Zuerst möchte ich mich bei meiner Frau bedanken, die viele Stunden auf mich und meine Unterstützung verzichten musste, während ich an diesem Buch gearbeitet habe.

Dann danke ich Lisa Kuppler für ihr kreatives und hilfreiches Lektorat. Durch sie haben manche Abschnitte noch mehr Farbe bekommen.

Ich danke Fotografin Claudia Mohler, die es geschafft hat, ein gutes Autorenfoto von mir zu schießen, und zum Schluss Kirsten Roubal von »Das Buch« und Bianka Duckwitz von der Bücherei in Flörsheim stellvertretend für alle, die mich als engagierte Testleserinnen und Testleser durch ihre Meinungen und Ermutigungen unterstützt haben.